너로하여 우는 가슴이 있다

너로하여
우는
가슴이
있다

김후란 수필집

솔과학

머리말

등불을 켜야 할 시간입니다. 아무도 모르는 바닷가, 이 작은 집에 우리만의 작은 등불을 켜렵니다.

따뜻한 차(茶)를 준비하겠습니다.

오늘 우리 많은 얘기를 나누기로 해요. 아니 찻잔을 두 손으로 감싸쥐고 말없이 생각에 잠겨 있어도 좋을 것입니다.

저 창밖에서 밀려드는 파도소리, 어디론가 끊임없이 떠나가는 바람소리에 천파만파(千波萬波)를 침묵으로 받아 안겠습니다.

그리고 때로 미지(未知)의 바다 위로 빛을 따라 날아간 새에 관해서도 얘기해 보기로 합니다.

나는 요즘 나 자신을 차분히 응시할 시간을 갖게 되었습니다. 지난 세월 바깥 세상으로만 향해 있던 나의 관심사와 시간을 거두고 이제 자신의 문제를 좀 더 소중하게 다루고 싶은 욕구를 가집니다.

때로는 동시대인(同時代人)들의 생각과 주장, 의욕을 나름대로 지켜보고 판단하기도 하는 건 역사를 배우고 고전(古典)을 읽는 일 못지 않게 중요하다는 생각도 하면서, 그러나 감정의 무색계(無色界)에 서 있는 오늘의 '나'에게 가장 연민 어린 손을 내밀게 됩니다.

나는 지금 친구가 필요합니다.

파도 소리와 바람 소리만 살아 움직이는 바닷가 작은 집에서 그간 내가 써 온 글들을 다시 읽어보게 된 것도 그 때문입니다.

그 한 편 한 편의 글 속에서 아직도 나의 무한한 갈망과 열기(熱氣)어린 뒤척임이 인생에 대한 뜨거운 사랑과 짙은 회의(懷疑)로 담겨 있던 그 시절의 나를 만날 수 있었음은 쓸쓸한 기쁨이라 하겠습니다.

이 쓸쓸한 기쁨을 그대와 나누고자 합니다.

나보다 젊고 어여쁜 사람들.

나보다 가진 아픔이 큰 사람들.

힘든 병석에 누워 계신 분들….

젖은 노을 빛처럼 문득 가슴을 적시게 하는 그리운 이들 앞에 이 작은 책을 드리려 합니다.

이제 등불을 켜야 할 시간입니다.

등피(燈皮)를 맑게 닦아 따사로운 불빛이 저 창밖에도 조금은 새어나가게 하렵니다.

친구가 필요한 나의 자리에 미지의 바다위로 빛을 따라

날아간 어느 날의 새가 다시 불빛을 따라 찾아올지 모르는 때문입니다.

　나의 여러 권의 산문집 중에 특히 애착이 가는 이 책을 이번에 '솔과학' 김재광 사장님의 권유를 받아들여 새로운 장정으로 재발간하게 되었습니다. 이 책은 내 젊음의 정감 어린 산물이며 이제 다시 읽어보아도 역시 그렇게 쓸 수밖에 없는 나의 분신임을 고백하지 않을 수 없습니다.

　또한 이 책의 표지와 내지에 그림 사용을 허락해 주신 김원숙 화가님께 감사드립니다. 이 책으로 나의 새로운 독자들과 만나는 기쁨의 시간을 가슴 뜨거이 기대합니다.

2022년에

김후란(金后蘭)

차 례

제3장 | 나의 그리움에게

제4장 | 문학의 길

이 쓸쓸한 기쁨을 그대와 나누고자 합니다.

나보다 젊고 어여쁜 사람들.

나보다 가진 아픔이 큰 사람들.

힘든 병석에 누워 계신 분들….

젖은 노을 빛처럼 문득 가슴을 적시게 하는

그리운 이들 앞에 이 작은 책을 드리려 합니다.

제1장

나의 사랑에게

삶이 그대를 속일지라도

아름다운 시간을 갖고자 합니다. 아름다움을 느끼기 위해서 아름다운 것을 찾고 아름답기 위해서 아름다워지려고 합니다.

허나 살아가는 길은 화선지 두루말이를 펼치듯 그렇게 맑고 깨끗하기만 한 게 아니었습니다.

물방울 하나 퉁겨도 얼룩이 지고 맙니다. 바람 한 자락 불어도 흙먼지가 일고 자칫하면 무참히 찢기우기 일쑤입니다. 고운 물살을 휘젓고 지나가는 심술궂은 발길도 있습니다.

누군들 아름답기를 바라지 않으리요.

장미처럼 애틋하고 난(蘭)처럼 청초하기를 바라며 삽니다.

갓난아기의 솜털 보송한 뺨처럼 연연하고 젖내 나는 숨

결처럼 순결함으로 살고자 합니다. 그 아기를 품에 안고 들여다보는 행복한 여인, 그리고 남의 슬픈 사랑 얘기에 가슴 아파하는 그런 여인이고자 합니다.

맑은 시냇가에서 물살이 햇빛을 받아 반짝반짝 뒤척이며 흘러가는 걸 본다거나 타오르는 불빛으로 지평선 언저리가 확 물들었다가는 점점 연보랏빛 구름을 남기고 스러져가는 저녁놀 앞에서 문득 눈물이 핑 도는, 그런 아름다움으로 살고 싶습니다.

그래도 살아가는 사이에 저도 모르게 세상의 군 때가 묻어 가기 마련입니다.

마치 나뭇가지에 열려 햇빛과 바람 속에 열심히 무르익은 과실이 드디어 작은 스침에도 껍질이 벗기우는 상처를 입듯이, 깨끗이 살아 있기란 너무나 어려운 노릇인가 합니다.

때문에 아름다움에 대한 갈구는 그 자체가 벌써 순수하고 갸륵한 것이라 여겨집니다. 그건 인생을 사랑하는 마음인 것입니다.

영국의 시인(詩人) 워즈워드의 '무지개'라는 시는 그런 순수 무구(純粹無垢)의 갈망이야말로 평생토록 잃지 말아야 할 일이라고 일러 주고 있습니다.

하늘의 무지개 바라보면
내 마음 뛰노나니
나 어려서 그러하였고,
어른 된 지금도 그러하거늘
나 늙어서도 그럴지어다
아니면 이제라도 이 목숨 거둬 가소서
어린이는 어른의 아버지
원하노니 내 생애의 하루하루가
천생의 경건한 마음으로 이어질진저….

한 사람의 생애 중에서 가장 티없이 맑고 고운 시기가 있다면 그건 어린 시절일 것입니다.

사람들은 말합니다. 복잡다단한 인간 세사(人間世事)와 살아가면서 부대끼는 크고 작은 이해 관계가 인간을 얼룩지게도 하고 사악하게 만들기도 한다고.

이에 동의합니다. 그럴수록 어린이의 순박함을 배워야 한다고 말하고 싶습니다.

어린이처럼 천진하게 거리낌없이 웃을 수 있는 사람, 저 하늘에 걸린 아름다운 무지개와 보석을 흩뿌린 듯한 밤하늘의 별들, 사랑스런 꽃, 이를테면 살아가는 데 있어서 마주치는 크고 작은 기쁨이나 고마움에 대해서 뜨거워지는 가슴을 지니고 있는 한, 그는 아름다운 사람일 것입니다.

순수함을 버리지 않은 사람이야말로 아름답고자 하는, 아름다운 주인공이라 말할 수 있습니다.

그런 맑은 희원(希願)을 품고 있는 이의 생활이란 말할 것도 없이 정신 세계의 충일(充溢)함을 볼 수 있을 것입니다.

이제 한 여성의 아름다움에 대해서 생각해 보고자 합니다.

눈부시게 아름다운 미녀(美女)이기를 원하십니까.

이솝우화에, 향기와 미(美)를 부러워하는 백일홍을 보고 장미가 쓸쓸하게 대답하는 대목이 있습니다.

"날보고 누구나 아름답다고 하지요. 그래서 사람들은 나를 보기만 하면 꺾는답니다. 나도 백일홍처럼 언제까지나 꽃핀 대로 살고 싶어요."

용모가 아름답다는 건 인생에 있어서 하나의 특권이요 기쁨일 수 있습니다. 꽃의 생명이 하르르 떨리는 아름다움에 있듯, 여성의 생명은 강인한 남성미에 대조를 이루는 섬세한 아름다움에 있다는 말을 부인할 생각은 없습니다.

다만 미인이기 때문에 하루아침에 신데렐라가 되기도 한다지만, 백일홍처럼 소박하게 한 지어미로 살기를 원하는데도 눈길을 끄는 미모 때문에 장미의 한탄처럼 삶의 향방이 바뀌는 슬픈 이야기도 적잖이 있습니다.

얼굴이 아름다운 여인은 눈에 기쁨을 주고, 마음이 아름다운 여인은 마음에 기쁨을 준다고 셰익스피어는 말했습니다.

그러면 말하겠습니다.

눈에 기쁨을 주는 여인이란 것도 실은 얼마나 애매모호한 건가를.

감각적인 연출의 하나라 할 화장술이나 성형 수술로 미모는 어느 정도 만들어지기도 합니다. 그러나 중요한 것은 아무리 눈부신 미녀라 해도 사랑스런 마음 없이 산다면 별 가치가 없다는 점입니다. 바꾸어 말하면 지극히 평범한 용모에서도 사랑하는 마음이 있으면 남이 찾아 내지 못한 아름다움을 발견하게 된다는 뜻입니다.

미모(美貌)란 개성의 산물이며, 사랑 받을 때의 변용(變容)인 것입니다. 그 위에 마음에 기쁨을 주는, 마음이 아름다운 여성이라면 더 바랄 게 없겠습니다.

하면 우리가 지키고 가꿔 가야 할 아름다움이 순수한 마음가짐에 뿌리를 두어야 하는 것임을 알겠고 여기 보태야 할 건 품격(品格)과 지성(知性)을 우선 들어야 할 것입니다.

이 모든 아름다움은 하루아침에 되어지는 게 아니어서 옥(玉)을 갈고 닦듯이 힘써 갈 일입니다.

끝으로 추함에 대해서 얘기하겠습니다.

빛이 있으면 그림자가 있고 밝음이 있는 대신 어둠이 있는 것처럼, 아름다움이 있으니 추함도 있어지는 거라고 단정하는 건 위험한 생각입니다.

추함을 경계하고 추함을 거부하기로 한다면 촛불을 높이 쳐들어 그림자를 떨쳐 버리듯이 지워가며 살 수도 있는 것입니다.

추함이란 무엇이겠습니까. 거짓과 허세, 탐욕과 질투, 그런 것들입니다.

'가난이야 한갓 남루에 지나지 않는다'는 미당(未堂) 시구(詩句)처럼 남루한 차림을 했다고 해서 거기 추함이 있는 건 아닙니다.

가진 게 넉넉하건 아니건 탐욕스럽게 사리사욕(私利私慾)에 급급한 눈에서 추함을 보며, 거짓을 일삼거나 저 살기 위해

남을 짓밟는 야박한 행위에서 추함을 보게 됩니다. 하찮은 세속권좌(世俗權座)에서 우쭐해하고 비열하게 거기 또 매달리는 우매한 이들에게 환멸과 추함을 느낍니다.

불의(不義)를 부끄러워하고 남의 착하지 못함을 미워하는 마음, 즉 수오지심(羞惡之心)이 우리 모두에게 있어 준다면 이 세상에는 추함은 없고 아름다움만이 살아 있겠거늘.

세상은 그렇지가 못합니다. 그래서 상처 입은 마음이 아프고 맑은 눈빛으로 저 하늘의 구름과 무지개를 보면서 가슴이 뛰는 그런 시간을 갖는 것조차 잊어버리기 쉽습니다. 그런 때 푸시킨의 시 '삶이 그대를 속일지라도'를 입속으로 가만히 읊조리기 바랍니다.

　　삶이 그대를 속일지라도
　　슬퍼하지 말라 노하지 말라
　　슬픈 날엔 참고 견디라
　　즐거운 날이 오고야 말리니

　　심장은 미래에 살고 있다
　　현재는 우울하나 모든 것은

순간에 지나가 버리고

내일은 기쁨이 다시 오리라

젊음, 그 아름다움

인생에 있어서 젊다는 건 하나의 특권이요 재산이다. 최고의 아름다움이다. 단단하게 맺힌 꽃봉오리, 여린 꽃잎은 향기로운 숨결을 삼키며 더욱 안으로 움츠러든다.

그러나 자신은 그 젊음이 갖는 지대한 아름다움이, 향기로운 숨결이, 사람들에게 어떤 기쁨을 주는지 잘 알지 못한다. 그래서 더욱 순수하고 떳떳한 것이다. 마치 노래하는 소녀 '피빠'처럼….

피빠는 로버트 브라우닝의 극시(劇詩) '피빠가 지나간다'의 주인공이다. 순진한 소녀 피빠가 천성으로 좋아하는 노래를 부르면서 거리를 걸어가노라면 노래를 듣는 사람들에게 심리적 변화가 일어나 모든 일이 좋게 되어진다는 동화

(童話) 같은 극시였다.

피빠의 노래를 듣고 어떤 살인자는 참회를 하고, 어떤 남성은 이혼을 단념하고, 어떤 애국자는 용기를 내어 달려나간다. 그래도 피빠 자신은 아무것도 모른다. ― 이런 구성으로 행복을 나눠주는 즐거운 내용이다.

때는 봄,
하루 중의 아침
아침은 일곱 시
언덕은 이슬로 빛나고
종달새는 날고
달팽이는 장미가지에
신(神)은 하늘에 계십니다
모두 좋은 일뿐입니다

이 낙천적인 시를 피빠가 고운 목소리로 노래하자 연인의 남편을 죽인 시발트도 양심의 가책을 받기 시작한다는 것이다.

오늘의 피빠는 누구인가? 생기발랄하고 초여름 연초록빛

잎사귀처럼 깨끗한 젊은이들이다.

맑게 개인 어느 날,

강의 중인 친구를 만나러 대학 캠퍼스에 간 적이 있다.

교문으로 연결된 골목길에서부터 때마침 수업을 마치고 삼삼오오 떼지어 나오는 대학생 물결이 나를 압도하였다.

교정(校庭)은 평화롭고 투명한 공기가 팽창해 있었다. 알맞게 배치된 화단과 수목들, 잘 다듬어진 잔디밭, 그 사이로 여러 갈래로 뚫린 하얀 오솔길을…. 그 중에도 가장 사랑스런 정경은 무엇보다도 곳곳에 모여 앉아 혹은 거닐며 재재거리는 그들의 모습이었다. 아니 그들의 젊음이었다. 나를 이토록 황홀하게 하는 그 힘은 과연 위대하다 할 것이다.

좀더 유심히 보면 그들의 젊음은 결코 생솔가지를 뚝 꺾은 싱그러움에 그치지 않고 저마다 개성이 있는 창조된 아름다움임을 알게 한다.

소박 단순한 피빠의 사랑스러움에 그치지 않고, 자신의 미질(美質)을 발견하고 발휘된 개성미(個性美)가 지성미(知性美)와 함께 조화된 또 다른 사랑스러움이었다.

잃어버린 연후면 무어나 한층 아쉽고 부러운 법이다. 그들과 같은 젊음을 흘려 보낸 나의 심중은 슬그머니 눈이 부셔 나무그늘로 들어설 수밖에 없었다.

허나 나는 질투는 하지 않을 아량이 있다. 오늘 나는 나와 동성인 여성들에게 일러주고 싶다.

젊음만이 갖는 오늘의 특권을 마음껏 누리라고, 여대생을 비롯하여 직업 여성, 풋풋한 새댁에 이르기까지 젊은 여성 누구나 자신의 숨겨진 아름다움을 찾아내어 거리낌없이 발휘해 감으로써 자신도 남도 행복하게 하라고.

젊음이 부럽다는 건 한 마디로 어떤 경우에도 다 이쁘고 귀엽다는 그 일점(一點)에 귀착된다. 머리부터 함빡 비에 젖어 서 있는 여성이 젊다는 사실 하나만으로 그토록 청결한 감동을 안겨 준다는 건 얼마나 유쾌한 일인가.

화장은 안 하는 편이 좋다. 화장기 없는 맑은 얼굴, 향수를 뿌리지 않은 깨끗한 체취, 화장이란 자신을 드러내는 게 아니라 감추기 위한 것이다. 그렇다면 화장에 소요되는 시간적·물질적 낭비는 나이 든 여성에게나 맡겨 두자. 그런 시간에 책 한 줄을 더 읽고 혹은 운동장에서 라켓을 휘두르자.

젊은 여성이 매력 있을 때는 꾸밈이 없는 신선한 아름다움을 가지고 있을 때다.

어느 앙케이트에서 여성이 가장 매력 있게 보일 때가 어떤 경우 인가를 보여준 남성들의 고백이 있었다. 개개인의 성격 나름으로 온갖 응답이 있었을 것이나 내겐 두 가지가 퍽 인상깊게 기억되고 있다.

하나는 여성이 막 세수를 하고 났을 때, 또 하나는 여성이 조용히 눈물방울을 떨어뜨릴 때란 것이다.

이 두 경우야말로 지극히 순수한 상태인 것이어서 그런 순간의 여성 특유의 매력을 포착해낸 남성 제위의 감성(感性)에 놀라움을 금치 못했다.

여성의 아름다움을 읊은 이런 시가 있다.

이름도 모르는 여인이여

그대 눈에는 부드러운 애교가 반짝이고 있다

그 눈동자는 작은 물고기처럼 뛰고 있다

그대 보드라운 뺨은 토실하여 빛과 내음이 깃드는 곳

그대 몸매는 날씬하며 손은 생물처럼 움직인다

이런 순간적이고도 외양적(外樣的)인 신선한 매력이 남성의 마음을 사로잡아 인생 코스가 달라지는 예는 얼마든지 있는 일이다. 그건 여성이 의식해서 했던 행위는 아니지만 평소의 교양과 감추어져 있던 미질(美質)이 자신도 모르게 빛을 받아 반사되는 보석 같은 사랑스러움을 발산했을 것임에 틀림없다. 우리가 즐겨 읽었던 세계명작 가운데서 남성이 매료당한 젊은 여성의 매력적인 장면 세 가지를 들어보기로 하자.

미국의 시인 롱펠로우의 장편 서사시 '에반제린'에서는 평화로운 전원(田園)에서 맺어지는 순박한 젊은 남녀를 볼 수 있다. 이 마을 대장간 집 아들로서 마을 청년 가운데 가장 힘이 세고 마을 사람들의 존경을 받고 있는 가브리엘은 부유한 농부의 딸인 소꿉동무 에반제린에게 말할 수 없는 사랑을 느껴 청혼한다. 그의 표현을 빌리면 다음과 같다.

열 일곱 난 그녀는 꽃다운 처녀, 검은 두 눈은 덤불 속에 반짝이는 딸기 마냥 금발머리 밑에서 얼마나 부드럽게 빛났던고! 그녀의 입김은 풀밭에서 자란 암소의 숨결같이 향기로웠다. 추수 때 집에서 만든 맥주를 일꾼들에게 날라다 주던 그녀의 모습은 얼마나 아름다웠나!

일하는 처녀의 매력적인 자태에 이끌려 행복한 결혼식을 올리던 날, 뜻밖에도 들이닥친 점령군의 횡포로 온 마을이 쑥대밭이 되고 가족들은 흩어짐으로써 슬프고도 애절한 에반제린의 정절 신화(貞節神話)가 탄생한 건 여담으로 기억해둘 만하겠다.

괴테의 소설 「젊은 베르테르의 슬픔」에서 노란 조끼를 즐겨 입었던 베르테르가 이루지 못할 사랑 때문에 끝내 권총 자살을 하게 된 로테의 매력은 무엇이었던가?

그가 로테에게 끌린 건 그녀가 성장(盛裝)하고 춤출 때가 아니라 검소한 보통 옷차림으로 여섯 명이나 되는 어린 동생들에게 나눠줄 간식 빵을 자를 때였다.

여성 본성인 모성애(母性愛)를 은연중 발휘하고 있던 처녀 로테는 자기도 모르게 남성에게 의지하고 싶은 충동적인 사랑을 안겨 주었던 것이다.

앙드레 지드의 「좁은 문」에서는 고결하고 신비로움을 간직한 알리사가 주인공 제롬의 일생에 크게 영향을 미치고 있다.

일반적인 표준으로 말한다면 동생인 줄리엣이 언니인 알리사보다도 훨씬 아름다웠다. 그러나 어쩐지 나는 알리사에게만 마음이 끌렸다. 알리사의 얼굴에는 무언가 특수하고 불가사의한 아름다움이 있었다. 그녀의 눈이나 조용한 미소에는 수심(愁心)을 지니고 있는 사람처럼 차분한 표정이 있었으며 그 점이 오히려 나를 견딜 수 없게 끌어당겼다고 해도 좋았다. 줄리엣과는 쾌활하게 어린아이처럼 놀았으나 내 마음은 언제나 알리사에게만 사로잡혀 있었다.

일반적으로 여자의 아름다움에는 외양만이 아닌 온갖 특성이 담겨 있다. 그 말씨나 표정, 몸짓이나 목소리 등 모두가 미묘하게 서로 관계를 가지면서 은연중 발산되는 어떤 분위기가 한없는 매력으로 어필해 오기 마련이다.

다만 그러한 매력이 표피적(表皮的)인 것에 그친다거나 꾸며서 이뤄진 해프닝에 불과할 때 그 매력은 물거품처럼 생명감을 잃고 말 것이다.

여성, 그 중에도 특히 젊은 여성이 갖는 매력은 건강한 아름다움이다. 겉으로는 단순하고 명쾌하되 속깊이 감추어진 교양과 지성이 언동과 대화를 통하여 탄력 있게 감지되는 그런 육체적 정신적 건강성이 바로 젊은 여성의 자산(資産)이어야 할 것이다.

머지않아 활짝 피어날 여성으로서의 아름다움을 소중히 감싸안은 귀엽고 단단한 꽃봉오리이기를 바란다.

꽃, 그 향기로운 대화

어느 영화에 이런 장면이 있었다.

오랫동안 소식 없는 애인을 기다리며 슬픔에 잠겨 있는 그 여인은 설상가상으로 건강상태도 좋지 않아 고통 속에 있었다.

실의에 빠져 있는 그녀 앞에 기다리고 기다리던 애인이 홀연히 돌아온다.

문을 열자 그가 손을 내밀어 안겨준 건 한 다발의 들국화, 그녀는 현기증이 나는 듯 잠시 비틀대다가 꽃 속에 얼굴을 파묻는다.

그녀를 말없이 껴안는 애인.

쌓였던 슬픔과 원망과 고통이 일시에 무산(霧散)하는 순간이었다.

꽃향기에 젖어 눈물을 감추는 그녀를 품어안은 애인, 그들은 꽃으로 천만 가지 얘기를 전하고 있었다.

만일 목마르게 기다리던 애인이 건네준 선물이 꽃이 아니고 다른 어떤 것이었다면… 이때의 분위기는 좀 달랐을 것이다.

감격스런 재회(再會)에 한 다발의 꽃으로 연출된 아름다운 장면이 지금껏 나를 사로잡고 있다.

꽃이란 무엇인가.

화려하고 탐스러운 온갖 형태의 꽃에서부터 풀섶에 조그맣게 눈 뜨고 있는 이름 모를 풀꽃에 이르기까지 천태만상 (千態萬象)의 꽃을 대할 때마다 찬탄을 금할 길 없다.

조물주의 조화 가운데 놀랍지 않은 게 없지만 꽃처럼 그냥 기쁘고 신묘하고 고마운 게 또 있을까.

꽃은 신이 인간에게 내린 선물이다. 이처럼 고귀한 것이어서 사랑하는 사람끼리, 존경하는 윗사람에게, 다정한 친구 사이에 우리는 즐겨 기쁨을 가지고 꽃을 선물한다.

저마다 다른 얼굴로 귀엽고 사랑스럽게 웃고 있는 꽃, 빛깔이 있고 향기가 있고 분위기가 있어 주고받는 마음에 각별한 뜻이 담기는 아름다운 선물이다.

꽃이 우리네 생활에 끼치는 유형무형(有形無形)의 영향에 대해서는 굳이 따질 것도 없이 우리의 눈과 정신을 맑게 해 주는 기쁨의 발광체(發光體)라 말하고 싶다.

꽃이 없는 세상, 꽃 한 송이 없는 방과 쓸쓸한 뜰, 그건 삭막하다는 말로밖에 표현할 수 없다. 바람도 피해 갈 것이다.

온종일 음악 한번 듣지 않은 무디어진 귀처럼 눈앞에 꽃을 볼 수 없는 세상은 한마디로 잿빛 겨울하늘처럼 가슴을 무겁게 할 것이다.

"천당이 아무리 좋다 해도 이 세상처럼 꽃이 있고 구름이 있고 바람이 있어 주지 않는다면 나는 그곳에 가고 싶지 않다"고 선배 작가가 말했다. 나 역시 동감이다.

우리에게 삶을 영위케 해주는 직접적인 요소, 이를테면 의식주(衣食住)의 기본 요건이 절대 불가결한 것은 말할 것도 없다. 허나 그것만으로는 살 수가 없다. 아니, 먹고 자고 그렇게 목숨은 부지할 테지만 그것만으로는 결코 살 수 없는 게 인간이라는 고등 동물인 것이다.

인간이 동물의 차원을 떠나서 진정 인간답게 살 수 있는 데는 지성(知性)과 감성(感性)이 있는 때문이며, 감정(感情)이 있는 때문이며, 감정(感情)에 좌우되는 삶의 빛깔과 무늬가 있는 때문이다.

거기에 자연과 예술이 주는 기쁨의 부피가 보태어질 때 비로소 삶의 꿈틀거림이 살아 있는 보람에 연결되어진다. 꽃이 우리에게 공헌하는 바도 그런 면에서인 것이다.

아름다움에 대한 도취(陶醉), 이런 게 있음으로써 살아가는 맛이 있고 살아가는 멋이 있는 법이다. 그런 기쁨을 안겨 주는 최상의 선물이야말로 꽃이 아닌가 한다.

신라 성덕왕(聖德王) 때 순정공(純貞公)이 미모의 아내 수로 부인(水路夫人)을 동반하여 강릉 태수로 부임해 갈 제 경치가 수려한 바닷가에서 점심을 먹으며 쉬게 되었다.

그 곁에 병풍처럼 둘러쳐 있는 바위산이 있고 아득한 절벽 위에 철쭉꽃이 한 무더기 피어 있었다.

꽃을 좋아하는 수로 부인은 불현듯 그 꽃을 탐내었다.

"누가 저 꽃을 꺾어다 주겠나?"

"그곳은 사람이 오를 수 없는 곳입니다."

시종들은 엄두를 못 내고 고개를 저었다.

그때 한 노인이 암소를 끌고 지나가다가 부인의 말을 듣고 절벽에 올라 꽃을 꺾어다가 부인에게 주면서 노래를 불렀다.

질붉은 바위 가에
잡고 있는 암소 놓게 하시고
나를 아니 부끄러워하신다면
꽃을 꺾어 바치오리다

삼국유사(三國遺事)에도 나오는 이 신라 향가는 노인의 '헌화가(獻花歌)'를 현대문으로 번역한 것이다. 아름다운 부인의 청에 기꺼이 험준한 바위산에 올라 꽃을 꺾어 바친 노인의 순정이 미소롭기만 하다.

허나 무엇보다도 감히 지상의 것으로 볼 수 없는 그 꽃을 사랑스런 여인에게 주고 또 그 꽃을 받아든 수로 부인의 기쁨에 빛나는 얼굴을 상상한다는 건 즐거운 일이다.

수로 부인이 그때 탐한 것이 바닷속 산호나 진주였더라도 감연히 뛰어들어 구해 오려는 용사가 있었을지 모른다.

허나 그 여인은 산호나 진주가 아닌 한갓 타오르는 철쭉

꽃을 갖고자 했다.

그 꽃은 며칠이면 아니 몇 시간 뒤에는 시들어 버릴 것이 언만 꽃을 받아 안은 순간의 행복감은 다른 어떤 보물과도 바꿀 수 없이 귀하고 순수한 것이다. 이 얼마나 사랑스런 여인인가.

흔히 선물이란 값비싼 것이어야 한다고 생각하는 사람이 적지 않은 듯하다. 주는 쪽에서도 모처럼이니 하고 분수에 넘치게 무리를 하기 일쑤이고 받는 쪽에서도 듬직한 유형물질(有形物質)일 때 특히 반가워하는 풍조가 없지 않다.

그건 물질주의에 젖어 병든 이들이 갖는 쓸쓸한 거래다. 정(情)과 사랑이 깃들지 않은 탐욕의 뒤안길을 배회하는 허망한 눈이다.

고귀한 사람의 마음에는 아무리 값진 선물도 보내 온 사람의 정이 담겨 있지 않은 걸 알게 되면 하찮게 여기게 된다는 말이 있다. 그건 뇌물이지 선물이 아닌 것이다. 그래서 호의(好意)의 선물일지라도 합당한 명분이 없거나 분수에 넘치는 것일 때 기어코 돌려보내는 경우가 생긴다.

이때 상대방이 무시당했다고 생각하거나 다음에 갚아야 할 것을 두려워해서 거부하는 것 같이 보이지 않도록 조심해야 한다고 화란의 철학자 스피노자도 경고하고 있다. 요컨대 중요한 것은 그 선물에 있지 않고 그 마음에 있는 것이다.

구미(歐美) 쪽에서는 서로 꽃을 즐겨 선물한다. 그러나 손수 안고 가는 경우보다는 꽃집에 주문해서 배달시키고 직접 들고 간다면 한두 송이로 마음을 전한다.

비교적 형식을 존중하는 우리네 감각으로는 아직도 '선물'이란 너무 소홀해서는 안 된다는 생각이 지배적인데, 이제 그 무리하고 거북한 형식의 틀을 깰 때도 되지 않았나 한다.

물론 어떤 경우에 어떤 선물을 고를까 할 때 상대방을 기쁘게 해줄 여러 가지 현물(現物)이 있고 그런 기준을 전혀 무시할 수는 없는 일이다. 다만 일반적으로 선물을 주고받는 행위를 '아름다운 인정의 표현'이라는 차원으로 끌어올리기 위해서 값으로 따지기엔 너무도 송구한 꽃을 선물하는 게 좋을 듯하다.

우리 모두 꽃을 선물하는 순수한 가슴을 갖자. 꽃을 받고 환하게 웃을 수 있는 가슴을 갖자. 신의 선물이라고밖에 할 수 없는 오묘하고 아름다운 꽃으로 대화를 나누자. 향기로운 침묵의 언어, 재치 있는 꽃말로 대화를 나누고 서로를 허락하자.

문을 열었을 때 꽃다발을 안고 화사하게 웃고 있는 손님
이 되자.

그리하여 신선한 충격과 향기로운 추억을 주기로 하자.

겨울 연인(戀人)

겨울이 깊어갑니다.

먼길을 걸어온 사람처럼 안온한 자리와 뜨거운 차 한잔
이 아쉬운 시간입니다.

창 밖에서 날카로운 바람 소리가 허공을 찢고 빈 가지를
울리다가 또다시 어디론가 몰려가곤 합니다.

어깨가 허전하여 숄로 몸을 감싸고 난로 가에 앉았습니
다. 난로 위에선 지금 한참 물주전자가 끓고, 그렇게 끝없이
끓고 있는 게 어쩐지 무섭도록 권태로워집니다.

왜 이처럼 조용한 한낮이 평화롭다든가 하는 정상성을
떠나서 시계의 초침같이 나를 조급하게 만드는 걸까?

새해 벽두, 축복 받은 유열(愉悅)의 시간이어야 마땅할 이

시간, 나는 무얼 기다리는 걸까. 무얼 생각하는 걸까.

무거운 하늘에선 눈이 한차례 쏟아질 기세입니다. 그래, 눈이라도 펑펑 내려 주었으면 합니다.

이제 내가 무엇엔가 기대고 싶어지는, 기대지 않을 수 없는 감상의 언덕에 서 있다면 스스로 쓴웃음이 나올 수도 있겠습니다. 허나 이토록 당혹하는 어설픈 심사를 속 깊이 들여다보건대 짐작되는 바 없지도 않습니다.

침묵의 겨울이 나를 사로잡고 놓지 않는 때문입니다. 나는 그 무게를 감당할 길 없었습니다.

담장 너머로 한 남자가 천천히 걸어가는 게 보입니다. 영하의 거리를 저 남자는 왜 또 혼자서 느리디느린 걸음으로 가고 있는 걸까? 릴케의 「말테의 수기」 첫머리에 한 임산부가 무거운 몸을 끌고 긴 병원 담을 짚으며 걸어가는 정경묘사가 떠오릅니다. 저 창 밖 담장 밑을 가는 사람에게 나는 괴로워하는 자를 보듯 막연히 동정이 일었습니다.

허나 이내 그건 내 기우에 불과함을 깨달았습니다.

그의 어깨 자락쯤에서 검은 머플러로 폭 덮인 머리가 기대어 가다가는 이따금 두 얼굴이 마주 바라보며 눈으로 얘기를 주고받는 게 보였기 때문입니다.

입을 열어 말을 하기엔 너무 추운 날씨였습니다. 아니 말이 필요없는 그런 사이일 것입니다.

아마도 언 손을 주머니 속에서 녹여 주며 말없이 기대어 가는 두 가슴은 발화점(發火點)을 훨씬 넘어 있음에 틀림없을 것입니다. 아름다운 한 폭의 그림이었습니다.

나는 담 끝에서 사라진 그들 겨울의 연인들에게 축복을 보내는 데 인색치 않으렵니다. 꿈결 같던 그들 모습이 내 망막에 박힌 채 내 닫혀있던 가슴에 훈훈한 열기를 심어 주었습니다.

문득 지난 늦가을 옛 절을 찾았던 때가 생각납니다. 곳곳에 다정히 손을 잡은 연인들의 행렬이 있었습니다. 젊은이들의 발랄한 웃음소리와 담대한 포옹이 나무그늘에서 혹은 오솔길에서 밀물지고 있었습니다.

그러나 개방적인 여름과 가을은 사랑을 구하기엔 좋은 계절이지만 진정한 연인들의 계절은 아닌지도 모릅니다. 그만큼 들떠 있고 과시에 치우친 감이 들었습니다.

사랑의 성숙 과정엔 맨 처음 불꽃이 지펴지는 두렵고 떨리는 순간에서부터 사랑의 교환(交歡)이 눈에서 얼굴에서 온몸에서 발산되는 시기가 있습니다. 그리고 충분히 발효되어 세월과 함께 앙금이 모두 가라앉고 잘 여과된 증류주(酒) 같은 연인 사이도 있습니다.

그 어느 쪽도 한결같이 아름답고 순연하여 눈이 부십니다.

그 중에도 겨울 연인들의 침착한 자세는 숭엄하기까지 하였습니다. 얼어붙은 영하의 거리를 종종걸음치지 않고 오히려 침해받지 않는 빙벽(氷壁)을 아끼듯이 걸어가는 겨울의 연인들….

이제 곧 어둠이 몰려올 것입니다. 더욱 견고한 겨울의 침묵이 그대들 연인들을 가두게 될 것입니다. 그래도 그대들이 행복하게 웃음 지을 것을 나는 믿습니다. 햇님과 바람이 길 가는 나그네의 외투 벗기기 내기를 한 우화가 있었지요. 바람이 거셀수록 나그네는 외투를 더욱 꼬옥 여미고 자기 방어를 했다는 이야기. 연인들의 경우도 이에 비길 수 있을 듯합니다. 찬바람 거친 외세(外勢)가 있을 때 두 사람은 점점 더 굳게 결속하여 자기들 세계를 지키려 합니다.

겨울은 연인들의 계절입니다. 서로가 서로를 감싸주면서 소중한 둘만의 시간을 보듬고자 합니다.

침묵의 겨울, 말없는 말처럼 침묵하는 겨울의 언어를 날카로운 바람 속에서 뜨겁게 감지하기 바랍니다.

겨울 바다를 찾아도 좋을 것입니다. 황량하게 변해 버린 쓸쓸한 바닷가를 이리저리 거닐며, 바람결에 뜨거운 열기를 식혀 보는 일도 때로는 있어야 할 것입니다.

그리고 추위를 녹여 주는 훈기 어린 찻집에 마주 앉아 얼었던 표정을 풀어 가는 시간이 있어 주어야 합니다. 젊은 연인들은 젊은 특권으로 하여 무한히 사랑스럽고 행복하고 탄력감 넘치는 꿈에 잠길 수 있습니다.

나이를 의식하는 다른 세대라 할지라도 그들은 그들대로 미소로운 분위기를 보여 줄 것입니다.

사랑하는 사람들의 모습은 언제 어디서나 즐겁고 가슴 뿌듯하기 마련입니다.

백발이 희끗희끗한 노경의 신사가 아내의 매듭 굵어진 손을 잡고 아무 기척 없이 앉아 있는 일조차 거기 사랑의 눈길이 어려 있을 때 아름다운 불꽃을 볼 수 있는 것입니다. 하물며 마음속 깊이 맺어진 연인들이야 백 마디 사랑의 고백보다 깊은 뜻을 간직하고 있음을 알게 합니다.

밤이 되거든 잠을 거두기 바랍니다.

긴 밤 길고 긴 편지를 쓰도록 권합니다. 짧고 아쉬운 한낮에 다 못한 말을 구슬로 엮어 뜨거운 대화를 편지 속에 펼쳐 가기 바랍니다. 편지를 쓰면서 생각할 시간을 가질 수 있습니다. 그이에 대해서, 나 자신에 대해서, 그리고 그이와 나 사이에 관해서.

연인들의 시간은 깊은 겨울일수록 더욱 농밀한 기쁨으로 촉루(燭 淚)처럼 스스로를 불태울 수 있기 때문입니다.

나는 이제 외롭지 않습니다.

내일로 이어지는 미지의 두루마리에 정겨운 드라마를 펼쳐 갈 그대들 겨울 연인들을 보면서 나는 지금 행복합니다.

사랑 예찬

　사랑을 하기 시작한 여인은 갑자기 아름다워진다. 얼굴은 생생하게 빛나고 그 눈은 윤기를 머금어 매혹적으로 어필해온다.

　무어라 해도 일생 중 가장 아름다운 때는 연애의 최초의 시기라고 지적한 덴마크의 철학자 키에르케고르의 명언(名言)은 지금껏 진실하게 부딪쳐 온다.

　드디어 연애가 무르익어 감에 따라 어쩔 수 없이 수반되는 여러 가지 괴로움이 있다 해도, 그래서 그 아름다움이 점점 희미해져간다 할지라도 지금 막 사랑을 시작한 여인의 청순한 눈매는 이른봄 잔설(殘雪)을 헤치고 피어난 매화처럼 맑고 고운 감동을 불러일으키기에 충분하다.

사랑은 어느 날 갑자기 한 개의 화살로 가슴에 꽂혀 와 꼼짝 할 수 없게 만드는 것, 뿌옇게 덮인 회색 구름 사이로 한 줄기 햇살이 내리쏘아 나를 사로잡는 아찔함과도 같이 눈부신 환각으로 덮쳐 오는 것, 유독 선택받은 두 생명이 서로 섬광으로 얽히어 불꽃을 튀기는 황홀한 순간.

사랑은 현실적으로 고독한 인간을 더욱 고독한 자기만의 세계로 유폐시키면서 거기서 무한한 가능의 새 세계가 펼쳐지는 신비의 영지(領地)라 할까.

사랑의 형태는 너무도 다양해서 한 굴레로 씌울 수가 없다.

사랑이라고 하면 자기 이외의 어떤 대상에 귀결시키게 되지만, 사실상 어떠한 사랑도 자기애(自己愛)에서 출발하는 것이며 남을 사랑한다는 형식을 통해서 결국은 자기 자신을 사랑하는 건지도 모른다.

우리가 사랑은 느끼는 대상은 반드시 인간이 아닐 수도 있다.

보는 동안에 그 존재가 우리의 마음을 흐뭇하게 해주고 쾌감을 가져다주는 것, 가령 꽃이라든가 새라든가 개나 고양이 등, 혹은 자기를 완전히 몰입할 수 있는 예술, 사업 등

등… 그것으로 해서 자신이 행복을 느낄 수 있는 대상을 잠정적으로나마 인지(認知)했을 때 스스로 사랑한다고 말할 수 있을 것이다.

한 송이 꽃, 그 자체는 여태껏 나와 아무런 관계가 없는 별개의 것이었지만 그것을 바라보는 동안 아름다움에 이끌려 마음으로부터 사랑스럽다고 느끼는 순간 어느새 손은 그 꽃을 꺾어 들고 싶어진다.

바라보는 것만으로 만족할 수 없는 게 사랑인 것이다.

그런 대상이 꽃이 아니고 사람인 경우, 한 번 타기 시작한 마음은 강렬하게 상대방을 끌어당겨 자기 마음과 연결시켜두고 싶은 소유욕으로 해서 초조해진다.

사랑의 고뇌는 이렇게 싹트기 마련이다.

그것이 순탄하게 발전하지 못할 때는 어떠한 자기희생도 감수하려는 용맹까지 생기고 여기서 비련(悲戀) 같은 상처로 날개를 부러뜨리게도 되는 것이다.

아름답게 빛을 발하는 순수한 사랑이 오히려 그 순수함으로 해서 우리의 마음을 아프게 하는 수가 있다.

인간이 인간을 사랑한다는 것, 이처럼 어렵고 심각한 숙제가 또 있을까.

불의의 내객(來客)처럼 예고도 없이 찾아오는 사랑 앞에 여인은 몸을 사리고 두려움에 떤다.

바람결에, 눈빛에, 뜨거운 경이(驚異)를 느끼고 스스로 속마음에 눌러도 눌러도 솟구쳐 오르는 기쁨을 감지했을 때 사랑의 아픈 시련은 이미 그 안에 생성해 버린 것이다.

그러나 사랑에 무조건 몰입한다는 건 일종의 자살 행위이고 자기 상상일 수 있다.

더욱이 인생의 초심자인 젊은 여성의 경우 첫사랑은 미지의 세계를 탐지하듯, 얼음장 위를 걸어가듯 조심스럽게 대결하지 않으면 안 된다.

흔히 첫사랑은 새큼하고 떫은 풋과일의 맛이라고… 그만큼 미숙하고 서툴어 자기 자신을 완전히 발현시킬 수가 없는 탓이다.

너무도 순수한 사랑은 다치기 쉬운 유리 그릇처럼 아픈 염려를 수반한다.

비단 첫사랑이 아니더라도 여인의 가슴에 뿌리를 내린 사랑의 모습은 면도날 같은 두려움이 아닐 수 없다. 그래서 많은 여인이 가슴의 문을 닫고 쉽사리 사랑을 받아들이려 하지 않는다. 그 면도날이 제대로 기능을 발휘하지 못하는 날은 스스로 상처를 입기 때문이다. 그러나 좀처럼 눈뜨기를 거부한 여인도 한 번 자신을 내던져 불붙기 시작하면 완전히 연소될 때까지 사랑의 불길을 멈출 길이 없다. 온전한 사랑이 이루어졌을 때 여인은 한 여성으로서 최고의 인간 완성을 볼 수도 있다.

반대로 그 사랑으로 인한 상처가 클 때 여인은 극단의 길을 가기도 하고 잃어버린 사랑의 보상을 위해 예기치 않던 희생도 감수하기에 이르는 법이다.

풀어도 풀 길 없는 남녀간의 불가사의(不可思議)한 사랑의 역사는 예로부터 지금까지 많은 문학 작품에 또는 우리의 주변에서 현실적으로 보아 왔다. 이제 새삼스럽게 들추지 않더라도 사랑의 승리와 비극은 천태만상으로 시범되었고 무한히 되풀이되고 있는 것이다.

희랍 신화 가운데 이런 이야기가 있다.

트로이아에의 원정군(遠征軍)으로 출정한 남편 프로테시라오스가 전사하자 그 아내 라오다 메이아는 남편 모습의 납인형(鐵人形)을 만들어 놓고 울며 지낸다. 이 신혼 부부는 겨우 첫날밤을 지내고 헤어졌던 것이다. 친정 부모는 청상과부가 된 딸을 재혼시키려 애썼지만 끝내 말을 듣지 않았다.

어느 날 황천에서 특별 휴가(?)를 받고 돌아온 남편과 꿈결처럼 만났다가 남편이 돌아가야 함을 고백하자 옆에 있던 칼로 자결하여 황천길을 따른다. 단순한 줄거리이지만 우리 한국 고유의 춘향전에 못지 않은 열녀전(烈女傳)이다.

사랑의 신 큐피드가 뛰어난 미모의 이웃 나라 공주 푸시케를 아내로 맞아 '기쁨'이라는 아기를 갖기까지 그 아내가 받은 주변에서의 학대와 고난도 보통이 아니었다.

특히 시어머니가 되는 큐피드의 어머니 비너스 여신 밑에서의 고난의 편력은 장장 한 편의 소설감이다.

허나 이미 큐피드의 사랑의 포로가 된 푸시케는 순종과 인내로 사랑의 승리를 이룩하게 되는 것이다. 사랑의 역사는 애초부터 순탄치가 못했음이 확실하다.

도스토예프스키의 「죄와 벌」에서 창녀 소냐가 라스콜리니코프의 살인 고백을 듣자 경찰에 자수하게끔 권유한 뒤 그를 따라 시베리아 감옥으로 가는 헌신적인 사랑, 결혼하던 날 '이별'이라는 운명의 장난에 휘몰려 평생 찾아 헤매던 에반제린의 비련, 그밖에 수많은 성춘향식 연애담은 동서를 막론하고 수없이 많다.

이럴 때 사랑의 힘은 숭고하게 꽃피어 자신을 바치고 수

난을 초극해서 사랑을 따르게 한다. 또한 거기서 자신의 삶을 구축하는 데 주저함이 없었다.

사회 풍조의 변화상에 따라 우리의 연애관도 많이 달라졌다.

사랑은 기피하거나 순종만 할 게 아니라 마주 서서 대담하게 부딪쳐 버리는 게 옳은지도 모른다.

베일에 가려진 저쪽 신비의 세계가 아니라 너와 나의 두 몸에 깃든 하나의 정신(피타고라스)이기 때문이다.

감출 수 없는 것은

'사랑하는 사람을 갖지 말라. 미워하는 사람을 갖지 말라. 사랑하는 사람은 만나지 못해 괴롭고 미워하는 사람은 만나서 괴로우니라'고 한 불도(佛道)의 가르침은 너무나 가혹하다는 생각이 든다. 아무리 괴롭다 한들 어찌 인위적으로 조정될 성질의 것이랴.

사랑이란 하나의 피할 길 없는 업보라 할진대 차라리 감수하여 괴로운 형벌을 받을 일이다.

사랑의 여러 형태 중에서도 남녀간의 사랑처럼 아름다운 아픔과 끊임없는 갈구를 수반하는 것도 없을 것이다.

사랑은 상대방을 자기 안에 확보하려는 본능적인 욕망으로 불타게 하고 결연한 투지로 빛나게 한다.

그 갈망이 미처 채워지지 않는 데서 오는 괴로움과 슬픔이 크면 클수록, 진하면 진할수록, 또한 그것이 사회적인 데서 유래하는 개인적인데서 유래하든 자기를 지키며 뚫고 나가려는 심각한 투쟁은 어쩔 수 없이 전개될 수밖에 없는 것이다.

감출 수 없는 것은 무엇일까, 불이다.
밤이면 요란스러이 불꽃이 일고 낮으로는 연기로써 드러나 보이는 것.
더욱 감출 수 없는 것은 사랑이다.
가만히 가슴 깊이 접어 두어도 쉽사리 눈에서 나타나 버리니까.

이건 괴테의 시 '감출 수 없는 것' 중 한 소절이다.
그렇다, 사랑을 하고 있는 동안은 아무리 누르고 감추려 해도 그 얼굴에서 눈에서 온몸에서 삶의 탄력 있는 율동감이 발산되어진다.
빛깔이 있고 교감하는 불꽃이 있기 마련이다.
사랑의 표현은 자연스럽고 순수하고 따뜻해야 한다.

진실 일로(眞實一路)로 자기를 해체하고 다시 결속하여 사랑하는 상대방 가슴속에 향기 높은 꽃다발로 안길 수 있어야 한다.

어떻게 표현할 것인가를 묻지 말자. 어떤 때, 어떻게, 라는 모범 답안지가 사랑을 나누고 있는 뜨거운 가슴에, 그 미묘한 떨림에 무슨 소용이 있을 것인가.

요컨대 자기가 농밀한 열도를 진실한 말과 행동으로 혹은 말없는 말과 말없는 동작으로, 눈빛으로, 분위기로, 솔직담백하면서도 은근하고 훈훈하게 전달하는 것이 일차적인 사랑의 예의임을 지적할 수 있을 뿐이다. 한 가지 충고를 드린다면 과장하지 말고 비굴하지 않아야 한다는 점이다.

사람마다 생각과 취향이 다르듯이 사랑의 표현도 생활환경과 교양과 성격에 따라 얼마든지 다를 듯 하다.

국제 스타로서 수없는 화제를 뿌렸던 리처드 버튼과 리즈 테일러처럼 무시로 값비싼 다이아몬드를 선물하는 것으로 애정을 표시하던 계열이 있는가 하면, 풀밭에 앉아 풀꽃반지를 주고받으면서 머리카락을 쓸어 내리는 순수한 애정표현에 얼마든지 행복한 계열도 있다.

여기서 무서운 이야기를 소개하지 않을 수 없다. 그건 사랑의 표현을 온전히 하지 못하여 사랑에 실패하고 인생을 좌절시킨 이야기로 스테판 쯔바이크의 소설 「모르는 여인의 편지」이다.

한 여자가 한 남자를 사랑하게 되었다.

남자는 자기대로 확고한 인생을 즐기느라고 모르는 여자의 안타까운 짝사랑을 감지하지도 못한다. 여자는 어느 날 남자 집 앞골목에서 서성대다가 유녀(遊女)로 오인된 채 그 남자 방에서 하룻밤을 지내게 되건만 끝내 자기 마음을 털어놓진 못했다.

하룻밤의 인연은 사랑하는 사람의 아기를 낳게 만들었고 여자는 혼자 힘으로 소리 없이 키우며 산다. 아이가 돌림병으로 죽었을 때 비로소 긴긴 고백의 편지를 써서 우체통에 넣고 자신도 숨을 거두었다.

이 끔찍한 이야기는 황진이를 담 너머로 짝사랑하다 상사병으로 죽었다는 총각보다도 한층 어둡고 집요하여 매양 소름이 끼친다.

여기 비하면 궁중 공주를 아내로 삼기 위하여 거짓 노래를 퍼뜨려 사랑을 성취한 서동(薯童)의 경우는 얼마나 당돌한 사랑의 표현인가.

첫사랑이 대체로 결실을 맺지 못하는 것도 마음에 가득한 사랑을 제대로 표현하여 상대방 가슴에 전달하지 못한 데 연유할 때가 적지 않을 것이다.

서로 사랑하면서도 애정 표현에 너무나 신중하고 주저하다가 사랑에 금이 가는 예는 또 얼마나 많은가.

사랑할진대 용기 있게 솔직하게 아름답게 마음의 빛깔을 표현하기 바란다. 허나 다시 생각컨대 이즈음 풍조로는 사랑의 표현이 보다 행동적이고 가속적이고 직선적이어서 나의 충고는 공연한 말이 될지도 모른다.

결혼, 축복의 햇무리

결혼이란 무엇일까. 인생에 있어서 결혼이 차지하는 비중은 과연 어느 만큼의 절대치가 있는 걸까. 행복하거나 불행한 결혼이란 어떤 것일까.

나로서도 실은 거기에 대해 대답할 자신이 없다. 결혼이란 그만큼 불가사의하며 사람에 따라 천태만상이어서 나는 결혼을 정시(正視)하려면 현휘로움을 느끼는 것이다. 다만 결혼 생활을 인간의 행복감이라는 잣대로 재어서 어떤 점수가 나온다 해도 한 번은 도전해 볼 만한 신성한 과제임에 틀림없다.

인간으로 태어나서 정신적으로나 육체적으로 한 사람 몫을 할 수 있을 때 좋은 배우자를 만나 함께 새 삶을 구축한다는 사실만큼 엄숙한 일이 또 있을까?

초청 받은 결혼식에 참석할 때마다 신랑 신부의 청결한 행복감이 나를 압도한다. 사슴처럼 귀여운 한쌍. 훈훈한 방향(芳香)을 달무리처럼 이고 선 젊음이 아름다웠다.

그대들은 어떠한 경우에라도 항상 사랑하고 존중하며 진실한 남편과 아내로서의 도리를 다할 것을 맹세하겠느냐고 묻는 주례의 물음에 '네' 하고 선서한다.

나는 공연히 긴장이 된 채 '네' 소리를 들으려고 귀를 세우곤 한다. 그리고 영원히 변할 수 없는 '네' 이기를 속마음으로 빌어준다.

서구식 선서는 '죽음이 두 사람을 떼어놓을 때까지'라는 구체적인 표현의 선서 구절을 신랑 신부가 주례를 따라 하게 되어있다. 그 편이 좀 더 실감이 있고 감동적일 듯하다.

이처럼 아름답고 성스럽게 시작된 축복 받은 결혼에조차 세속 관념으로 혹은 연애의 무덤이라는 극단적인 위협이 가해지곤 한다. 허나 그대들은 이 말의 암시에 걸리지 말기를 바란다.

언제나 함께 있길 원하는 사랑하는 두 사람이 스스로 결혼이라는 굴레 속에 갇혀서 작은 성을 쌓고 그 속에 가정과 자녀를 두어 어른스런 삶을 영위해 간다는 신선한 기쁨에 대해서만 생각하자.

괴테는 일찍이 '결혼 생활이야말로 참다운 뜻에서 연애의 시작'이라고 간파했거니와 결혼이 연애의 무덤이 되느냐, 연애의 시작이 되느냐는 건 바로 결혼 당사자에게 달려 있는 것이다.

나는 '결혼의 성공은 적당한 짝을 찾는 일 못지 않게 적당한 짝이 되는 데 있다'는 말을 뜻깊게 받아들이고 싶다.

한 남자와 한 여자가 한 지붕 밑에서 평생을 살기 위해서는 서로가 무한히 소중하고 또한 권태롭지 않아야 한다. 그가 바라는 적당한 짝이란 정신적인 배우자로서 따뜻이 안겨오는 삶의 동반자를 뜻하는 것이다.

영혼의 부딪침만이 영원한 생명을 지니기 때문이다.

만남의 미학(美學)

어느 결혼식에서 인상 깊었던 주례사 한 구절이 잊히지 않는다.

"하나 더하기 하나는 둘이 된다는 게 일반 상식이지만 '결혼'이라는 성스러운 인간사(人間事)에 있어서 그 해답은 둘이 아니라 하나입니다."

나는 이 말을 들을 때 아하, 그렇구나 하고 공감하면서 1+1=1의 수학이 적용되는 또 하나가 '물'이라는 물질임을 생각하였다.

하나의 인생을 한 쌍의 남녀가 함께 구축해 가는 결혼과 출렁이는 물과의 공감각(共感覺)은 매우 의미심장하다.

물은 최소 단위인 물방울 한 개와 또 한 개의 물방울이 합쳐졌을 때 역시 한 개의 물방울에 지나지 않는다. 아무리 많은 물방울이 모여도 여전히 하나일 뿐이다.

그건 마치 신혼부부 한 쌍이 새로운 인생 판도 하나를 설계하고 형성해 감에 있어서 한 개의 물방울일 수밖에 없는 것과 마찬가지이다. 자녀가 생겨 가족 구성의 확대를 가져온다 해도 결국은 한 가족이라는 큰 합일체(合一體)인 점도 마찬가지이다.

이런 비유는 한국 전래의 가족관을 바탕한 것이며, 서구 사회의 가족관 내지는 그 풍조가 많이 물들어 가고 있는 오늘의 시대상을 전제로 할 때 다소의 괴리감이 없는 건 아니다. 그러나 부부 일심동체(一心同體)는 어느 시대 어느 사회에서도 변함없는 궁극의 이상(理想)이다.

남녀의 만남이 도달하려는 지점은 그들의 결합을 제도적으로 뒷받침해 주고 사회적으로 공인해 주는 떳떳한 결혼에 있고 이를 기점으로 한 밝고 행복한 인생 행로에 있는 때문이다.

만남, 그 아름다운 인연을 황홀히 지켜본다.

만남, 그 위험한 불꽃을 눈부시게 올려다본다.

완벽한 만남은 있을 수 있는가? 정녕 하나의 남성과 하나의 여성의 마음과 몸이 하나로 융합되어 부족함이 없는 완전한 결합이란 있을 수 있는가?

이 점에 있어서 나는 그렇다고 자신 있게 대답할 수가 없다.

우리는 동서고금(東西古今) 소설에 나오는 남녀 관계에서 너무도 많이 무언가 문제성이 내포된 불행한 인생을 경험하고 있다. 그것이 단지 소설이기 때문만이 아니라는 건 우리들 자신을 들여다보는 때, 혹은 주변에서의 온갖 사례로 미루어 알 수 있는 일이다. 현실은 소설보다도 기구하다는 말을 살아갈수록 절로 긍정하게 되는 것이다.

그래서 나는 어떤 경우에도 가급적 불행감을 덜어내는 방향으로 노력하는 게 좋다는 생각을 갖게 되었다. 불행의 떡잎을 솎아내어 가면서 행복의 싹만 자라게 가꿔 가려는 지혜도 배웠다.

흔히 첫 출발이 중요하다고 말한다. 그러나 그에 못지 않게 중요한 건 모처럼의 소중한 만남을 아람 차게 영글게 하는 서로간의 노력이라고 말하고 싶다.

물은 담기는 그릇에 따라 둥글게도 되고 네모꼴, 세모꼴이 되기도 한다. 인생도 마찬가지여서 두 사람의 만남을 이

후 어떤 형태로 가꾸고 키워 가느냐에 따라 삶의 모습이 달라지기 마련이다.

어떤 만남이 가장 멋있고 성공적일까?

적어도 진지한 남녀의 만남은 다분히 운명적인 것이라고 나는 믿고 있다. 어떤 결합에도 운명적인 요소가 없이는 이뤄질 수 없는 것이다. 설사 처음부터 어떤 결합을 예상하지 않은 한갓 장난기 어린 만남일지라도 그게 인연이 되어 끝내 인생을 걸기에 이르는 경우는 또 얼마나 많은가. 여기에 운명이라는 필연이 개재되지 않았다고 감히 말할 것인가.

따라서 결혼할 나이에 이른 미혼 남녀가 어떻게 만나게 된다는 공식은 있을 수 없으며, 어떤 만남이 최상의 것이라는 것도 영원히 정답이 나올 수 없는 것인지 모른다. 왜냐하면 인간의 행복감이란 지극히 주관적인 것이어서 개개인이 지향하는 행복 추구의 방향과 감도에 따라 천차만별이기 때문이다.

O. 헨리의 「크리스마스 선물」이라는 단편 소설에서 한 아름다운 부부상(夫婦像)을 초상화처럼 우리는 받아 간직할 수 있다.

《내일은 크리스마스, 친한 사람끼리 선물을 주고받는 흐 뭇한 날이다. 그러나 가난한 아내는 돈이 1달러 80센트 밖에 없었다. 그녀는 남편에게 선물을 사주고 싶어 엎드 려 울다가 홀연히 눈을 빛내며 일어난다. 거울 앞에서 무 릎까지 드리워져 폭포를 연상케 하는 금발머리를 풀어 비추어 보다가 결심한 듯 자켓을 걸치고 집을 나선다.

머리를 취급하는 상점으로 달려가 20달러와 그 아름 다운 머리칼을 잘라 교환했다. 이 돈으로 그녀는 온 거리 를 헤맨 끝에 남편이 가지고 있는 금시계에 어울릴 백금 시계 줄을 발견하고 그걸 샀다. 남편에게는 할아버지로 부터 대대로 물려받은 훌륭한 금시계가 있었지만, 가죽 끈을 사용하고 있었기 때문에 그는 사람이 보지 않을 때 만 시계를 꺼내보곤 했던 것이다. 이제는 누구 앞에서도 당당하게 시계를 꺼낼 수 있을 남편을 생각하며 기쁨에 차 있었다.

저녁때 남편이 돌아왔다. 아내의 깡뚱한 머리를 본 남 편이 전기 쇼크라도 받은 표정으로 한동안 아내를 쏘아 보았다. 그리고는 그는 주머니에서 꾸러미를 하나 꺼내 어 탁자 위에 던졌다. 그건 아내의 금발머리에 꼭 어울릴 예쁜 머리 빗이었다. 가장자리에 보석을 박아 넣은 거북껍질로 만든 빗, 아내가 오래 전부터 갖고 싶어했으나 그게 자기 것이 되리라고는 꿈에도 생각지 않고 부러워만 해 오던 빗이었다.

아내는 너무나 기뻐서 눈물을 글썽이며 빵긋 웃었다.

"내 머리칼은 금방 자라요."

그러면서 값진 시계 줄 선물을 살며시 내밀었다.

"그 금시계에 얼마나 잘 어울리는지 빨리 끼워 봐요."

남편은 침대에 누워서 뒤통수에 손을 대고 빙긋이 웃더니 입을 열었다.

"멜라, 우리의 크리스마스 선물을 거두어 잠시 그대로 간직합시다. 지금 당장 쓰기는 너무 아까운걸, 당신 빗을 사려고 시계를 팔았다오. 자, 배가 고픈데 먹을 거나 좀…."

맛있는 요리 냄새가 풍기는 가운데 부부의 행복한 웃음소리가 조용히 번지고 있었다.》

이것이 진실로 행복한 부부의 청사진(靑寫眞)이라고 나는 말하련다. 적어도 그런 분위기, 그렇게 서로를 이해하고 용

서하고 사랑하는 마음으로 얽힌다면 그들은 세상에서 제일
잘 만난 한 쌍이 아니겠는가.

이 세상에서 남성과 여성이 인생을 함께 걸어가기로 마
음을 굳히게 되는 엄숙한 만남의 계기는 크게 두 가지로 나
눌 수 있다. 연애로 맺어진 극적인 만남과 중매라는 인위적
절차를 거쳐 맺어지는 타산적인 만남이다.

어느 쪽이 현명한가?

일장일단이 있어 한 마디로 수위를 매길 수는 없는 일이
다. 가령 연애의 불꽃이 두 사람을 뜨겁게 사로잡았으나 그
연애 감정이 얼마만큼 지속력을 갖느냐 하는 건 미지수이
다. 또한 연애 감정이란 '로미오와 줄리엣'처럼 무조건 첫눈
에 반한다는 신비로운 교감(交感)의 병균이다. 누가 무어라든
내게는 상대방이 훌륭하게 보이고 자신도 실제의 자신보다
더 멋있게 보이기를 갈망하게 된다. 이러한 일종의 환각이
없어지면 그만큼 환멸도 크다.

반대로 중매 결혼의 강점(强點)은 상대방의 모든 여건을
냉정히 살펴보고 나서 그만하면-하고 결정한 것인만큼 안
전타(安全打)라 할 수 있을 것이다. 그것으로 최고의 배필을
만났다고 할 수 있는가? 이 역시 결혼 생활이라는 실상 아

래서는 여러 가지 이가 맞아 들어가지 않는 갈등이 생길 우려가 있다. 그만큼 인생은 길고 인간 관계는 복잡미묘한 것이다.

그렇다면 어느 길을 어떻게 결정해야 하는가는 각자 인생을 보는 눈과 삶의 자세로써 선택할 수밖에 없을 듯하다.

한 가지 분명한 건 어떤 경우에도 사랑하기 때문에 상대방의 잘 못을 용서할 수 있는 사이여야 한다는 점이다.

끝으로 모리악의 소설 「테레즈 데케루」가 보여준 어떤 결합을 생각해 보기로 하자.

《테레즈라는 부잣집 처녀가 베르나르라는 청년과 맞선을 보고 결혼식을 올리기까지에는 그 청년이 파리의 대학 법과를 나온 데다 역시 소문난 부잣집 아들이란 점이 마음에 들었던 때문이다. 그러나 일단 결혼하고 나자 그는 약혼 때와는 달리 차츰 욕심 많고 겁보이며 때로는 인색한 남편으로 변해간다. 그 중에도 못 견딜 일은 남편이 현실에 완전히 만족해 버린 표정으로 발전해 가려는 의욕도, 이상 추구의 정열도 없이 안주해 버린 점이었다. 초조와 환멸을 이기지 못한 아내로 하여 비극적 종말이 오고 만다.》

이 소설의 교훈은 남성이건 여성이건 혹은 연애건 중매건 간에 서로의 만남 이후에는 한층 자신을 끌어올리고 상대방도 끌어올리려는 정열이 없어서는 탄력감 있는 생을 영위할 수 없음을 알려 주는 데 있다.

서로 부족한 점을 메워 주고 부추겨 주면서 함께 같은 방향을 쳐다보고 가는 것, 그런 만남이 최상의 만남이다. 어긋난 크리스마스 선물을 놓고도 유쾌하게 웃을 수 있는 그런 만남….

행복의 실체

여자에겐 나이가 없다고 한다. 여자는 스스로 마음먹기에 따라 얼마든지 젊게 살 수 있다는 뜻에서 '늙은 여자는 없다'는 격언이 자주 쓰이기도 한다.

이 격언을 뒷받침해 주는 시인(詩人) 알폰트 카알(1808~1890)의 표현을 빌려보자.

여자는 나이 때문에, 아니 그 밖의 어떤 것 때문에도 늙지 않는다. 더구나 늙어진 여자가 따로 있는 것도 아니다. 자연은 어인 일인지 일생의 어느 시기에 여자를 노파로 변장시킨다. 하나 마음속에선 여자는 항시 젊다. 여자는 언제나 같은 취미와 같은 정열과 거기에 변치 않는 사랑을 갖고 있기 때문에.

실상 나이가 여인의 매력에 결정적인 타격을 주는 게 아
님을 느낀다.

우리 주변에서 자주 마주치는 몇몇 여인을, 비록 나이 들
어 얼굴에 잔주름이 져 있지만 그걸 능히 커버해 내는 어떤
분위기, 원숙미, 조화미 등을 나는 찬탄으로 바라볼 때가 있
는 것이다.

아름답다는 건 결국 마음이 가는, 애정이 가는 대상 앞에
서 비로소 인식되어지는 것. 아무리 깎아 다듬은 듯한 용모
일지라도 그 속에 미운 마음과 추한 이면이 보일진대 우리
는 거기서 아름다움을 느낄 수 없는 것이다.

나이를 느끼지 않게 하는 아름다운 여인은 자기 자신이
행복한 사람이다. 그러면서 주위의 다른 사람들까지 행복하
게 하는 사람이기도 하다.

집집마다 사는 형태가 천태만별이지만, 대체로 크게 나
눈다면 결국 두 가지 형으로 구분할 수 있을 것 같다.

주어진 여건이나 환경에 상관없이 있는 그대로에서 감사
하고 만족하고 조금씩 향상해 가는 기쁨 아래 사는 사람, 이

런 유형은 축복받은 사람이다.

또 하나는 현재의 상태를 늘 불만스럽게 짜증내면서 사는 사람, 이런 형은 자기 생활 자체가 비참한 건 말할 것도 없겠고, 그 갈퀴 같은 감정의 이빨로 주변의 이 사람 저 사람을 닥치는 대로 상처 입혀 가는 불행한 주인공이다.

어떻게 살든 간에 인간은 한 번밖에 살지 않는다. 영생과 부활을 믿는 종교인일지라도 현 지구상에서의 삶은 돌이킬 수 없는 단 일회적(一回的)인 운명의 규정 아래 서 있다.

그렇다면 하루를 살아도 즐겁게, 기쁘게 사는 것이 옳겠으나 실상 인간은 감정의 동물이기에 그렇게 마음대로 되지 않는 데 비극이 있다고 할까.

여인의 생명은 아름다움에 있다.

남성의 미를 '장미(壯美)'로 치고 여성의 미를 '우미(優美)', 즉 우아한 아름다움에 비기는 그대로 여인에겐 말할 수 없이 유연한, 부드럽고 포근한 아름다움이 있다.

생활의 아픔이 때로 여인에게 주어진 천부의 아름다움을 다소간 손상시킬 수는 있지만 속에서부터 우러나오는 따뜻한 인간성이라든가 순수한 밝은 미소를 잃지 않고 사는 여인의 경우 우리는 그 얼굴의 주름과 그 몸에 걸친 남루를 남루로써 보지 않게 되는 것이다.

그런 여인의 아름다움과 행복을 나는 존중한다. 자기의 일이 있고 열중할 대상이 있을 때 여인은 늙지 않는다. 언제까지나 나이를 느끼게 하지 않는 여인, 밉지 않은 여인, 권태롭지 않은 여인, 정다운 여인, 그런 이야말로 아름답다.

안톤 체홉의 「귀여운 여인」이란 소설을 나는 좋아하고 있다. 주인공 올렌까는 제목 그대로 귀여운 여인이다.

그는 고운 마음씨를 가진 착하고 상냥스런 여자였다. 또한 그 눈길은 잔잔하고 부드러웠으며 몸은 건강했다. 발그레한 뺨, 보드랍고 새하얀 살결에 까만 점이 찍힌 목덜미며, 무슨 재미있는 이야기를 들을 때면 더없이 상냥한 미소가 떠올라 귀여운 얼굴이 한층 아름답게 빛을 발하는 여인이었다.

천성으로 사랑을 받을 만한 여인이었지만 그보다도 중요한 건 항시 누군가를 사랑하지 않고는 살지 못하는 그 성격이 주변의 사람들을 함께 행복하게 해주는 것이었다.

그의 첫사랑은 자기 집 건넌방에 세든 야외 극장 지배인 꾸우낑이었다. 그가 비오는 하늘을 올려다보며 장사가 안되어 짜증만 내고 있는 게 가엾고 안타까워 그만 그를 사랑하게 되었고, 둘은 잉꼬 부부처럼 재미있게 살게 된다.

남편이 객지에 출장 갔다가 병사하기까지 올렌까는 거의 연극광(演劇狂)이 되어 이 세상에서 연극을 모르는 사람처럼 불행한 사람은 없다고 믿을 만큼 남편의 일에 함께 열중했다.

두 번째 남편은 목재상(木材商) 주인이었다. 그의 아내가 된 올렌까는 이젠 솔박 목재상 주인의 사고 방식에 흡수되어 대들보, 통나무, 서까래, 톱밥 등의 어휘가 마치도 어릴 적부터 귀에 익은 것처럼 다정하게 들리게 된다.

올렌까는 그 후에도 운명적으로 몇 번의 재혼을 하게 되어 한국식으로 한다면 지극히 박복한 여인이지만, 그는 어느 하늘 아래서나 주어진 삶에 주저 없이 도취되어 버리는 때묻지 않은 성품으로 충분히 행복한 여인이었다.

올렌까가 운명에 순응하는 여성의 표본이라면 입센의 「인형의 집」 주인공 노라는 자기 정체성을 확인했다는 점에서 기억할 만한 여인이다.

입센의 대표작이며 여성 해방 운동의 선각작품으로서 지금까지 하나의 고전(古典)이 되어 있는 희곡 「인형의 집」은 내가 인상 깊게 읽은 작품이었다.

주인공 노라가 남성(남편)의 횡포에 감연히 뛰쳐나가 자기 인생을 개척하기로 한 그 행동력이 작품이 쓰인 1879년 당시 사회상에 비추어 용기를 필요로 했다는 점에서 여성의 자아 각성(自我覺醒) 또는 그런 주장으로 충격을 준 화제작이다.

그런데 그 파격적인 행동으로 하여 노라라는 여인이 억세고 기막힌 여성의 대표처럼 왕왕 오해를 받고, 그런 표본으로 인용되는 데는 거북함을 느끼지 않을 수 없는 것이다.

기실 노라는 우리 주변에서도 이따금 발견할 수 있는 마음씨 고운 부인이었다. 내가 노라를 사랑하는 것도 바로 이 점이어서, 세상 물정에 어두운 대로 구김 없이 세상을 밝게 살아가는 여인상이 거기 있기 때문이다.

노라는 또한 단순히 세상 모르는 아낙네에 그치지 않고 가족을 위해선 헌신적인 주부였으며, 어떤 결단이 필요해졌을 땐 주저 없이 행동으로 실천하였다. 그 용기, 그 현명함, 그 몰입, 정녕 인간적인 진한 호흡을 느끼게 하는 여인상이었다.

줄거리를 잠시 더듬어 보자. 노라는 병든 남편을 요양시키기 위해서 친정 아버지 이름을 빌려 남편 모르게 이자돈을 쓴 것이 발단이 되어 뒤늦게 가정 파탄을 초래한다.

노라는 지난 수년 간 용돈을 아껴 가며 이자를 무느라고 자기의 옷 한 벌도 변변히 못해 입었다. 그러면서도 남편에겐 불편이 가지 않도록 최대의 노력을 했고 집안에선 항상 건강하고 명랑한 한 마리 새처럼 즐거운 분위기를 만들어 온 일등 주부였던 것이다.

그러나 만사가 순조로울 수는 없는 게 인간사인 모양이다. 돈을 빌릴 때 아버지에게 직접 서명을 받지 않고 노라 자신이 써넣어 사문서를 위조했다는 걸 구실로 잡아 돈 빌려준 사람이 남편에게 협박 편지를 보낸 것이다. 이 사람은 노라의 남편이 은행 책임자가 되면서 감원 당할 처지에 있는 인물이었다.

이런 사실이 밝혀지자 남편은 노발대발, 결혼 생활 8년 동안 일찍이 노라가 보지 못했던 노여움을 폭발시켜 아내를 공격하는 것이었다.

그 동안 아내의 고심(苦心)은 아랑곳없이, 그 돈이 자기 건강 회복에 쓰였다는 진실한 의도도 무시한 채 사회적인 체면 문제에만 급급해서 펄펄 뛰는 남편이었다. 그러나 협박 편지 철회로 사건이 일단락되자 남편은 태도가 돌변해서 아내를 용서한다.

그때 비로소 노라는 남편의 사람 됨됨이를 꿰뚫어 볼 수 있었고 자기 자신이 안이한 노리개에 그칠 수 없다는 자각에 홀연히 눈떠 깨끗이 새 삶을 찾아 나선다.

노라의 가출(家出)은 사랑하고 싶을 때만 본능적인 사랑을 줄 뿐, 인격을 가진 인간으로서의 대우를 하지 않는 남성의 이기주의에 환멸을 느끼고 일방적 횡포에서 빠져 나온 것이며, 그러한 결단력과 행동화가 현대 여성의 효시(矢)가 되었던 것이다.

이를테면 세상을 살아가는 자세가 문제가 된다 하겠다. 소설을 쓰듯이 인생을 마음대로 설계하고 고치고 다듬어 가며 구축할 수 있는 게 아니고 보면, 주어진 삶을 어떤 형태로 이루고 어떤 빛깔로 채색해 가는가 하는 건 결국 그의 인간성에 달린 게 아닌가 한다.

해외 어느 여류 작가가 "내 남편은 고고학자(考古學者)라서 내가 늙을수록 예뻐 보인대요" 했다는 유머가 이따금 행복한 여인의 행복한 고백처럼 가슴에 와 닿는다.

첫아기

이 세상에는 신기한 일도 많고 감격할 일도 적지 않지만, 아기를 들여다볼 때만큼 흥분을 안겨 주는 일도 없을 듯하다.

그 무렵, 아기 엄마는 가장 행복했고 가장 순수했다. 마치 새해 첫날 첫새벽을 맞을 때처럼 맑은 가슴으로 첫아기의 울음을, 일거일동(一擧一動)을 지켜보았다.

그것은 기쁨이었다. 놀라움이었다. 두려움이기도 하였다. 요렇게 작고 보드랍고 예쁜 아기, 더구나 향기로운 숨을 쉬며 새록새록 잠을 자는 티없는 생명은 정녕 신의 축복 어린 선물이었다.

첫아기를 낳은 젊은 엄마는 틈만 나면 책을 펴든다.

책이름은 「육아전서(育兒全書)」, 아무 데나 펼쳐도 전부 재

미있고 모두 알아 둬야 할 내용이다. 그토록 열심히 그토록
실감 있게 읽은 책도 드물 것이다.

말수 적은 엄마도 아기를 병원에 데려가면 대합실에서
비슷한 크기의 남의 아기와 비교해 보면서 서로 육아법에
관한 화제가 스스럼없이 펼쳐지기도 했다.

아이에게 관한 건 무어나 관심이 쏠렸다. 모든 게 새롭고
흥미있고 깊은 주의력을 끌었다.

하루하루 눈에 보이게 커 가는 아기, 품에 담쑥 안기는
아기, 울며 보채다가도 엄마의 가슴에서만은 안심한 듯 노
그라지는 귀엽고 애틋한 아기, 그 아기를 '내 것'으로 받아
안은 감격을 어떻게 말로 표현할 것인가.

태어난 지 한 달이 채 못 된 어느 날, 정확히는 만 20일
째였다. 아기 눈에 속눈썹이 소복하게 나 있는 걸 발견하고
엄마는 뛸 듯이 반가웠다. 얼마 전까지 윤곽만 뚜렷할 뿐이
더니 어느새 밤사이 솟아난 연한 풀잎처럼 눈을 깜박일 때
마다 속눈썹이 오르내린다.

신비롭기 이를 데 없었다. 이젠 울면 눈물도 조금씩 비치
고 제법 무언가를 유심히 바라보기도 한다.

아기 엄마는 홀연히 깨달은 바 있어 머리도 단정하게 빗

고, 옷은 될 수 있는 대로 화사한 걸 골라 입었다. 이쁘게 보이고 싶었다. 신(神)의 선물로 내 집에 태어나 준 귀여운 아기, 고마운 아기에게 엄마의 모습이 좋은 인상으로 비치기를 바라는 것이다.

가족들은 속마음을 알 길 없이 편한 차림으로 누워서 쉬라고만 한다. 울지 않으면 쌕쌕 잠만 자는 아기와 엄마 사이에 어떤 교감(交感)이 있음을 알지 못하는 때문에.

허나 아기 엄마는 아랑곳없다. 매일 매일 새롭고 산뜻한 차림으로 아기를 들여다본다.

잠자다 반짝 눈을 뜬 아기 앞에, 또는 울다가 거짓말같이 평온해질 때, 상그레 웃음이 고일 때 아기 눈에 제일 가까이 보이는 엄마의 인상은 어떨까?

아기에게 잘 보이고 싶은 엄마의 허영(?)은 아기가 잠들지 않는 한 아무리 피곤해도 눕지를 못하게 했고, 어두운 빛깔의 옷을 입지 않게 하였다. 그러면서 우리 아기가 엄마가 엄마인 걸 알 때 실망하지 않기를 기대하였다.

열심히 들여다본 육아 책이건만 신생아가 웃는 건 단순한 배 안의 짓에 불과하다거나 한두 달 지나야 눈이 제대로 보이며, 엄마가 엄마인 줄 알고 쳐다보기까지에 더 많은 시간이 걸린다는 친절한 안내가 없었던 것 같다. 아니 알았더라도 역시 마찬가지였을 것이다. 그건 사랑이요 예우(禮遇)였으므로, 첫아기를 키우는 엄마는 아기와의 첫 대면이 그렇게 기쁘고 조심스럽고 걱정이 되었던 것이다.

서툴고 즐겁고 행복했던 아기 엄마, 그 아기가 성인이 된 지금까지도 여전히 서투른 엄마, 그게 나다.

성녀(聖女)가 되는 시간

레이노즐의 그림 '엄마와 아기'를 보고 있으면 훈훈한 모정이 나를 사로잡는다. 우거진 숲, 나무 그늘에 기대앉아 여인은 아기를 안고 자애롭게 들여다보고 있다. 아기의 왼쪽 손은 엄마의 얼굴을 만지고 토실한 두 발은 엄마의 팔에 걸쳐져 있다. 매우 편안하고 평온한 휴식의 일순이다.

물론 이 그림은 사진판이지만 색감이 잘 살아 있어 그런대로 내가 아끼는 것이다.

언젠가 김충선(金忠善) 화백의 개인전에서 모정(母情)을 주제로 한 유화가 다시 한번 나를 사로잡았다.

품안의 아기가 젖을 먹으면서 한 손으로 엄마 뺨을 꼬옥 누르고 있는 게 말할 수 없이 귀엽다. 아기를 들여다보는 엄마의 표정은 아름다웠다.

성녀가 따로 없다는 생각이 든다. 사랑스런 아기를 안고 느긋하게 행복감에 젖어 들여다보는 어미의 마음, 엄마 품에 안겨 무사태평인 어린 가슴, 그들의 피부 감각적인 따뜻한 교감이야말로 지상에서 가장 순수한 사랑의 근본 형태가 아닐까.

두 아이를 키우는 동안 나도 첫아이 때만은 그런 행복을 흠뻑 누릴 수 있었다.

임신과 함께 다니던 직장도 그만 두고 오로지 섭생에 힘을 기울였다. 이대 독자의 집안에서 첫아들을 낳은 감격은 마치 개선장군처럼 어깨를 펴게 했으니 당연한 일이라 할 것이다.

어설픈 첫아이 기르기는 순전히 품안에 감싸안고 쩔쩔매고 감격하고 푹 빠져서 모든 시간을 아기 중심으로만 보낸 나날이었다. 그 영향인지 큰애는 지금도 엄마 품에 자연스럽게 기대어 온다.

둘째 아이는 그렇게 키우지 못했다. 둘째를 낳은 지 한 달만에 직장에서 다시 나오기를 권유받았다.

마침 모유(母乳)가 적어서 어차피 우유로 대치할 단계였으므로 우리에겐 새로운 생활이 시작되었다.

시어머니께서 둘째를 우유로 키워 주셨다. 다행히 위생 관념이 철저하시어 매번 끓는 물에 수유 도구 일습을 넣어 소독하는 정성스런 육아였다.

아기는 건강하게 자랐지만 직장 생활에 매인 엄마는 아기와 충분히 사귈 시간이 없었다. 아무리 바쁘고 고단해도 새벽녘과 저녁 시간에 아기를 안아 주도록 노력했으나 언제나 미진한 마음이었다.

이후 엄마는 바쁘게 지내 왔다.

아기가 자라면서 첫아이와 둘째 아이 사이에 현저한 성격 차이를 발견하고 속마음 놀랄 때가 없지 않다.

큰애가 다분히 감상적이고 낙관적(樂觀的)인 데 비해 둘째는 예민하고도 독립적(獨立的)이다.

자신의 일은 어릴 때부터 스스로 해결해 가는 둘째를 믿음직스럽게 바라보다가도 그 애의 어느 마음 틈서리에 엄마가 어느 만큼 들어앉아 있는지 궁금할 때가 있다.

둘째가 예의바른 것도 나에겐 죄책감을 안겨 주는 것 같다. 엄마 품에 무작정 매달리는 게 아니라 사양하고 조금은 쑥스러워하면서 기대는 것이다.

나는 이런 갭을 메꾸어 보려고 뒤늦게 조바심을 하면서, 역시 아기는 엄마 품에 안겨 마음껏 어리광을 부리며 푸근하게 자라야 한다는 걸 생각하곤 한다.

아기는 엄마의 심장 소리를 들으면서 엄마의 부드러운 가슴과 손길을 피부로 느끼면서 자라는 게 최상의 육아법(育兒法)이라는 심리학자 견해에 나는 동의한다. 바쁜 일거리를 가진 엄마일수록 가능한 대로 자식을 꼬옥 안아 주는 시간을 많이 갖기를 권한다. 아기 때는 품속에, 큰 다음엔 어깨를.

사랑의 파수꾼

뜻을 같이하라

누가 말했던가, 사랑이란 한없는 관용이요 조그만 것에서부터 오는 법열이며 무의식의 선(善)의 완전한 자기 망각이라고.

그렇다. 사랑이란 자기 희생을 딛고 비로소 찬란하게 꽃피는 것임을 그토록 무조건 몰입이 요구되는 두렵고도 어려운 헌신의 길임을 알겠다.

이 세상에서 가장 유순한 눈으로 그대 앞에 설 때, 그때야 환하게 타오르는 하나의 촛불임을 알겠다.

사랑을 하고 있는 여인, 사랑을 받고 있는 여인, 큐피드의 화살에 맞은 행복한 형벌의 여인, 그대에게서 영원한 삶의 기쁨이 사라지지 않도록 축복 있으라. 사랑의 성취를 위한 지혜와 노력이 있으라.

눈부시고 괴롭고 그래서 항용 더듬거리며 가는 길, 그것이 사랑의 길이 아닌가 한다.

마주 선 그이와 나 사이에 한 가닥의 불안도 없기를 바라는 절실한 욕망, 두 마음이 하나로 연결되고 일치하기를 염원하는 끝없는 갈망, 그이의 인생관, 그이의 눈 높이에까지 자기 자신을 끌어올리려는 애틋한 바람 등이 조바심과 안타까움을 낳는다. 사랑에 빠져 연인을 가졌다는 건 말하자면 천국과 지옥, 환희와 고통, 슬픔과 후회가 공존하는 형벌의 땅에 들어선 것과 같은 것이다.

그러나 어찌 사랑하지 않고 살 수 있으랴. 어찌 그이 없는 세상을 살아갈 수 있으랴. 사랑 없는 평온은 빛깔 없는 하늘이다. 파도 없는 바다이다. 환희로운 빛깔로 생동하는 빛나는 길을 언제까지나 내 것으로 하기 위해 무엇보다도 그이와 뜻을 같이 할 일이다.

'사랑한다는 것은 둘이 서로 들여다보는 것이 아니고 함께 같은 방향을 쳐다보는 것이다'라고 생텍쥐페리는 「인간의 대지」에서 지적하고 있다. 이 말에 깊은 진리를 느낀다.

함께 같은 방향을 쳐다 보는 것에서 무한한 기쁨을 가질 수 있다는 건 이미 생의 공동 목표를 발견했다는 이야기이다.

어떤 높은 이상을 지향하는 삶을 영위해 간다는 건 숭엄한 인간의 길이다. 반드시 거창한 목표가 아니더라도 자기 능력껏 자기 나름의 최고의 삶의 목표를 세우고 그를 달성하기 위해 노력해 간다는 건 생활에 탄력과 보람을 갖게 하는 것이다.

이때 사랑하는 두 사람이 제각기 다른 방향의 삶의 목표를 가지고 있다 하면 두 사람의 참된 결합은 위태롭지 않을 수 없다. 두 가닥의 선로(線路)처럼 나란히 뻗어 정신적 일체감을 갖기는 쉽지 않다.

삶의 공동 목표를 갖는다는 건 반드시 같은 일을 하라는 것과는 전혀 별개의 문제일 것이다.

의사가 되겠다는 남성에게 의사나 간호사로서의 연인이나 아내만이 바람직하다는 게 아니라 적어도 슈바이처처럼 의술로써 인류에게 봉사하려는 그의 포부에 동조하고 공감하는 바가 있어야 한다는 뜻이다.

심훈의 장편소설 「상록수」에서 보인 채영신과 박동혁의 높푸른 순애야말로 잠자는 농촌에 계몽의 횃불을 키려던 동지애적 결합의 대표라 할 것이다. 그들은 각자 맡은 마을에서 기초를 이룰 때까지 3년만 기다렸다가 평생의 배필로서 힘을 합쳐 큰일을 하자고 굳게 약속한 사이였다. 불행하게도 채영신이 과로 끝에 병사함으로써 둘의 제2의 인생은 꺾이고 말았으나 그들의 헌신적인 삶의 태도와 지순(至純)한 사랑은 우리의 가슴에 영원한 별빛처럼 빛나고 있다.

톨스토이의 「부활」에서도 사랑의 참모습을 발견할 수 있다. 시베리아로 유형 가는 카츄사는 그곳까지 참회하면서 따라와 정식으로 구혼하는 첫사랑 네후류도프 공작을 끝내 마다하고 같은 죄수 대열의 시몬슨과의 새로운 진실한 사랑에 눈뜨는 것이다.

시몬슨은 모든 사람은 평등하다는 신념을 가지고 민중운동을 일으켰다가 체포된 혁명가로서 카츄사는 그가 현재 있는 그대로의 자기를 사랑해 주고 있다는 것과 시몬슨의 신념에 자신도 열렬히 공감하고 있다는 데서 공작을 거부하고 시몬슨을 택하였다.

그러한 사랑이야말로 어떤 불로도 갈라놓을 수 없는 순수하고 굳건한 사랑이 아닐 수 없다.

뜻을 같이 한다는 것, 삶의 공동 목표를 가지고 서로 힘을 합쳐 나아가려는 동지애적 결합은 반석과 같은 힘을 가진다.

그이가 있음으로써 행복할진대 그이를 따를 일이다.

나를 숙여 그에게 한층 가까이 갈 수 있다면 기꺼이 나를 양보하고 그이와 합일점을 찾도록 할 일이다.

직업이나 취미가 서로 다를지라도 궁극적으로 지향하는 생의 목표가 같다면 정신적인 유대감이나 사랑의 농도는 얼마든지 질기고 짙어지는 것이다.

그리하여 기쁨을 가지고 그이와 같은 방향을 쳐다보면서 높고 행복한 미래의 인생을 설계해 가기 바란다.

그 사람 쪽에 서라

희랍 신화에 나오는 에로스와 푸시케의 사랑의 역정은 우리에게 적지 않은 교훈을 준다.

옛날 어느 나라에 세 공주가 있었다. 그 중 막내 푸시케의 미모는 온 세상의 관심거리였다.

사람들의 관심과 찬양이 푸시케에게만 쏠리자 미를 생명으로 여기며 자부심 속에 살던 여신 아프로디테의 노여움이 폭발했다. 그는 아들 에로스를 불러 푸시케의 교만한 가슴

에 어떤 미천한 자에 대한 연정을 불어넣어 장차 굴욕감을
맛보게 하라고 명령한다.

에로스는 어머니의 명령을 받들어 쓴 샘물을 가지고 가
서 잠든 푸시케의 입술에 몇 방울 떨어뜨리고 사랑의 화살
끝을 그녀의 옆구리에 댔다. 그때 눈을 반짝 뜨고 에로스 쪽
(에로스는 보이지 않았지만)을 바라보는 통에 당황한 에로스는 가지
고 있던 자기 화살로 상처를 입는다. 그로 해서 에로스는 푸
시케를 사랑하게 되었고 끝내 푸시케를 숲 속 궁전에 숨겨
두게 된다. 둘은 지극히 행복했으나 에로스는 그녀에게 얼
굴을 보여주지 않아 그녀를 안타깝게 만들었다. 얼굴을 보
여달라고 간청하는 그녀에게 "왜 나를 보고 싶어하오? 내
사랑에 의심을 가지고 있소? 그대가 나를 본다면 두려워할
지도 모르고 숭배할지도 모르나 중요한 것은 나를 사랑하는
것이고 그것만을 나는 그대에게 원하오." 에로스는 정체를
숨기고 타이를 뿐이었다.

그러나 괴물일지도 모른다는 두 언니의 농간에 넘어가
어느 날 밤 촛불을 켜들고 칼을 들고 잠든 그를 들여다본다.
거기엔 신들 중에서도 가장 아름다운 신이 잠들어 있었다.
곱슬머리는 눈처럼 흰 목과 분홍빛 뺨 위에 물결치고 어깨

에는 희고 보드라운 두 날개가 있었다.

황홀하게 들여다보는 순간 불붙은 기름 한 방울이 그의 어깨에 떨어졌다. 그는 놀라 뛰어 일어나 푸시케를 보더니

"어리석은 푸시케, 나는 어머니의 명령에도 복종하지 않고 너를 사랑했건만 너는 나를 괴물로 여기고 내 머리를 베려 했단 말인가. 내 말보다도 언니들 말을 더 잘 들었으니 그들에게 가라. 사랑과 의심은 동거할 수 없는 것이다."

하고 소리쳤다.

뒤늦게 후회하면서 푸시케는 먹지도 자지도 않고 밤낮으로 그를 찾아 헤매던 끝에 결국은 에로스를 만나고 행복한 결혼을 하게 된다는 것인데, 상대방을 존중하고 이해하려는 마음이 없이는 사랑에 금이 간다는 경고로 받아들일 수 있는 재미있는 신화의 한 토막이다.

어떤 경우에도 나 자신 위주로 생각하고 판단하고 결론을 내리기 전에 한 번쯤 그 사람의 입장이 되어 본다는 건 중요한 일이다. 상대방 입장이 되어 이해와 관용의 날개를 펴는 아량이야말로 신뢰에 뿌리를 내리고 있는 때문이다.

에로스와 푸시케의 사랑도 하마터면 비련으로 끝날 뻔하였다. 허나 버림받은 푸시케는 자신의 경솔함을 뉘우치고

갖은 고생 끝에 에로스를 되찾았다. 에로스 역시 어리석은 여자의 호기심과 의심은 언짢아하면서도 그녀를 용납하고 죽음 직전의 그녀를 안아 일으켜 생명을 불어넣어 준다. 이처럼 상대방을 사랑으로 이해하고 용서하는 마음이 좀더 일찍 있었다면 한때나마 피나는 이별의 고통까지 초래하지 않아도 좋았던 것이다.

제2장

나의 쓸쓸함에게

헤어짐에 대하여

내가 두려워하는 시간은 하루 중에 해가 지는 무렵, 어둑어둑 땅거미가 지기 시작하고 거리에는 각기 집을 찾아 돌아가는 사람들의 발걸음이 바빠지는 때,

이런 때 나는 거리의 인파에 휩쓸려 밀려가면서도 불현듯 갈 곳 없는 사람처럼 당혹할 때가 있다. 돌아갈 집이 있고 맞아 줄 가족이 있으면서도 무언가 잃어버린 가슴이 되어 허전하게 둘레를 둘러본다.

이런 감정은 사치한 감상에 불과한지도 모른다. 실제로 해질 무렵 돌아갈 집이 없고 따뜻이 맞아 줄 가족이 없는 사람이 있다는 걸 생각한다. 쓸쓸한 인생의 황혼길, 가난과 질병과 외로움에 휩싸여 하룻밤 몸을 누일 곳을 찾아 헤매야

하는 불우한 이들을 생각한다.

허나 오늘은 쓸쓸함이 갖는 인생의 또 하나의 함정을 이야기하기로 하자.

하루해가 지듯 한 해가 진다. 어느덧 한 해가 저물어 추운 겨울 바람이 목덜미를 파고든다. 손끝이 시리다.

창 밖에 흩날리는 눈이 창문턱에 조금씩 고여 쌓이는 걸 보면서 따끈한 커피 잔을 들고 앉아 있는 나는 지금 마음이 춥다. 손은 여전히 시리다.

또 한해를 보내는 아쉬움 때문인가. 못다 한 숙제가 많아서인가. 그럴지도 모른다. 허나 그 때문만이 아닌 건 확실하다.

나는 오늘 헤어짐을 생각하고 있다.

어제와의 헤어짐.

오늘과의 헤어짐.

그리고 올해와의 헤어짐.

그 중에도 사람과 사람과의 만남과 헤어짐에 대해서….

사람과 사람과의 만남에는 크든 작든 운명적인 요소가 있다. 마찬가지로 헤어짐 또한 운명적인 게 아닌가 한다.

회자정리(會者定離).

우리는 모든 사람과 헤어진다. 모든 사물과 모든 시간과 더불어.

불교 성전(佛敎聖典) 가운데 이별에 관한 대목이 보인다.

부모와도 언젠가는 헤어지지 않으면 안 된다. 가족과도 언젠가는 헤어질 수밖에 없는 것, 떠날 수밖에 없는 것에 얽매여서 지내기보다는 헤어짐이 없는 열반(涅)에 마음을 의지하지 않으면 안 되리라.

헤어짐을 숙명으로 받아들이고만 살 수 없는 인간의 고민을 덜어 주려는 한용운 시인(韓龍雲 詩人)의 '님의 침묵'에 이런 구절을 기억한다.

우리는 만날 때에 떠날 것을 염려하는 것과 같이
떠날 때에 다시 만날 것을 믿습니다.
님은 갔지마는 나는 님을 보내지 아니하였습니다.

그렇다. 님은 갔지마는 님을 보내지 않는 나의 마음, 이것이야말로 정녕 소중한게 아니겠는가.

떨어진 낙엽을 주워 책갈피에 끼워 놓고 아껴 간수하듯이 마음속에 간직하고 잊지 못해 하는 정과 사랑.

헤어짐은 때로 살점이 떨어져 나가듯 쓰리고 아픈 것이지만, 때로는 그리움과 아쉬움이 향기로 남는 인생의 순결 지대인 것이다.

무언가 잊지 못할 추억이 있다는 건 좋은 일이다, 순화된 감정이 인간의 오염되기 쉬운 일상생활에 맑은 수정빛 눈물을 흘리게 하며, 그런 시간이 있음으로써 인간다운 삶의 언덕에서 굴러 떨어지지 않을 수 있는 것이다.

헤어짐이 운명적인 것이라면, 떨쳐 버릴 수 없는 숙명이라면, 헤어짐을 괴로워하되 슬프고도 아름다운 추억이 되게 하자.

우리들 인생 길에는 본의 아니게 수많은 이별의 고비가 있다. 부모와 자식간의 뼈아픈 이별이 있는가 하면, 친구와의 쓸쓸한 헤어짐도 있으며, 그 중에는 사랑하면서, 사랑하기 때문에 헤어져야 하는 애절한 이별도 있다.

그 어느 헤어짐도 눈물 없이는 맞을 수 없는 것이어서 그때마다 마음 깊이 상처를 입기 마련이다.

세월이 흐르는 사이 체념이라는 고약으로 어느 정도 치유가 되기도 하지만 참으로 만남의 기쁨에 비해 헤어짐의 아픔은 천길 낭떠러지로 내던져지는 인생의 시련인 것이다.

이런 헤어짐의 아픔을 이겨내는 데도 몇 가지 길이 있는 듯하다. 내가 아는 정 양은 산뜻한 감각의 현대 여성이다. 평소에도 대인 관계가 명쾌하고 무난한 편이어서 친구가 많은 편이었다. 정 양이 사랑에 빠졌다는 건 한눈에 알 수 있었다. 숨길 수 없는 밝음이 그 얼굴 표정과 언동에서 뿜어져 나오고 있었다.

그런 얼마 후 정 양의 사랑이 어떤 연유에선가 파탄나 버렸다.

정 양은 그런 사정을 누르고 눌러 표현을 안 하려고 애쓴 흔적이 있었지만 역시 숨길 수 없이 드러나 보였다. 정 양의 성품으로는 당연했다. 우리는 정 양의 불행을 함께 안타까워했고 위로했다.

그러나 그 기간은 길지 않았다. 정 양은 다시 이성과 사랑을 시작했으며 그 밝음이 우리 모두를 즐겁게 해주었다. 그것이 정 양 인생의 완성은 아니었다. 이와 같은 시련이 몇 차례 거듭되고 나서야 진정한 배필, 영원한 반려자를 만나 결혼을 했고 지금 행복한 삶의 주인공이 되어 있다.

언젠가 정 양에게 은근히 물어 본 적이 있다. 지난날의 그 누군가를 잊지 못해 괴로운 적은 없는가 하고…. 나의 장난스런 물음에 정양은 또한 시원스레 대답하는 것이었다.

"그 사람 생각해서 뭘 해요. 현재의 나 자신이 중요하죠. 과거지사는 되도록 빨리 잊어버리는 게 좋아요."

구김살 없는 그 표정에서 살아가는 지혜를 보았다. 그래, 현재의 나를 소중히 여기고 앞을 보고 사는 건 좋은 일일 것이다.

다른 길도 있다.

한용운의 시에서처럼 님은 떠나가도 나는 님을 보내지 아니한 상태.

진달래꽃을 가시는 님의 걸음걸음에 뿌려드리는 소월의 시에서처럼 마음속에 떠나간 님과 함께 사는 승화된 삶,

또 다른 길도 있다.

헤어진 사람을 잊지 못해서 자신의 삶을 흐트리고 떠나간 사람에게 끈질기게 매달리는 안타까운 어둠의 길.

그 어느 길도 이별의 아픔이 얼룩진 것이긴 하나, 그 중에도 자신을 구원받을 수 있는 길은 헤어짐을 보다 아름답

게 맺음하는 길이 아닐까 한다.

　슬프고도 아름다운 이별!

　나무가 나이테를 안으로 새겨 넣듯 슬픔을 가슴속에 접어 넣고 웃으며 헤어지는 멋도 인생 길에는 필요한 법이다.

　세모(歲暮)에 부치는 나의 시(詩) '고별(告別)'을 여기 옮긴다.

　　잠결에 무너지는
　　보나르의 여인처럼
　　우리들의 오늘은
　　무력하고 평화로웠다

　　햇볕을 쬐는 도마뱀처럼
　　인내하며 작은 행복을 누렸다
　　이제 해가 저물고 있다
　　창 밖 나무들이
　　발아래 잎을 버리듯
　　모두가 오늘을 버릴 때이다

　　잰 걸음으로 지나가는

내 곁의 모든 것

소리 없이 스쳐 가는 눈부신

열망

그들의 떠나감을 서운해 말자

세상은 온통

미로(迷路), 그리고 미지의 공동(空洞)

어딘가에 숨어 있을 내일의 진실을 찾아서

마지막 촛불을 밝히면서

너를 보내려 한다

나 또한 떠날 것이다.

하루해가 지듯 한 해가 지면 나는 쓸쓸한 헤어짐의 새로운 경험에 몸을 떤다. 우리는 지금 창 밖에 깨끗이 잎 떨어진 나무들의 허전함을 지켜보면서 우리들의 날들이 후두둑 후두둑 떨어져 흩날려 감을 실감한다.

이제 남은 일은 쓸쓸한 헤어짐을 최대한 아름답게 서로의 가슴에 새겨 넣는 일, 잊을 수 없는 눈물의 순간을 간직하고도 쓸쓸히 미소 짓는 일, 그리하여 내일은 또 내일의 새로운 태양이 떠오르게 하는 일.

한 해가 저문다. 새해가 오고 있다.

세모의 바쁜 걸음걸음이 우리에게 무언가 뜨거운 감격과 설레임과 말할 수 없는 감회를 안겨 주는 지금 나는 쓸쓸히 창 밖을 보고 있다.

변한다는 것

비가 내리고 있습니다. 이 해의 마지막 고별(告別)인 양 쓸쓸한 가을비가 내리고 있습니다.

서희 양, 사흘 동안 연이어 보낸 편지를 받고도 즉시 회답을 못 쓰고 이제야 보냄을 양해 바랍니다.

서희 편지가 너무나도 두려운 감동을 안겨준 탓이었고 그래서 펜을 들기가 주저된 때문이었어요.

허나 지금 유리창 너머로 차가운 빗물에 하들하들 떠는 작은 꽃가지들을 불빛 따라 지켜보면서 나는 서희를 생각지 않을 수 없군요.

달려가 어떤 절대감 앞에 무릎 꿇고 앉은 서희의 두 손을 맞잡고 위로해 줄 수 있다면, 아니 이 밤을 함께 차가운 비

속에 서 있어도 무방할 것입니다.

서희 양, 알겠습니다. 서희가 남달리 예민하게 다가오는 미지의 인생에 대해서 불안을 앓는 건 요컨대 문학을 하는 죄가 아닌가 합니다.

그로 해서, 고통의 깊이가 더할지라도 나의 체험으로 미루어 그 쓰디 쓴 잔은 문학하는 이의 뼈 속에 피 속에 오히려 단물로 산화하여 한 인간의 성장을 알차게 해 주리라 믿는 것입니다.

그건 바로 내 젊은 날의 모습이기도 한 귀여운 서희, 나는 아직도 거울을 깨고 싶은 충동을 느낄 때가 있는 게 사실이지만 그래도 연륜이라는 약이 나를 다소간 안정시키는 것 또한 사실입니다.

나에게도 서희와 같이 불안의 밤을 앓은 기억이 있습니다. 지나고 보면 그건 아름다운 고민이었어요.

젊음만이 갖는 특유한 빛깔의 도취 같은 것, 막막한 벌판에 홀로 버려진 듯 죽도록 불안하고 고통스럽던 그 기나긴 날들도 이제는 내 추억 가운데 가장 진한 한 페이지로 간직되어 있다 할까요.

서희를 불안하게 하는 것, 잠들지 못하게 하는 것, 회의에 빠져 헤어날 수 없게 하는 것, 그 정체를 파악하기까지 회의를 키워가요.

미세한 바람결에도, 풀잎 뒤척이는 소리에도 몸을 떠는 그 민감함을 더욱 촉세워 오히려 오늘의 불안과 고뇌를 파헤쳐 근본 뿌리를 캐내는 쪽으로 쓰도록 해봐요.

인생을 피하려 하지 말고 차갑게 바라보지도 말고 차라리 뜨겁게 앓기를 바래요.

내 손, 내 머리, 내 가슴 위를 일렁이는 바람도 구름도 빛도 모두 내 것으로 사랑스럽게 인지해 가도록 해요.

그래서 어느 날 죽음의 열병에서 깨어났을 때, 새 옷 갈아입고 우뚝 선 또 다른 그대를 볼 수 있길 바래요.

살아가는 데 있어서 변한다는 건 두려운 기쁨입니다.

변하고 싶지 않으면서, 한편으로는 변하고 싶다는 강한 욕망의 갈등 속에서 동요하는 자신을 본다는 건 신비로운 기대임에 틀림없습니다.

결혼과 진학, 취직 세 갈래길 앞에서 나는 그 무렵, 어찌해야 할지 몰라 하고 있었습니다.

내 앞에 펼쳐진 손댈 수 없는 커다란 세계가 소리 없이 밀려드는 밀물처럼 감당할 수 없을 때, 그런 어느 날 낙엽을 주워 거기에 내 이름을 써서 바위 위에 얹어 놓았어요.

그 낙엽이 바람에 날려 어디론가 날아갈 때 그 방향을 가지고 나의 행로를 정하리라 마음먹었던 거죠. 지켜보고 있는 동안에 바람이 불어 왔어요. 내 이름이 쓰인 낙엽은 동쪽으로 날아갔어요. 동쪽이면 진학하리라던 나는 홀가분한 안도감을 느꼈습니다.

그런데 이내 바람의 방향이 달라진 듯 어느새 그 낙엽이 내 발 밑에 다시 와 있더니 이번엔 남쪽으로 미끄러져 가더군요.

나는 크게 실망해서 바람에 쓸려 이리저리 뒹구는 낙엽을 말없이 바라봤어요. 그리고 주사위 던지듯 내 인생을 판가름할 수는 없다는 걸 깨달았습니다.

그날 밤 나의 젊음은 바다의 무한한 가능성 속에 던져졌고, 나는 그걸 두려워하기보다는 마주쳐 이겨내리라는 결론을 가지고 밝아오는 새벽을 맞이했습니다.

서희 양, 어떤 곳에도 명확한 해답은 없습니다.

다만 시간이 해결해 준다는 평범한 진리를 미래의 스타트 라인에 서 있는 그대 젊음 앞에 줄 수 있을 뿐입니다.

그러나 어떤 길이든 그건 자신의 의사로 택한 길이어야

한다는 것이며, 그 길이 보일 때까지 릴케의 말처럼 두렵도록 커다란 심각한 대상과 정면으로 맞서는 용기를 잃지 말라는 말을 하고 싶습니다.

서희 양, 이 가을이 다 가기 전에 맑은 눈으로 다시 만날 수 있기를 빌며 이만 줄입니다.

방황하는 청춘

서희, 그 동안 잘 지냈어요?

요즘 서희를 자주 볼 수 없게 된 건 무언가 바쁜 일이 있기 때문인가 봐, 그게 무얼까? 좋은 일이길 기대합니다.

지난번 전화 목소리에서 아직도 방황 중인 서희를 느꼈어요. 구체적인 번민의 요소를 말하지 않아도 내겐 짐작되는 바 없지 않습니다.

서희, 서희가 어떤 결말을 가지고 내게 오기 전에 충고 비슷한 의견을 먼저 말하고 싶군요. 오늘 이 글을 쓰는 것도 서희의 마음을 정리하는 데 다소나마 도움이 되길 바래서입니다.

서희는 어젠가 이런 말을 한 적이 있었죠? 어느 한 사람과의 영원한 결속을 약속한다는 데 대해 무거운 속박감을 갖는다고, 그래서 자꾸 자신을 도사리고 거부하고 주저하게만 된다구요. 감정에 치우쳐 무모한 결정을 내리게 될까봐 둘레의 이성 친구들을 어쩐지 멀리하게 되고 그 때문에 항시 외롭고 외톨박이가 된 기분에서 헤어날 길이 없다고,

나는 서희의 그런 지나친 자기방어 의식을 나무라고 싶군요.

서희 또래의 젊은이들이 흔히 이성 친구들과 너, 나, 하면서 반말로 떠드는 것, 그건 소탈한 친구로서의 어울림입니다. 나는 그런 식의 탁 트인 교제들을 좋게 봅니다.

밝은 제과점에서 구김살 없는 눈길로 웃으면서 얘기를 나누는 그런 명쾌한 분위기가 건강미가 있어요. 또 젊은이들은 그런 분위기를 가져야 해요.

무언가 조심성을 갖게 하는 사람, 함부로 대하기가 거북해지는 사람이 있다면 그는 이미 친구 이상의 발전 가능성을 가졌다고 봐야 하지 않을까 합니다.

서희에겐 그냥 유쾌하게 어울릴 수 있는 젊은이의 세계가 있었던가요? 그 중에서 유독 서희를 사로잡는 눈길을 의식하고 미리 겁을 먹는 건가요?

어느 쪽이든 서희의 방황이 인간을 성숙케 하는 하나의 과정임에 틀림없고 그로 인해서 나의 귀여운 서희에게 새로운 삶의 향방이 주어진다고 할 때 나 역시 진지하게 주목하지 않을 수 없군요.

지난번 편지에서 내가 한 말 기억하겠죠?

서희를 불안하게 하는 것, 잠들지 못하게 하는 것, 회의에 빠져 헤어날 수 없게 하는 것, 그 정체를 파악하기까지 회의를 키워가라고.

미세한 바람결에도 풀잎 뒤척이는 소리에도 몸을 떠는 그 민감함을 더욱 촉세워 오히려 오늘의 불안과 고뇌를 파헤쳐 근본 뿌리를 캐내도록 하라고.

인생을 피하려 하지 말고 차갑게 바라보지도 말고 차라리 뜨겁게 앓기를 바라노라고.

그래요.

서희는 20대 여성으로선 너무나 이성적(理性的)인 게 병이라 하겠습니다. 그 점을 내가 아끼고 있기도 하지만 깨우쳐 주고 싶기도 했어요.

왜냐하면 너무나 차분하고 사리에 밝다보면 그 냉철함이 누구도 가까이 다가서기를 어렵게 하는 때문이지요.

사랑하는 사람, 인생의 동반자로서의 오직 한 사람과의 만남을 위해서 서희는 이제 도사린 마음을 펴고 두려움 없이 둘레를 돌아보기를 권합니다.

좀더 자신의 눈과 가슴에 정열을 담고 자신 있게 대인관계를 펼쳐보기 바래요.

서희의 아름다운 방황에 나는 기꺼이 동행하겠어요.

함께 걸어가면서 더 많이 더 깊이 대화를 나눕시다. 내가 아끼는 나의 후배 서희의 청춘을 위해서.

그럼 우리 또 만나요.

노란 꽃사슴의 고독

어느 해 가을이었지.

대구에서 경주로 가는 기차 창가에 기대앉아 무심코 흔들려 가다가 나도 모르게 소리를 지르고 말았다.

"어머나!"

그건 놀라움이었다. 감동이었다.

사과나무 가득 새빨간 사과가 꽃피어 있는 것이었다.

촘촘히 주렁주렁 매달려 있는 빨간 열매를 안고 서 있는 사과나무는 참으로 행복하고 의젓해 보였다.

그런 사과나무가 한 그루가 아니라 곳곳에 무더기로 어울려 있어 웅장하기까지 했다. 사과밭이라 불리는 과수원이었다.

가히 사과 고장 대구에 내가 왔음을 실감하였다.

또 한 번은 충청도에 있는 마곡사(麻谷寺)를 찾아갔을 때였다.

그곳엔 잘생긴 감나무들이 우뚝우뚝 서 있었는데 때마침 늦가을 햇빛을 받아 나무 전체가 황금빛으로 빛나는 모습은 아름답기 그지없었다. 귤빛으로 익은 매끄러운 살결의 단감들이 높게 뻗쳐오른 감나무를 온통 감싸고 있었던 것이다.

예전에 '애정이 꽃피는 나무'라는 로맨틱한 제목의 영화가 있었지만 나는 탐스럽게 열린 이 과실들을 보면서 '사랑이 꽃피는 나무'라 불러보았다.

그래, 저토록 풍성한 자연의 결실이야말로 많은 사람을 먹이려는 뜻깊은 잔치가 아니고 무엇이랴.

사랑으로 자녀를 키우는 어머니 마음에나 비길 수 있으리라.

무겁게, 힘겹게, 한편 자랑스럽게 열매들을 안고 서 있는 과실나무는 참으로 위대하였다. 그건 혼자서 이룩한 위업이었다.

아무도 도와줄 수 없는 자리에 버텨선 채 혼자 열매 맺은 귀하고 귀한 보람이었다.

과수원지기가 벌레먹지 않도록 약을 뿌려 주었을 것이나, 그 이전에 이미 나무는 제 힘으로 열매를 달고 키워왔던 것이다.

햇빛과 바람과 물이 양식의 전부였다. 그리고 나이와 더불어 한층 지혜롭게 자연법칙대로 할 일을 감당함으로써 누구나 탐내는 자랑스런 과실수가 되어진 것이다.

그런 과실나무를 나는 경탄의 소리를 지르면서 바라봤다.

그리고 다음 순간 나는 고독했다.

나는 무얼 할 수 있었던가.

하는 일 없이 껍질만의 생을 이어오면서 또다시 가을의 계단에 서 있는 건 아닌가. 에스컬레이터처럼 올라서 있기만 하면 절로 실어다 주는 계단 위에서 습관처럼 변명처럼 세월이 빠르다는 푸념이나 하면서 지내는 건 아닌가. 1년 중 가장 풍성한 계절, 영롱한 빛깔의 갖가지 과실이 보기만 해도 즐거운 가을이다. 크레파스로 선을 굵게 칠해 놓은 생동감 넘치는 그림처럼 어느 산 둘레나 울긋불긋 현란한 단풍 철이다.

가는 계절의 마지막 시간까지 더욱 기세 좋게 쏟아지려는 폭포와 흐름이 한결 맑아진 냇물, 그 어느 것 하나 정겹지 않은 게 없다.

이런 때 내가 혼자서 고독해 한다면 웃을까.

그러나 나는 우거진 단풍 그늘에 외로이 서 있는 노란 꽃사슴을 그려본다. 사슴은 호젓하게 아무도 없는 곳, 바람도 일부러 마음먹고 찾아와 주기 전엔 그냥 조용하기만 한 깊은 골짜기 속에 갇혀 있다.

불붙은 듯 새빨갛게 단풍진 그늘에 노란 꽃사슴 한 마리….

그건 어느 날의 나였다.

아니 너였다.

우리 모두 각자의 모습이기도 했다.

외롭다는 것, 고독하다는 것, 고독을 느낄 수 있고 고독에 울 줄 안다는 것, 그건 아름다운 일이다. 귀하고 애틋한 일이다.

나는 열 살 때의 일을 생생하게 기억하고 있다.

안양 '풀'에 놀러 갔다 오는 길이었다. 나보다 두 살 위인 언니와 그 언니의 친구들과 여럿이서 어울린 걸음은 다분히 장난기 어린 모험을 하게 했다.

그 중의 한 명이 인도교까지 갈 것 없이 철교로 건너가면 지름길이 된다고 제안했던 것이다. 일행은 앞뒤 생각 없이 우우 몰려갔다. 기찻길인 철교를 겁도 없이 성큼성큼 건너갔다. 제일 어린 내가 맨 꼴찌로 철교를 건너기 시작했다.

허나 나는 이내 당황했다.

침목(枕木) 사이로 구멍이 뻥뻥 뚫려 있는 철교인지라 저 밑에 파랗게 흘러가는 안양천 냇물이 자꾸 나를 잡아끌었다. 갈수록 내 다리는 오금이 저려 와서 떼어놓을 수가 없었다.

겁에 질려 앞을 바라보니 벌써 저편 언덕에 닿은 일행들이 날보고 어서 오라고 손짓을 한다.

그때였다. 갑자기 아우성 소리가 나기 시작했다. 기적 소리가 울리면서 맞은편 쪽에서 기차가 오고 있었다.

나는 뒤를 돌아봤다. 되돌아가기에는 이미 상당히 나와 있다.

다시 앞을 보았다. 언니들이 발을 동동 구르면서 기차오는 쪽을 손짓하며 어서 뛰어오라고 야단이다.

그러나 그 거리는 너무 멀었고 내 발은 성근 발 디딤 때문에 얼어붙어 움직이지 않았다.

인도교 쪽을 보았다. 그 다리 위에 어느새 많은 사람들이 난간 쪽으로 몰려있는 게 아득히 보였다. 윗도리를 벗어서 흔들며 다가오는 급행열차를 세워 보려고 애쓰는 것도 힐끗 보였다. 모두가 순식간에 내 눈에 비친 광경이었고 사람들은 너무나 멀리 있었다.

그때 나는 무섭게 외로웠다.

기차는 까만 공만 한 몸체를 까마득히 나타내고 있었는데 무심히 삐익삐익 경적을 울리며 점점 몸체가 커지는 것이었다.

나는 결국 나 혼자일 수밖에 없음을 깨달았고 아무도 지금의 나를 구해 줄 수 없다는 걸 알았다. 나는 그 순간 무서움보다는 외로움 때문에 몸을 떨었던 걸 아프게 기억한다.

나는 치마를 감싸쥐고 하나의 침목 끝에 엎드렸다. 그리고 이내 육중한 기차바퀴가 내 등뒤를 손살같이 미끄러져 가는 걸 느꼈다.

길고 긴 열차를 다 견디지 못하고 질풍 같은 열차바람에 떠밀려 내 몸이 다리 아래로 떨어졌을 때 나는 잠시 구름 위로 뛰어내리는 환각을 느꼈다. 나는 물이 아닌 모래밭에 떨어졌다.

상처하나 없이 부드러운 모래밭에 누워 있는 내 곁에 사람들이 달려왔다.

언니들이 눈물 범벅이 된 얼굴로 나를 들여다 볼 때 나는 "괜찮어, 아무렇지두 않어" 하고 맥없이 웃음을 띠었지만 내 속마음은 여전히 무척이나 외로웠던 것이다.

지금도 안양천을 지날 때마다 지난날 나에게 말할 수 없이 고독한 순간을 체험케 한 그 철교 사건을 상기하곤 혼자 미소를 짓는다.

이런 경험도 있었다.

나의 전원 생활 중의 한 토막이니 역시 안양시절 철교사건 전후의 일이다.

이웃 언니들 일행을 따라 어디만큼 산등성이를 넘어갔던 것 같다. 그곳에서 언니들이 장대로 밤나무를 털어 댔는데 갑자기 으악! 소리와 함께 뿔뿔이 달리기 시작했다. 밤나무 임자가 나타났다는 것이다.

나도 열심히 뛰었지만 어린 걸음이 자연히 뒤로 처지게 했다.

"같이 가아…." 소리를 지르는데 누군가가 돌아보며 "넌 어리니까 잡혀두 상관없어." 하면서 그냥 뛰어간다.

나는 이때 노엽다기보다는 외로웠다. 혼자 내동댕이쳐진 걸 뼈아프게 느꼈다.

다행히 밤나무 임자는 더 이상 쫓아오지 않고 저만치서 소리를 쳤다.

"다시 와만 봐라, 혼내 줄 테니."

군중 속의 고독은 개인주의가 팽배한 현대 사회의 산물이다.

그러나 나는 어린 시절 그걸 배웠던 것이다. 이후 나는 스스로 노란 꽃사슴의 눈이 되었다. 주위가 화려할수록 혼자 동떨어져서 관망(觀望)하는 버릇이 생겼다.

어차피 인생은 제 힘으로 개척하지 않으면 안 되는 것이다.

나는 비바람 치는 한여름 고독한 투쟁과 인내 끝에 알찬 열매를 무겁도록 매달고 생의 찬가를 부르는 저 사과나무와 감나무의 기쁨을 배우고 싶었다.

나는 많은 책을 읽었다. 지칠 줄 모르고 활자의 풍성한 매력에 끌려들어갔다. 그건 외로운 환희였고 외로운 승리였다. 책을 읽음으로써 나는 많은 친구를 얻었던 것이다. 책 속에 길이 있다는 명언은 진실이었다.

마음에 드는 책을 구해 읽었을 때 참 벗을 얻은 기쁨을 알게 되리라 던 옛 선현의 말씀은 옳았다. 나는 노란 꽃사슴의 고독을 사랑할 줄 알게 되었다.

버림받은 꽃사슴이 아니라 자진해서 사색과 내실의 숲을
더듬는 사랑스런 꽃사슴의 지혜를, 화려하게 물든 지상의
가을 한켠에서 조용히 침잠(沈潛)하여 자신을 돌아보는 겸허
한 자세를 배웠다.

마지막 잎새가 떨어질 때

12월이라는 달은 참으로 묘한 달이다.

일 년의 마지막에 해당하는 탓일까, 어쩐지 낭떠러지 끝에 서있는 듯 절박한 느낌이 드는가 하면, 공연히 들떠서 축제의 절정에 휩싸인 즐거움이 피부에 젖어드는 것이다.

물론 나이든 지금의 나는 좀더 초연해져 있어서 크리스마스다, 망년회다, 하고 흥청거리는 것에 냉정한 눈길을 주기도 한다.

가족끼리 혹은 친구끼리 무언가 뜻 있는 모임을 가져 보자고 해 놓고도 그럭저럭 하나의 행사로 치르는 게 고작인 것이다.

가슴이 뜨거워지는 열풍(熱風) 같은 즐거움은 이미 오래전에 깨끗이 졸업했다.

오, 얼마나 슬프고 안타까운 일인가.

교회 찬양 대원인 때가 있었다.

크리스마스 이브면 밤새도록 교인들 집을 순방하면서 '기쁘다 구주 오셨네' 노래 부르던 일, 병원 복도에서 부를 때는 환자복 차림의 환자들이 병실 문마다 기대서서 함께 부르고 박수를 쳐주던 일, 너무너무 많이 걸어서 이젠 정말 한 발자국도 더 못 걷게 되었을 때, 마침 종착 예정지인 목사님 댁에 닿아 들어서니 방마다 음식상이 차려 있고 뜨거운 떡국이 금시 앞에 놓여지던 그 감격!

무조건 재미있고 감격스럽던 그때의 나의 12월은 참으로 행복하였다.

그리고 또 몇 밤만 자고 나면 신선한 새해 정월 초하루, 비교적 어수선하고 초조하고 절박한 느낌이 들던 것도 결국은 한 해를 보내고 새해를 맞는다는 엄숙함 때문이었는지 모른다.

지금은 어떤가.

한마디로 담담할 뿐이다.

'가는 세월 그 누가 막을 수가 있나요' 하는 서유석의 노래처럼 막을 수 없이 빠르게 흘러가는 세월의 또 한 고비가 넘어가는구나 하고 생각할 뿐인 것이다.

이런 무미 건조하고 탄력 없는 생각이나 하게 된 무감동(無感動) 시대를 슬퍼하지 않고 어쩌랴. 허나 슬퍼한다는 표현에도 어폐가 있다. 슬퍼하기라도 한다면 그건 이미 무감동이 아니기 때문이다.

미안하다, 젊은이들아, 나도 그대들 만할 적엔 서른 살만 넘어도 어떻게 살 것인가 하고 몸서리 친 적이 있었으니까.

그러면서도 내 어머니가 나이보다 너무나 젊고 고우셔서 학교에 나타나시면 한 반 아이들이 친엄마가 아닌가 보다고 놀리는 게 속상했다. 그래서 어머니가 빨리 늙기를 바라는 죄도 졌었지.

어쨌든 나이든 사람은 그 나름의 의젓함이 따르는 법이어서 웬만한 일에는 크게 놀라지도 않고 신기해하지도 않는, 그런 둔감(鈍感)이 못 견디게 싫었던 건 사실이었다.

마지막 잎새가 가랑가랑하게 매달린 헐벗어 가는 나무를 바라보며 O.헨리의 '마지막 잎새'를 생각하는 시간, 저 마지막 잎새를 놓지 않으려는 비감(悲感)의 환자를 위해 가을이 다 가고 겨울이 깊어 가도 결코 떨어질 수 없는 잎사귀 하나를 벽에 그려 넣는 이의 심정을 내 것으로 받아 가는 뜨거운 시간, 그런 공감의 물살을 한없이 자랑스럽게 여겼던 것이다.

그러나 우리는 세월과 함께 배워 가는 게 있다.

이 세상에는 무한히 신비롭고 즐겁고 또 슬프고 한 일들이 있지만 가장 풀 길 없는 신비는 하나의 생명이 태어나고 어느 땐가는 죽는다는 그 엄연한 사실이다.

어릴 때는 미처 알 수 없었던 엄숙한 삶의 기점(起點)과 종말(終末)이 내 가까웠던 사람들에게서 눈으로 확인할 기회가 한 번 두 번 거듭될수록 그토록 자극적이고 충격이 컸던 모든 일이 서서히 빛이 바래는 걸 느꼈다.

그래, 아무리 즐거운 일 기쁜 일이 많아도 축복 받은 한 생명이 태어나는 그 크낙한 기쁨에 비길 수 있으랴. 아무리 가슴이 아프고 괴롭고 안타까운 일이 많다 해도 사랑하던 한 생명이 촛불 꺼지듯 스러져 다시는 만날 수 없게 된 그 슬픔의 깊이에 비길 것이랴.

나이 든다는 건 요컨대 세월과 함께 온갖 체험을 겪어 나가면서 차츰 초연해진다는 것을 의미한다고도 할 수 있다. 고운 살결의 애나무가 해를 거듭할수록 거칠고 두터운 줄기로 무장(武裝)해 가듯이.

나의 12월이 들뜨지 않고 비교적 적막감이 도는 것도 그 때문이다.

이럴 때 나는 무얼 하나.

유리창 가까이 의자에 기대앉아 낙엽이 쌓여 가는 뜰을 내려다 볼 것이다.

한 잎 두 잎 떨어지기 시작한 나무는 그런대로 운치가 있기 마련이지만 뿌리 쪽에 수북히 떨군 낙엽의 여윈 모습을 보는 건 가슴 아픈 일이다.

구르몽의 시구(詩句)처럼 '너는 좋으니, 낙엽 밟는 소리가?' 하고 읊조리던 시절은 이제 내 아이들에게 물려주고 '우리도 언젠가는 낙엽이리라'는 끝구절이 더 실감이 드는 것이다.

그러나 나는 마지막 잎새가 떨어질 때 베토벤의 '운명'을 틀어놓고 삶의 깊고 깊은 가슴에 귀를 대어 고동치는 맥박을 짚는다.

음악이 없는 세계란 사고(思考)가 없는 세계만큼이나 캄캄하겠지.

귀와 영혼을 울려주는 베토벤의 곡은 예술의 높은 경지를 깨우쳐주고 나를 그곳에 끌어올려 삶의 곤혹에서 매번 새 옷을 갈아 입혀 주곤 한다.

'바바바 바앙' 울리면서 내 심장을 휘어잡고 갑자기 전조 (轉調)하여 유순하게 운명에 순종할 수밖에 없는 흐느낌으로 바뀔 때, 혹은 격렬하고 힘있게 저항하고 신비롭게 젖어들고 삶의 승리를 구가하듯 열정적으로 휘몰아치는 장중함에는 두려운 환희를 누를 길 없었다.

가을이 가고 겨울이 와도 몇 번이고 다시 태어나는 삶을, 삶의 진실한 의미를 승복하지 않을 수 없는 이 전율….

나는 해어스름의 쓸쓸함만이 아닌 무언가 새로운 의욕이 샘솟는 감격을 가지고 음악에 도취하곤 하는 것이다. 감정의 윤택함이 있는 한 나는 언제나 젊고 발랄하고 활력에 넘치는 미래의 삶을 가질 것을 믿으며.

기실 베토벤이라는 불후의 대음악가가 그 전기(傳記)에 따르면 누구보다도 불행했다.

가난한 가정, 술주정뱅이면서 무섭도록 엄한 아버지, 그 밑에서 학교도 다니지 못한 채 오로지 천성으로 타고난 음악적 재질을 자신의 혼자 힘으로 갈고 닦아 겨우 작곡가로서의 명성을 얻게 되었다 한다.

그러나 불행의 신은 그의 옷자락을 잡고 놓지 않았다. 음악가의 생명이라 할 귀, 즉 청각을 빼앗긴 것이다. 게다가 사랑스런 줄리에타는 베토벤의 사랑을 받아 주지 않았다.

귀가 들리지 않는 치명상을 감추고 번민하면서 베토벤은 유서(遺書)를 쓰기 시작하였다. 차라리 생을 포기할 결심이었다.

그런데 죽고 싶은 악마적인 감정을 펜을 들어 글로 써 나가는 동안에 이상하게도 해방감을 느낄 수 있었다.

드디어 그는 '이까짓 유서에 내가 질쏘냐, 운명의 목덜미를 내가 눌러버리리라'고 분연히 털고 일어났다는 것이다.

그로부터 청춘을 다시 만난 듯 막힌 둑이 무너진 듯 명작이 쏟아져 나왔다.

저 유명한 전원 소나타, 그리고 절망을 극복한 자신을 재현시키듯 삶의 환희를 일깨워 주는 제 2교향곡, 영웅교향곡, 운명, 전원교향곡, 가극 피델리오 등등….

낙엽도 어디론가 바람 따라 다 떠나간 뒤, 텅빈 정원에 헐벗은 채 서있는 나목(裸木)들을 지켜보며 나는 방안 가득히 울리는 베토벤의 '운명'에 젖어든다.

전축의 볼륨을 좀 더 높인다.

그 속에 폭 파묻혀 버린다.

그리고 보면 우주(宇宙)의 중심은 누구나 자기 자신이다.

어떤 삶을 살아갈 것인가 하는 것도 어떻게 살아가는가 하는 것도 우주의 중심체인 자기 자신에게 달려 있음을 알겠다. 내가 있음으로써 비로소 세계가 있는 것이다.

우리들 각자의 살아가는 행동에서 세계는 시작되며 자신의 살아가는 방법에 따라 그곳에 세계가 펼쳐진다.

가령 높은 것, 아름다운 것, 진실한 것을 지향한 준열한 삶의 자세는 그 수준의 고귀한 세계를 안겨 줄 것이다.

해가 지는 걸 서운해하기보다는 새로 맞이하는 새해의 아침을 어떤 자세로 뜻깊게 맞이할 것인가를 생각하는 그런 생의 주인이 되어야겠다. 해마다 낡은 껍질을 벗고 새옷으로 갈아입는 신선한 기쁨과 뿌듯한 기대를 가지고 가슴을 펴야 하겠다.

나에게 사랑하는 가족과 이웃이 있고 책이 있고 음악이 있는 한 나의 12월은 결코 서운하지 않으리라.

감사할 줄 알고 감격할 줄 아는 순수한 감성(感性)을 영롱하게 닦아서 몇 번이고 다시 청춘의 삶을 살아가리라.

1년의 마지막 달 12월은 흥겨운 징글벨 소리 속에 젊은이들 웃음소리가 밀물지고 나의 안온한 실내에선 베토벤의 '운명'이 힘있게 소용돌이친다.

젊은 가슴이여

인간의 아름다움은 꿈을 안고 산다는 바로 그 점이 아닐까 한다. 그건 사고(思考)의 능력이 있음으로써 동물의 영역을 벗어날 수 있었던 인간의 강점(强點)과 함께 실로 축복 받은 신(神)의 선물이었다.

꿈 꿀 힘이 없는 자는 사는 힘도 없다고 누군가가 말했다. 허나 꿈만 먹고 사는 사람은 결국은 굶어 죽을 수밖에 없다고도 하였다.

꿈이란 현실에 없는 걸 희망하고 바라는 터무니없는 것일 수도 있지만, 인간만이 누리는 최상의 즐거움이기도 한 것이다.

'꿈 많던 그 시절'을 회상(回想)하고 그리움에 젖는 나이가 되면 인생을 이미 한 구비를 넘어섰다 해도 과언이 아니다. 그 나이가 되어보지 않고선 인생이 어떻다고 무어라고 말할 계제가 아닌 것이다.

왜냐하면 꿈이란 그냥 무작정 꾸는 게 아니라 언제나 어떤 기대감이 있고 그걸 열망(熱望)하는 뜨거운 가슴이 있을 때만이 살아 꿈틀거리는 것인 때문이다.

그런 기대와 가능성을 가장 많이 가지고 있는 나이란 인생의 첫 계단에 서 있는 젊은 시절, 그 중에도 사춘기(思春期)에 해당하는 학창시절이었음을 나 역시 시인하지 않을 수 없다.

그 무렵, 나는 앞이 탁트인 넓은 모랫벌이나 풀밭에서 뭉게구름이 이는 하늘을 바라보기를 좋아했다. 뭉게뭉게 솟구치는 구름더미의 말할 수 없이 벅찬 그 저력에 압도되는 걸 느끼면서 살아 있는 생명감을 실감하곤 하였다. 피어오른 구름조각이 몇 갈래로 나뉘어 무한공간(無限空間)의 푸른 하늘을 유영하면서 온갖 형태를 빚어 가는 걸 보는 것도 좋았다.

커다란 고래나 코끼리였다가, 피아노 치는 사람이다가, 씨뿌리는 농부였다가, 조그만 양이나 강아지로 변하면서 부지런히 어딘가로 사라져가는 구름 조각을 따라 나도 온갖 꿈을 꾸기 일쑤였다. 구름따라 나들잇길을 즐기는 나의 취미는 내 방안에 누워서 음악을 들으면서도, 책상 앞에 앉아 책을 읽거나 공부를 하다가도 여전했다.

생각의 갈피를 무심히 낙서(落書)라도 하고 있노라면 언니는 날 툭 치면서 무슨 공상이 그리 많으냐, 잡념이 많으면 못 쓴다고 제법 어른스런 충고를 해 주곤 했다.

꿈 많은 소녀였던 나는 정신만은 누구보다도 부자(富者)였다. 그래서 언제나 가슴이 부풀어 있었다. 그 시절 으레 따르기 마련인 인생에 대한 회의나 번민으로 밤을 꼬박 새우는 경우에도 가슴 한쪽 구석에 옹크리고 있는 미래의 어떤 꿈으로 해서 나는 좌절되지 않을 수 있었다. 되고 싶은 인물도 많았고 하고 싶은 일도 많았다.

지금 생각하면 절로 미소가 떠오르는 일들이지만 그러나 결코 터무니없는 꿈만 꾸면서 시간 낭비를 했다는 생각은 없다.

오늘 나를 둘러싼 나의 세계에 이르기까지 돌이켜 생각하면 절반쯤 눈을 감고 미지(未知)의 숲속을 헤쳐 나온 느낌이다. 두 시간 짜리 영화를 통해서 한 인간의 전 생애를 볼 수 있듯이, 일찍이 나의 생애를 미루어 짐작이라도 할 수 있었다면…. 아니 다시 찍을 수 있는 영화였다 해도 별다른 기대는 하지 않는 게 옳을지 모른다.

꿈이 많은 반면에 야심(野心)이 없었던 나는 결국 어떤 길을 간다해도 아쉬움을 달빛처럼 감고 다닐 게 분명하다. 더구나 생은 단 한 번만의 것, 한 조각 구름이 저 하늘에서 마음껏 변용(變容)을 즐기듯이 우리의 생을 그렇게 여러 형태로 살 수는 없는 때문에.

설사 갈망했던 꿈을 이룬다 한들 인생의 행복에 만족이란 있을 수 없다는 걸 생각할 때가 오고야 말 것인 때문에.

안 박스터가 주연한 영화 '이브의 모든 것'에서 삶의 모습을 볼 수 있었다. 시골처녀 이브가 스타를 꿈꾸며 필사적인 도전 끝에 끝내 대스타의 자리에 올라선다. 그러나 사랑에는 실패하고 드디어 대스타의 자리조차 자신 못지 않게 야망에 찬 후진에게 물려줘야 할 순간에 부딪쳤을 때 생의 허망함을 절감케 되는 스토리였다.

그렇더라도 젊은 가슴들이여, 꿈을 갖자. 더 할 수 없이 커다란 왕국(王國)을 가슴 속에 세우자. 살아 있는 증거로 밤마다 일기장에 설계를 하자. 도달할 수 없는 꿈이었기에 더욱 슬프고 아름다운 추억이 될지언정 꿈을 심으며 꿈을 먹으며 살아가자.

착각(錯覺)의 계절에

초저녁부터 어둠이 깔리고 제법 쌀쌀한 계절이 되었다.

하루의 근무를 끝내고 땅거미 지는 거리에 나서면 나도 모르게 바바리코트 깃을 세우게 된다.

이런 날 마음 맞는 친구와 찬 기운을 마시며 밤거리를 걷다 보면 가스등 한 줄기를 세워 놓은 땅콩 장사나 벌건 숯불 위에 쇠 소쿠리를 굴리는 군밤장수의 모습이 갑자기 정답게 느껴지기도 한다.

노랗게 구워져 밤알이 툭툭 불거져 나온 먹음직한 군밤 한 봉지를 들고 느릿느릿 거니는 재미가 정작 이제부터 겨울 한철이겠다.

지금은 어느 계절보다 사람이 그리워지는 때이기도 하

다. 말벗이 그립다. 그런가 하면 또 한없이 고독한 늪에 잠겨 몇 시간이고 몇 날이고 혼자 침잠(沈潛)해 있고 싶어지는 계절의 유혹.

그래서 가을은 사람을 사랑하게 만들고 더욱 외로운 자아에 눈뜨게도 하는 아픈 계절이라 할까.

사랑은 불쑥 회오리바람처럼 휘몰아쳐 와서는 떨리는 가슴을 휘어잡는 마술사.

릴케의 '사랑의 노래'는 사랑이라는 홍역의 정체가, 그 병원균이 어떻게 우리 몸 속에 침식해 들어와서 순식간에 불기둥이 되어 버리는가를 일러주고 있다.

어떻게 사랑이 너에게 온 것일까.

햇살이 쏟아지듯이, 낙하하는 눈송이같이, 아니면

기도처럼 찾아오는 것일까

그걸 나에게 가르쳐 다오

하나의 행복이 눈부시게 빛나면서 하늘로부터 내려와

그 커다란 날개를 활짝 펼쳐

타오르는 내 영혼 위에

내려앉아 다오

한때, 실로 한때나마 사랑은 그렇게 찾아와서 우리의 영혼을 순결하게 환원시켜 주는 역할을 해준다는 것이다.

비록 어느 땐가는 차가운 현실 앞에 배반당하고 버림받아 나락에 떨어지는 괴로움을 맛본다 해도 우리는 맨 처음 이처럼 아름다운 환각을 통해서 헌신적이고 맹목적인 동경심에 젖었다가 현실 세계로 이끌려 오기 마련이다. 단 한 번이었던 사랑도, 아니 몇 번을 다시 겪는 사랑이라 할지라도….

아름다운 착각이 실어다 주는 고뇌와 슬픔이기에 다시는 사랑을 하지 않으리라고 마음의 창을 굳게굳게 닫아 건 사람도, 결별의 아픔을 다시는 되풀이하지 않겠노라고 두 눈을 내리뜨고 가지 끝에서 후두둑 떨어지는 낙엽의 설레임마저 외면하는 사람도, 이 밤 깊은 정적이 목덜미로 스며드는 걸 느끼고 몸을 떨었으리라, 하물며 지금 사랑을 앓고 있는 가슴들이야….

울고 싶은 날은 울게 하라
비어 있는 가슴에
눈이 내리네

차운 돌거울에
이마를 얹고
바람에 떠는 너울자락
첫 설움 옷깃에 적시듯
흰 눈이 눈썹에 지네

비어 있는 가슴에
썰물로 밀려든 그대

어둠 속에 그대 있음에
그대 목소리 있음에

그 가슴에 울게 하라
그 가슴에 울게 하라

　　　　　　　　－ 김후란 시 '돌거울에'

　내가 그리움과 회한이 얽힌 이 시를 쓴 것도 낙엽이 창
밖에 쌓여가는 밤이 긴 계절이었다. 진정 그리운 이 있어 울

고 싶은 날 그래도 울지 못하는 여인의 가슴에 노크를 하는 심정으로 쓴 시이기도 하다.

우리는 흔히 사무친 그리움이라든가 외로움이라든가 그 밖의 괴로운 감정을 이겨내기 위해서 자학의 수단을 먼저 찾는 폐단이 있다.

알랭(프랑스 철학가, 수필가)은 사람들이 이따금 작은 고뇌를 찾아 내지 못하기 때문에 커다란 고뇌에 몸을 던져 넣는 결과를 만든다고 지적했다.

가령 결핵에 걸렸을 경우 2, 3년쯤 누워서 치료하면 능히 건강해질 수 있을 것을 스스로 고뇌를 확대시켜 "나는 이제 더 가망이 없다"고 단정하고 악화시키거나 실연한 괴로움을 이겨내지 못해 자살로까지 줄달음치는 허무한 경우 등을 들수 있겠다.

고뇌는 작을 때 처리해야 하며 고뇌 그 자체보다 고뇌의 원인을 찾아내어 재빨리 해결하고 잊을 건 잊고 추방해 버려야 한다고 했다.

그렇다 하더라도 생각처럼 감정처리가 되어지는 게 아닌데에 우리의 비극이 있다고 할까.

어쩐지 파격적인 멋을 부려 보고 싶은 가을밤이다.

내일은 정작 마음 기댈 수 있는 친구를 불러내어 이 밤을 걸으면서 사색에 잠겨 보리라.

서울의 야시장(夜市場) 불빛을 찾아가 실없는 쇼핑도 즐겨 보리라.

흰 광목 포장을 삼면에 두르고 불을 밝힌 서울운동장 앞 이동 책 가게에도 들러서 옛날에 놓쳐버린 헌 책도 몇 권 골라 보리라.

그리고 스카이 라운지에 올라 마티니 한 잔을 청해 놓고 오래오래 현란한 서울의 밤을 지켜보리라.

아름다운 착각의 계절에 그 아름다움을 지키듯….

나의 방황하던 20대

새벽에 문득 잠이 깨어 어둠 속을 응시하고 있는 때가 있다.

감정의 무색 지대라 할까, 그야말로 무사무려(無思無慮)의 순일함이 나를 가만히 눕혀둔다. 그건 어떤 편안함이기도 하고 무언가 한없이 적막한 느낌이기도 하다.

나는 그런 시간을 귀하게 받아들이고 싶으면서도 한편으론 거부하고 싶기도 하다.

그 갈등에 뒤척이다 나도 모르게 뛰쳐 일어나곤 한다.

예전엔 이런 일이 없었다. 그래, 나의 청춘 20대 역시 그 또래의 누구나의 경우와 마찬가지로 가슴속에 끊임없는 파도의 일렁임이 있었다. 그건 때로 불길처럼 솟구치는 감정의 해일(海溢)로 덮쳐왔고 다음 순간엔 빙산(氷山) 같은 무게로 가라앉곤 하였다.

새벽의 고요를 조용히 감수할 여유란 결코 없었다. 기쁜 것은 더욱 기쁘게 슬픈 것은 더욱 슬프게, 진하고 아프게 받아들일 수밖에 없는 젊음이었다.

밤이 깊도록 큰 파도 작은 파도 굽이치는 사념의 갈피를 잡느라고 잠을 설치곤 하면서 그래도 아침에는 용수철처럼 튀어 일어나 내 하루의 일에 뛰어드는 것으로 겨우겨우 버틸 수 있었다.

온갖 상념으로 번민하면서 잠을 못 이루는 젊음은 행복했다. 그 빛깔은 현휘롭고 정겨운 것이었다.

다치면 깨어질 듯 조심스러운 사랑의 감성은 공연히 불안하고 고집스럽고 외로움을 독차지한 어설픈 여자로 만들어 가지만, 그건 이를테면 나뭇가지에 스쳐 손등에 가벼운 상처를 입었을 때 그것을 지독히 아파하는 응석 비슷한 것이 아니었을까 한다.

나는 바다의 표면처럼 한껏 화려하고 한껏 의젓하였다. 그러나 한 겹 그 밑은 항시 출렁이는 바다, 깊이 모를 심연을 안고 있는 위험한 바다의 검은 내부였다.

한 시각 한 시각을 탄력 있는 기침소리로 살아 있음을 확인하면서 진지하게 깨우쳐 가야만 직성이 풀렸다.

무엇을, 왜 그토록 조바심하고 뒤척였던 것일까. 지금 생각하면 그건 격의 없는 친구끼리 티격태격 싸움장난을 하듯 어리석은 갈등이었다. 무작정 심각하고 무작정 두려워서 그냥 도사리는 무모한 도전이었다. 나 자신의 생을 진지하게 객관적으로 바라보기보다는 갈갈이 찢어서 걸어 놓고 그걸 눈물 글썽해서 바라보는 귀여운 투정이었다.

마치 철부지 어린 시절 사금파리 조각들을 가지고 혼자 소중해하고 흡족해했던 것처럼 눈앞에서 나를 사로잡는 작은 문제들이 나를 들뜨게 하고 나를 괴롭혔다.

사람과의 만남과 헤어짐이야말로 인간을 상처 입히고 단련시키는 제련(製鍊) 과정에 비유할 수밖에 없으리라. 다른 어떤 고통보다도 피부에 와닿는 농도와 열도는 높기만 해서 바람 부는 황량한 겨울 바닷가에서도 결코 식지 않는 열기를 가졌음에랴.

나는 방황하고 또 방황하였다. 내게 손을 내어미는 어떤 가능성에도 무조건 거부하는 것으로서 나의 청춘을 고이 감싸 안으려 했다.

허나 끝내 사랑이라는 어휘가 하나의 실체로서 내 가슴 저 깊이에 무겁게 들어앉은 걸 발견했을 때 비로소 나는 방황과의 결별을 나 자신에게 깨끗이 선언했던 것이다. 나의 청춘에게.

기실 인간이 어느 특정인간에 대하여 유심히 생각의 화살을 꽂는다는 건 인간 생활에서 얼마나 크낙한 용기를 필요로 하는 것인가.

그건 또한 얼마나 안정감 있는 희열인가.

방황하고 번민하는 사랑의 업보는 비단 20대만의 것이 아닐 것이다. 허나 자기 자신을 두 팔로 꼬옥 감싼 채 새로움을 거부하는 두려움 속의 방황이야말로 가장 순수하고 애틋하고 감미로운 것이다. 잠자지 않고 오래오래 달빛에 기대어 낙서를 하거나 시를 읽는 시간, 혹은 풀밭에 앉아 네잎 클로버를 찾아보는 덧 없는 시간… 그 모두가 젊음이 아니고서는 체험할 수 없는 귀하고 아름다운 시간들이다.

지나고 보면 사랑스런 추억의 스냅들이었다. 미소롭기만 하다. 누워서 음미하는 생활이 아니라 차라리 웅크리고 번민하거나 튕겨져 일어나 헤매는 젊은 날의 고독한 투쟁, 거기엔 인생의 비탈을 달려 올라가는 힘있는 도전이 있었다.

항시 미열에 잠겨서 세상을 뜨겁게, 때로는 고통스럽게 슬프디슬픈 빛깔로 채색해 가는 시적(詩的) 분위기가 있었다.

그때 만일 그러한 방황과 절실한 번민이 없었다면 나는 시를 쓰는 사람이 되지 않았을지 모른다. 그만큼 내 인생에 있어서 그 나름의 값진 시련이었다고 할 수 있다.

이제 슬픔이 묻어나는 어떤 방황이 또다시 나를 사로잡는다 해도 그건 그 옛날 살점이 찢기우는 저돌적인 방황이 아니라 가슴 밑바닥에 깔린 아릿한 슬픔에 속할 것이다.

그리고 또한 행복이라든가 고독이라든가 하는 색채감 짙은 정감과는 다분히 거리가 있는 쓸쓸하고 암담한 방황이 될 것이다.

아픔으로 깬 약속

남들은 날보고 정확한 사람이라 한다. 그렇다고도 할 수
있다. 한 번 한 약속은 꼭 지켜야 하는 걸로 알고 있고 또한
지켜야 속이 편하다. 부득불 약속을 어기지 않을 수 없을 때
는 어떤 편으로든 연락을 취해서 상대방이 헛되이 기다리지
않도록 하고 있다.

무언가 들은 얘기도 비밀을 지켜달라는 당부가 있고 그
러마고 약속을 했다면, 그 얘기는 내게서 나가는 법이 없다.
나도 '임금님 귀는 당나귀 귀' 하고 소리치고 싶은 때가 없는
건 아니지만 내게 약속을 받아놓고 안심하고 있을 상대방을
생각해서 꿀꺽 삼켜 버린다.

대체로 내가 약속을 굳게 지키려는 건 각별히 정직해서

라기보다는 마음이 약한 탓인 듯하다. 기다릴 텐데, 믿고 있을 텐데, 하고 생각하면 그 기대를 무참히 꺾을 수가 없는 것이다.

그런데도 사노라면 못 지킨 약속이 허다하게 손에 잡힌다.

길에서 우연히 마주친 선배나 스승께 한 번 찾아가 뵙겠노라고 약속해 놓고는 그냥 달이 가고 해가 간다.

아이들에게 이번 방학에는 꼭 원하는 대로 해준다던 일이 이 핑계 저 핑계로 다음 해로 미뤄진 건 또 얼마나 많은가.

약속시간에 늦기 잘하는 나의 고질병도 일에 쫓겨서, 혹은 차 잡기가 힘들어서 등등…. 그때마다 이유가 붙긴 하지만 매사에 틀림없다던 나에게는 불명예스런 일이 아닐 수 없다.

허나 그 모든 사연을 곰곰이 생각해 보면 그것도 마음이 약해서 저질러지는 잘못이라 할 수 있다. 도저히 시간에 맞출 가망이 희박한데도 어떻게든 무리를 해서 맞춰보려고 어설피 약속했다가 늦은 적이 한두 번이 아니다. 늦더라도 달려가는 성의에 있어서만은 나 자신 자부하고 있지만.

평생을 두고 잊혀지지 않는 '지키지 못한 약속'이 있다. 고의로 약속을 어겼던 탓으로 그 사건은 나에게는 아픈 추억이다.

그해 4월 초하루, 우리는 정릉 계곡에서 만나기로 했었다. 그 무렵 나는 감당할 수 없는 사랑의 갈등을 겪고 있었다.

만남이 거듭될수록 서로의 가슴에 깊어 가는 상처를 볼 수가 있었다. 드디어 헤어져야 한다는 무서운 선언을 하고 나서, 헤어짐에 대한 진실을 함께 생각해 보기 위해 산책에 동의했던 것이다.

그날 나는 그곳으로 가지 않았다. 밤새 궁리를 해봐도 그날의 만남은 모처럼의 각오를 흔들리게 할 우려가 있었다.

나는 그 시간에 정반대 방향인 한강으로 갔다. 강변에 앉아서 오래오래 강물을 지켜보았다.

은빛 물결이 바람결에 뒤척이면서 조용히 흘러가고 있었다. 바람이 온갖 물 무늬를 만들어 가건만 강은 여전히 유유하고 아름다웠다. 나는 나를 되찾을 수 있었다.

서로가 외톨이 되어 사태를 객관적으로 생각할 기회를 갖기 위해 나는 약속을 어겼다. 그날의 충동적인 행동을 나는 지금도 후회하지 않는다.

약속을 한 이상은 지켜야 하지만 지키지 않는 게 옳을 때도 있다. 약속을 고의로 깨어버리는 아픔에는 그만큼 용기가 필요하다는 걸 그때 배웠다.

어떤 해후(邂逅)

그날 나는 얼마간 들떠 있었다.

그러니까 내 어릴 적 초등학교 때의 담임 선생님을 만나게 되어 있었다.

그후 부산에서 전문학교 교수로 봉직 중이란 소식만 들어 왔을 뿐 직접 뵐 기회를 갖지 못해왔다.

내가 성인이 된 후론 서울과 부산이라는 거리가 자연히 해후의 길을 막은 채 점차로 먼 기억 속의 인물로 되어간 것이다.

그렇다고 아주 잊혀진 건 아니었다.

지난날을 회상할 때마다 가장 선명하게 추억되는 옛 스승, 소중 한 은사(恩師)의 한 분으로 다가서는 것이었다.

그분은 나의 성장기에 있어서 심신 양면으로 나를 쑥 자라게 하였고 나의 삶의 자세를 자신있게 곧바로 세워 준 분이라 감히 말할 수 있다.

어떻게 표현이 되어야 할까. 한 마디로 그분의 사랑을 듬뿍 받았던 것이다.

공무원인 아버지가 부산으로 전근하시어 우리 집은 한때 부산에서 산 적이 있다. 부산진 초등학교 6학년으로 전학을 하고 보니 낯선 환경에서 '서울내기'는 유난히 눈에 띄는 존재가 되었다.

소심하고 부끄럼장이인 나로서는 학교란 곳이 고통스러워지기 시작했다. 6·25가 일어나기 몇 해 전이어서 서울 말씨 자체가 부산 아이들에겐 무슨 영어나 불어라도 듣는 듯이 생소한 모양이었다.

그때의 담임인 김상근(金相根) 선생님은 나에게 말없는 훈육을 하기 시작했다. 나를 감싸 주는 대신 무슨 일에나 앞으로 내세웠다. 시험성적이 나쁘면 남보다 갑절 꾸중을 했고 학예회나 연구 수업 땐 으레히 나를 주역(主役)으로 만들고, 부족한 나를 끌어 내어 릴레이 선수로 뛰게도 하였다.

나를 지켜보는 각별한 기대에 보답하려는 잠재적 욕망으

로 하여 나는 매사에 최선을 다하게 되었다. 그래서 내가 평범에 머무르지 않고 부단히 무엇인가 하지 않고는 못배기는 적극적인 사람이 되었는지도 모른다.

요컨대 사람이 달라지기 위해서는 어떤 계기가 있어야 하며 특히 성장기에 해당하는 학교 시절엔 스승의 따뜻한 눈길, 친절한 말씀 한 마디가 감수성이 예민한 어린 가슴에 예리하게 박히는 것이다.

편애(偏愛)란 것이 한 반 아이들에겐 얼마나 부당하고 불공평한 것인가를 생각할 때 미안한 마음이 안 드는 것도 아니다. 허나 내게 있어서는 어머니의 사랑처럼 훈훈하기만 해서 학교 생활은 자연 탄력에 넘쳤고 나를 쑥 자라게 한 활력소였다.

덕분에 나는 수석으로 졸업하는 기쁨을 가졌다. 또한 극심한 경쟁률을 뚫고 부산사범 병설 중학교 여학생부 수석 합격이라는 영예를 모교(母校)에 선물할 수 있었던 것이다.

체육 전공인 그 선생님은 성질이 괄괄하여 공부 못하는 아이는 회초리로 손바닥을 때리고 운동장을 숨이 끊어지기 직전까지 뛰게 하는 스파르타식 교육을 감행하여 무섭고 끔찍하다는 아이도 많았다. 반면에 교육열(敎育熱)에 불타 학생들이 절로 따르게 만들기도 하였다.

그 스승이 불쑥 옛 제자를 찾아 주신 데 대하여 나는 감회가 깊을 뿐이었다.

우선 전화로 들린 목소리나 말투는 옛날과 다름없었다. 나도 열두 살 적 학생 기분으로 만날 장소와 시간을 약속하였다.

"어떻게 변하셨을까."

세월을 껑충 뛰어넘은 이제, 새삼스럽게 옛 스승을 만난다는 건 반갑고도 쑥스럽기도 했다.

막상 약속된 장소에 나타나 "선생님!" 하고 부르자 그분은 나를 보고 싱그레 웃는다.

"잘 있었나?"

강한 경상도 액센트도 여전하고 얼굴 모습도 별 변함이 없다. 아직도 이렇게 젊으신가, 속마음으로 놀라울 정도였다.

50고개도 넘지 않았다는 말을 듣고 나는 다시 한 번 놀랐다. 그렇다면 우리를 가르칠 무렵은 새파란 청년 시절이 아닌가.

나는 갑자기 조금 당혹스러웠다.

학생에게 스승은 높고 두려운 존재였다. 어려워하는 마

음이 내멋대로 스승의 나이를 잔뜩 높여서 생각케 했음에 틀림없다. 내 나이에 비해서 할아버지가 되어 있을 상상을 하고 나왔던 난 적지 않이 당혹되는 것이었다.

점심을 대접하고 헤어질 때 그분은 나를 보고 안 됐다는 듯이 한마디 한다.

"많이 변했다야. 나이가 몇이나 되노." 나는 가슴이 뜨끔했다.

세월과 더불어 변한 것은 옛 스승이 아니라 바로 나였다. 변할 수밖에 없지 않은가. 학창을 떠나 사회인이 되고 아이들 엄마가 되어 이제는 나보다도 키가 큰 애들이 있으니… 아직도 단발머리 소녀의 이미지를 가지고 나를 보려 했다면 너무하다고 투정이라도 부리고 싶은 심정이었다.

옛 스승을 오랜만에 만나면서 막연히 무엇인가 불안해하던 나의 예감(豫感)은 결국 내가 말아쥐고 있던 세월 탓이었던가. 그분이 내게 가진 기대 같은 걸 나 자신 철부지처럼 고집하고 싶은 어리석은 꿈 때문이었을까.

'판도라의 상자'처럼 오랜만의 만남은 쓸쓸한 감회를 안겨 주었다.

방관자(傍觀者)로 지낸 세월

　나에게 광복절 그 무렵은 불과 열 살 때의 까마득한 기억이며, 격변하는 세계를 받아들이기엔 너무 어린 나이였다.

　이처럼 어떤 절대적 상황을 피부로 절감하거나 뼈 아프게 실감할 수 없었던 점은 이후 매번 되풀이되었다. 6·25사변이 그랬다. 4.19나 5·16 변혁기 역시 나는 어느만큼 국외자의 위치에 서 있었다. 말하자면 나는 비교적 순교자(殉敎者)와 동석할 기회를 갖지 못한 채 턱걸이 식으로 눈앞에 펼쳐진 현실을 바라보면서 살아왔던 것이다.

　나의 본의는 아니었다. 허나 어떤 면에선 뿌리를 내리고 잔뼈가 굵어지기까지 마땅히 있음직한 비바람의 시련을 모르는 온실의 꽃을 자인케 한다. 그건 나의 행운이었고 동시에 약점이기도 하였다. 스스로 쟁취한 것이 아니기 때문에 언제나 아무런 준비 없이, 강렬한 비판력 없이 주어진 현실에 임해야 했다.

이것이 개척 시대에 해당하는 우리나라 실정에선 적지 않이 좌절감이나 자격지심을 촉발할 때가 있다. 그러나 이건 어디까지나 체험을 통한 일체감을 요구하는 나의 작가적 욕심과 국민으로서의 자각일 뿐 정상적인 삶이었던 점엔 의심할 나위가 없는 것이다. 나의 2세를 비롯한 모든 후세대들에게 전쟁을 모르고 실업자 없는 복지 사회에서의 평화로운 생애를 기원하는 것은 그것만이 가장 인간적인 삶의 형태임을 굳게 믿는 까닭이다.

8·15 광복시절은 개인으로나 사회 혹은 국가적으로도 어지러운 격동기였다. 그 와중을 더듬거리며 성장해 온 나의 자취는 그런 대로 한국의 현실에 순응하며 살아온 하나의 패턴일지 모른다. 응어리진 민족적 비감(悲感)이 하루아침에 환희의 소용돌이 속에서 용해되어 버리던 8·15 광복을 열 살짜리 단발머리 소녀는 잔칫집 구경 하듯 들떠서 바라보았다. 어른들의 말과 표정에서 그동안 크게 잘못되어 있었던 게 바로 잡혀지려는 기운을 알 수는 있었다.

그러나 너무 어수선해서 갈피를 잡을 수 없었다. 당시 우리 가정은 서울 도심(都心)에 살다가 일제 말기 공습 위협이 가중하자 소개(疏開) 지시에 따라 안양에 내려가 있었다. 안양에서의 생활은 전원에 안긴 느긋함이 정신적으로 안정감을 주었던 듯하다. 시골 풍정의 소탈함과 소박함을 배우고 동화되어, 순 서울내기인 나에게 맨발로 논두렁길을 뛰어 다니면서 메뚜기를 잡는 재미 같은 걸 흠뻑 즐기게 해 주었다.

거기선 저녁마다 부녀자들을 동원하여 물통을 릴레이 식으로 나르면서 공습에 대비한 도시주민들의 소방 훈련 같은 걸 시키는 일도 없었다. 몸뻬를 입은 여자들이 머리엔 찌그러진 냄비 양손잡이에다가 끈을 매어 둘러 쓰고는 한 줄로 서서 빈 물통을 주거니 받거니 하는 그런 몰골은 어린 마음에도 을씨년스럽고 절박하여 끔찍했었다.

무엇보다도 우리 말을 마음놓고 할 수 있어서 좋았다. 시골로 가기 전, 우리들 학교에서 철저히 일어 상용(日語常用)을 독려하였다. 아니 그 무렵의 일반 현상이었겠지만, 아이들이 수업시간 외에도 '조선어'를 썼다가 혼이 나는 경우는 비일비재했다.

한 번은 방과 후 책가방을 둘러메고 아이들과 집으로 가던 길에서 어머니와 마주쳤다. "어디 가세요?" "저기 좀 다녀올게, 먼저 집으로 가라." "네." 나는 다시 아이들과 어울려 집으로 향했다. 이튿날 수업시간에 나는 불려 나가 교탁 옆에서 한 시간 벌을 섰다. 일행 중 누군가가 담임 선생 책상 위에 내 이름을 적어서 바쳤던 것이다. 금지된 조선어를 쓰는 아이의 이름을 적어 내게 되어 있던 학교 생활은 공연히 친하던 짝끼리도 경계심을 갖게 했다.

벌을 서면서도 나는 종내 납득이 안 되었다. 골목길에서 엄마와 마주쳤을 때 다른 아이들은 어떻게 한단 말인가? 일본 아이도 아닌 데 일본 말로 엄마를 부르란 말인가? 한 반 아이들이 곁에 있다는 것만으로? 난 못해, 혼자 속이 상해서 고개를 숙이고 있었다.

광복이 되었다는 건 나나 내 또래 아이들에겐 신나고 재미있는 일이었다. 우리 집은 다시 서울로 돌아왔다. 그런데 정작 눈물을 지으며 아버지를 중심으로 친척들이 모여 앉아 무언가 신중한 의논을 하기도 했는데, 후에 들으니 만주로 건너가 독립운동을 하다 돌아가신 나의 백부(伯父·金興植 씨)에 관한 문제였다. 그분에 관한 기록을 어떻게 신고할 건가 하는 것이었으나, 증거품 소멸로 이 뜻은 이루지 못했던 것으로 알고 있다.

일본 관헌들과의 정면 충돌에서 흉탄에 쓰러져 순절한 소식과 함께 그분이 손에 쥐고 쓰러진 피묻은 태극 깃발과 장례식 사진이 독립군 인편으로 전해져 왔던 것을 보관중이던 우리 할머니가 가택 수색을 당하게 되자 나머지 가족이라도 살아야 한다고 불태워 없앴다는 것이었다.

빛을 보지 못한 채 묻혀 버린 이 비화는 애석함을 넘어서 그 어른 앞에 무척 미안한 죄책감을 안겨 주는 것이었다. 그러면서도 우리 집안에 한 가닥의 긍지를 심어 주고 있었다.

그런 저런 일로 하여 극적인 광복은 우리에게 새삼 우리나라에 대한 인식과 나라 사랑하는 마음을 일깨워 주었다. 학교에선 처음으로 한글을 배우게 되었다. 잃을 뻔했던 우리 말과 우리 글을 신기한 외국어처럼 배우기 시작한 우리 세대야말로 가장 위태로운 절벽 언저리에서 구제를 받았다 해도 과언이 아닐 것이다.

6·25 사변은 운좋게 미리 부산으로 이사해 갔던 탓으로 난을 면했다. 교통부 공무원인 부친의 전근으로 부산에 가서 살고 있었던 것이다. 다만 나의 큰동생이 서울 용산 중학

에 입학되어 서울에 있다가 미처 피난을 못하고 고생을 했다. 9·28 수복과 함께 아버지가 트렁크 가득 쌀을 담아 가지고 가서 동생을 찾아오시기까지 우리 집은 초상집처럼 참담했다. 사색이 되신 어머니와 함께 나는 매일 아침 피난 대열이 쏟아져 내리는 부산진 역으로 나가서 콩나물 시루 같은 피난 열차를 지켜 보았다. 때마침 장마비에 지붕도 없는 무개화차에서 비에 젖은 피난민들이 떠는 걸 보고는 행방을 알 수 없는 동생 생각에 눈물을 닦곤 했었다. 그러다 보니 서울에서 몰려 온 멀고 가까운 친척들을 맞아들여 온통 우리 집에서 법석을 떠는 어수선한 속에서 나는 전쟁이 가져다 주는 생활의 질서 파괴를 망연히 두려워하며 지냈다.

교사를 미군 병원으로 제공하고 임시 교사에서 수업을 계속할 때 학도 의용군 모집이 한창 벌어졌다. 남녀 공학인 우리 학교(釜山師範)에서도 전교생을 운동장에 모아 놓고 어디선가 파견돼 온 사람이 "우리도 싸움터로 나가 위난의 조국을 구하자!"고 일장 연설을 하고 나면 낯익은 상급반 남학생들이 우우, 손을 들고 자진 입대하는 심각한 정경을 목도하곤 했다. 나와 동급반인 고 1년생 가운데서도 상당수가 뛰쳐나가곤 해서 비장한 분위기에 젖었던 기억이 새롭다.

어느 날 우리집에 와 있던 친척에 묻혀 지내던 한 청년이 뒷산에서 목을 매어 자살한 사건이 발생했다. 피난 대열을 따라나선 걸음이어서 대전 어딘가에 노부모를 두고 왔다는 그 청년은 한두 차례 전선을 뚫고라도 고향집으로 가려고 하다가 실패하고 되돌아오곤 했다. 끝내 실의에 빠져 자살해 버린 그로 하여 나는 눈앞에 비극적 전쟁의 참상을 실감하곤 몸을 떨었다. 포탄이 떨어지지 않더라도, 총알이 눈앞에서 쏟아지지 않아도 전쟁은 모든 것을 박살내고 혼란에 빠뜨린다는 걸 뼈아프게 감지해야 했다.

전형적인 서울 집안인 우리집 가풍에도 어쩔 수 없이 변혁이 일어났다. 언제나 독상을 받으시던 아버지가 자주 두레상에 함께 앉아 진지를 드시게 된 것이다. 이런 변혁이 딱히 어느 날부터라곤 지적할 수 없어도 적어도 우리 집에선 파격적인 사건이었다.

왜냐하면 7남매인 우리 형제 중에서 생일을 맞은 아이만이 그날은 아버지 독상에 의젓이 겸상을 해 받는 특혜 계율이 있어 왔다. 그날의 자랑스런 기쁨은 감히 한마디로 표현할 길이 없다. 뭐 찬이 다른 것도 아닐 것이었다. 그러나 아버지와 겸상을 받고 앉아서 한쪽 두레반에 빙 둘러 앉은 형제들을 바라보는 기분은 어느 황태자가 부럽잖을 정도이다. 그래서 생일을 손꼽아 기다리곤 했었다.

아버지의 독상이 슬그머니 자취를 감추었다 해서 아버지의 권위가 상실되는 건 물론 아니었다. 그 대신 갑자기 격의 없는 친밀감이 생겼다고도 할 수 있다. 그러면서도 어딘가 한쪽 어깨가 부서져 나간 듯 서운한 세태 변화를 느꼈던 것도 또한 사실이다. 사회의 밀물은 그 누구의 힘으로도 막을 수 없다. 물살은 거세고 빠르다. 알게 모르게 휩쓸려 흘러오다 보면 어느 기슭엔가 떠밀려 올라가는 자신을 발견하게 한다.

신문 기자로서의 나의 직장 생활도 말하자면 우연히 상륙지점이 신문사였다는 게 솔직한 고백일 것이다. 한국일보 문화부 기자로서의 나의 언론계 출발은 내 관심사의 본령이라 할 문학인으로의 출발도 순조롭게 해 주었다. 신석초(申石艸) 시인이 당시 문화부장으로 있어 「현대문학」지에 시 추천인이 되어 준 탓이다.

4·19의 엄청난 유혈극이 온 국민 가슴에 지울 수 없는 지문을 찍어갈 때 나는 첫아이 출산으로 휴직 중이었다. 따라서 현장의 목격자가 되지 못한 채 거리의 열기(熱氣)어린 함

성에 귀를 기울일밖에 없었다.

그러나 나는 맞벌이 부부의 전형적인 길을 걸으며, 정신적으론 무한궤도를 달리는 탐구하는 창작인으로서의 자부와 고민을 지녔다.

정상적인 사회 질서 속에서 성실하게 노력하면 그대로 인정을 받고 기본 생활이 보장되는 그런 사회가 아닌 것이 가장 고통스러웠다. 사람들은 항시 모(角)가 나 있고 투지에 불타 있다. 그것이 전진과 생산을 위해선 활기와 자극 요소일 수도 있겠으나 너무 피곤하고 긴장의 연속이었다.

조령모개(朝令暮改) 갈팡질팡하는 교육 행정 때문에 외아들을 껴안고 진학의 고비를 허덕인 나의 언니는 결국 온 가족이 미국 이민길을 택했다.

집안에선 여왕이요, 태양이라는 주부도 사회적으론 열심히 일하는 여성에겐 "여자가 제법…" 하는 식으로 넘기기 일쑤이다.

이 모든 크고 작은 불만도 실은 발전하는 나라의 도상에 널려 있었던 정리되지 못한 돌뿌리에 불과할지 모른다. 아니 그럴 것이다. 수십 년 동안 낫으로 힘들여 벼 베기를 해 왔지만 이제 현대 농기구로 빠르고 편하게 논거둠을 할 만

큰 국력도 자랐다.

높은 담장도 내리고 이웃의 안위에도 눈길을 돌리며 서로가 인간답게 인간적인 삶을 영위해 가고 싶다. 육체적인 고통과 시련에 뒤이은 정신적인 공허감을 어떻게 메울 것인가가 지금 우리 모두의 숙제일 것이다.

새를 날리는 꿈

미지의 세계에 대한 도전

꿈 속에서 새를 한없이 날려 보내고 있었다. 양지바른 마루 한 끝에 걸린 새장 문을 열었다. 두 마리의 작은 새는 잠시 머뭇거렸다. 그 중의 한 마리가 용기를 내어 열린 문 쪽으로 다가오더니 후두둑 날아갔다. 그리고 계속해서 큰 새, 작은 새가 잇달아 날아갔다. 새장문은 열려 있었고 그 문으로 어디서 솟아난 새떼가 끝없이 날아가는 걸 보고 있었다. 가슴이 탁 트였다.

꿈이 깨자 나의 몸은 무중력 상태에 놓인 듯 붕 떠오르는 느낌이 들었다. 허나 나는 여전히 방안에 누워 있었고 어제의 나의 집, 눈 익은 가구들과 함께였다. 나는 새가 되어 날아가지 못했다.

가을이 깊어가면 느닷없이 새장의 문을 열어 주는 꿈을 꾸곤 한다. 눈을 뜨면서 새가 되어 날아갈 수 없는 나 자신에게 무섭게 절망한다.

충동적인 자아 탈출 혹은 현실 도피의 욕구는 돌연히 온다. 내가 누워 있는 이 방, 이 집, 내가 속해 있는 가정의 울타리가 갑자기 조여들면서 나를 목마르게 하고 숨막히게 하는 것이다.

모든 게 번거롭게 여겨지고 짜증스럽고, 이상과 현실 사이의 괴리감이 나를 압도한다. 나는 슬픈 한 마리 새가 되어 무력한 감정의 탈색지대(脫色地帶)에서 몸을 떤다. 그리고 때로는 어설픈 도전을 하기도 한다.

타성적인 삶에 대한 어설픈 도전, 그렇다. 우리는 얼마나 많이 생(生)에의 어설픈 도전을 시도하며 살고 있는 걸까. 그러다가 또 날개가 부러진 상처입은 새가 되어 문이 닫힌 새장 안에서 절망하고 굴복해 버리곤 하는 걸까. 이럴 때 사람들은 가출(家出)을 생각할 것이다.

어디론가 훌쩍 떠나버리고 싶은 심정, 아주 사라져 버리고 싶은 심정, 허나 가출은 미지의 세계에 대한 본격적인 도전이다. 가장 용기를 필요로 하는 행동인 만큼 무서운 책임이 따른다. 어떤 무모함에서 오는 더 깊은 후회와 좌절을 감내할 각오 없이는 한 걸음도 내딛을 수 없는 필생의 모험인 것이다.

일생에 한두 번쯤 가출을 생각해 보지 않은 사람이 있을까. 그런 충동, 그런 상황에 놓였다 해도 대부분의 사람들은 실제로 행동화하지 않는다. 모험이 두려운 것이다. 극히 일부는 과감히 행동으로 옮겨 보기도 하지만 더러는 성공하고 더러는 어깨가 처져서 되돌아오기도 한다. 틀에 잡힌 생활의 리듬을 깨고 뛰쳐나가는 파격적인 행동이란 그만큼 어렵고 용기를 필요로 하는 일이다.

'가출'이란 말을 사전에서는 '집에서 뛰쳐나오는 일', '집에서 나가 돌아오지 않음'이라 풀이하고 있다. 반대로 '출가(出家)'라 쓴 경우에는 좀더 질적으로 다른 뜻이 된다. 그냥 집을 나가는 것만이 아니라 그 나감은 영원한 결별, 모든 세상 인연과의 절연을 뜻하는 것이다.

석가여래가 왕자의 몸으로 속세의 부귀영화를 미련없이 버리고 산으로 들어갔듯이 속가(俗家)를 떠나 입산하여 중이 되거나 수도원에 들어가는 걸 이르는 것이다. 그렇게 높은 신앙의 세계와는 별도로 우리의 일상 생활에는 수없이 가출 유혹의 함정이 놓여 있다.

어디론가 떠나고 싶다

떠나고 싶다, 어디론가 훌쩍 떠나가 버리고 싶다는 충동이 이는 건 어떤 때일까? 즐거운 여행처럼 돌아올 기약이 있는 게 아니라 무작정 오늘의 상태를 뿌리치고 나서게 되는 계기는 어떤 경우일까? 하나는 자신을 속박하는 외적(外的) 상황을 거부할 때일 것이며 다른 하나는 자신의 내부에서 고개를 드는, 삶 자체에 대한 회의에 의해서라 할 수 있다.

그 어느 것이어도 결국은 '오늘'을 버리고 미지의 배에 올라타 망망대해로 떠나간다는 면에서는 마찬가지가 아닌가 한다.

'오늘의 나'를 깨끗이 털어 버리고 또 하나의 나를 구축해 보려는 의지의 발현, 그게 가출의 핵심이다.

개인적으로는 저마다 다른 이유가 있을 수 있을 것이다.

첫째, 나이 어린 청소년의 경우에는 집에서는 이룰 수 없는 현실적인 어떤 불만을 타개하기 위해 과감히 집을 뛰쳐나가는 수가 있다. 허영과 호기심의 산물일 때도 있다.

둘째, 결혼하여 가정을 가진 사람이 집을 나가는 경우가 있다. 생활고에 지쳐서, 혹은 배우자의 부당한 대우에 견디다 못해서, 혹은 배우자의 외도(外道)에 충격을 받아서 충동적으로 대문을 박차고 뛰쳐나가는 경우이다.

허나 가장 돌이킬 수 없는 건 타성적인 생활에서 오는 권태감 내지는 삶의 형태에 대한 거부반응으로 차갑게 닫혀진 마음이 집을 떠나게 하는 경우라 할 것이다. 이런 경우는 한번 떠나면 그만이란 점에서 입산(入山)을 단행하는 '출가(出家)'에 비견되는 것이다.

빨리 단 쇠는 빨리 식는다는 말처럼 일시적 흥분 상태에서 충동적으로 집을 뛰쳐나온 사람은 충동의 마음만 제거되면 마음이 풀어지기 때문에 귀가의 여지가 있다. 부부 싸움 끝에 아주 헤어지는 기분으로 화가 나서 친정으로 달려간 아내의 대부분이 남편의 사과 말 한 마디로 마지못한 듯이 따라 돌아가는 경우 등이 그것이다.

여기 비해 전혀 원상복귀의 가망이 없는 가출, 그건 냉철하게 자문자답(自問自答)의 시간을 가진 끝에 행해지는 결단력 있는 행동화이다. 증발의 형태로 나타나는 게 그것이다. 입센의 '노라'가 그랬고 대문호 톨스토이의 가출도 그런 경우라 할 것이다.

위의 세 가지 경우를 생각해 보기 전에 나는 최근에 본 충격적인 해외 토픽 한 토막에 관해서 이야기하지 않을 수 없다. 분신자살(焚身自殺)을 하고 있는 여인의 생생한 사진이었다.

활활 타오르고 있는 불길 속에 좌정한 여인은 자세도 의연하여 엄숙하고 고독하였다.

휘발유를 뒤집어 쓰고 불을 질러 불길 속에 싸인 채 숨지기까지는 카메라 맨의 비정한 셔터가 눌러진 순간만큼이나 짧았으리라.

그는 왜 그토록 참혹한 죽음을 택했을까. 유엔 대사들의 지나친 호화 생활에 항의하는 쪽지를 써 놓았더라 한다. 어쩐지 어이없는 느낌이었다. 그럴 수가 있을까. 그럴 필요가 있었을까. 사회 정의를 위해 항거하는 이유로서는 그보다 얼마든지 더 절실하고 절박한 문제가 있을 수 있는 것이다.

그러나 그는 분명 분신자살이라는 극단적인 자살 방법을 결심하였고 그걸 실행한 것이다.

죽음의 사연, 그건 그 여인만이 알고 있는 진실이다. 적어도 죽음에 이르기까지의 농도 짙은 사연을 쪽지 한 장으로 제 3자가 어찌 재어 볼 수 있을 것인가.

청소년과 사회의 책임

사람들은 저마다의 자(尺)로 재면서 내심(內心)으로 동정하고 혹은 비웃기도 했으리라. 잠시 화제로 삼았다 해도 이내 잊어버리고 곧 자신의 일이나 다른 관심사로 시선을 돌리고 말았을 것이다.

나 역시 그 충격적인 사건 앞에서 잠시 당혹했고 내가 가진 나의 자로 재는 데 불과한 촌평을 피력하기도 했지만 그녀의 죽음을 통해서 적어도 다음 두 가지 생각이 오래오래 지워지지 않고 있다.

하나는 그녀가 죽음을 통해서 무언가 크게 외치고 싶어했다는 점이다. 그가 휘갈겨 써놓은 대로 어느 특정 대상의 도를 지나친 호화생활이 정녕 보기에 안타깝고 개선을 촉구하지 않을 수 없으리만큼 정의감을 자극했다 할 때, 그리고 그 표현방법이 분신자살로밖에는 안 될 것으로 여겨졌다 할 때 그것만으로도 그 죽음의 이유는 충분히 성립되는 것이다.

뿐만 아니라 그러한 표면적인 이유 이외에 무언가 더 있을 수도 있다는 것 또한 추측할 수 있는 일이다. 따라서 아무도 그녀의 죽음 앞에 함부로 비웃을 자격이나 권리가 있다고는 생각되지 않는 것이다.

또 하나는 그녀가 죽음 앞에 그토록 초연했다는 데 대한 놀라움이다. 신문지상에 소개된 참담한 그 사진에는 그가 어디에 살던 누구인지 알 수 있는 아무런 증거도 단서도 없노라는 사진 설명이 붙어 있었다.

가슴이 찡해 온다.

순식간에 한 오라기 연기로, 한 줌의 재로 깨끗이 지상에서 사라진 것이다. 어쩌면 그렇게 미련없이 자신을 포기할 수 있었을까. 연필로 그었던 금 하나를 지우개로 지워 버리듯 이승에서의 한 목숨의 자취를 흔적 없이 지워 버린 그 담대함에 숙연해진다.

나는, 아니 우리들 대부분이 자신을 포기하지 않으면 안 될 어떤 경우에라도 주저하고 무언가에 매달리지 않을 수 없는 약한 인간임을 시인한다. 그런 나약함이 오히려 인간적 체취를 풍기는 것일지도 모른다.

우리들 주변에서 그리고 사회에서 이따금 가출하거나 증발해 버린 사람에 관해서 심각하게 거론되어질 때마다 나는 결코 흉내낼 수 없다는 점에서 절반쯤 놀라움으로, 절반쯤

경외감으로 지켜보곤 한다.

다시 원점으로 돌아가서 극소수이긴 하나 가출을 실천에 옮긴 사람들의 사례를 찾아보기로 하자.

그들의 행동이 결사적으로 옳았다거나 글렀다거나 하는 건 우리가 단정할 성질이 아닐 듯하다. 그 평가는 객관적으로 평점을 매길 수 없기 때문이다.

먼저 청소년 시절, 가출의 가능성을 생각해 보고 싶다.

청소년층의 가출은 부모나 가족의 보호가 필요한 나이란 점에서 가장 위험하고 무모한 행위라 할 수 있다. 통계를 보면 그들은 거의가 일자리를 얻기 위해 또는 막연한 동경으로 집을 빠져 나오는데 그 배경은 가정 불화, 결손 가정(缺損家庭), 빈곤 가정 등 무언가 충족되지 않는 요인에서 탈피하여 새 삶을 찾아보려는 의도에서 비롯되는 게 대부분이다.

부모의 싸움이 잦다거나 형제끼리의 의가 맞지 않다거나 너무 가난한 생활이 지겨워서 어디론가 무작정 뛰쳐나가고 싶었다는 청소년의 무단 가출에는 항시 온당치 못한 문제가 생기는 걸 볼 수 있다.

그들은 목적과 의욕에 앞서 일종의 자포자기형이며 무계획성의 현실 도피에 속하기 때문에 넓은 천지에 나설수록 한층 당황하고 제멋대로의 길로 빠져들 위험이 다분히 있는 것이다. 그 때문에 가출 청소년의 선도와 직업 알선이 사회적 관심으로 적극 행해져야 하는 것이다.

어머니의 저금통장

가정은 성장기의 자녀가 가난 속에서도 밝고 따뜻한 인간성을 가지고 자라도록 힘쓰지 않으면 안 된다.

많은 모범적인 가정이 있지만 지금 생각나는 건 캐더린 휩스의 「어머니의 저금 통장」이라는 소설이다.

소설의 주인공인 어머니는 목수인 남편이 벌어 온 돈을 상 위에 놓고 한 달 생활비로 이것저것 필요한 몫을 각기 봉투에 담는다. 아이들에게는 책값, 공책값을 준다. 그러면서 언제나 잊지 않고 한 마디씩 하는 말이 있다.

이달에도 너희에게 새 신을 사줄 수가 없구나. 저 모퉁이 은행에 예금해 놓은 돈을 얼마쯤 찾으면 되겠지만 그건 더 중요한 때에 대비해서 꺼내지 않는 게 좋겠지? 아버지가 애써 벌어 오신 돈이니 용돈도 아껴 쓰기로 하자.

이런 어머니 말씀을 듣노라면 아이들은 무엇도 사야 하고 무엇도 필요하다는 말이 쑥 들어가고 꿀꺽 참게 되는 것이었다. 그러면서도 조금도 서운하지 않았다. 우린 가난한 게 아니야. 저금 통장은 아껴두는 게 좋아. 그래서 아이들은 불평없이 헌 신을 신고 달려나가곤 하였다.

아이들이 무사히 자라서 학교를 마치고 저마다 한 사람 몫을 하게 되었을 때 비로소 우상같던 저금 통장은 실제로는 없던 것임을 알게 된다. 저금 통장을 가질 조그만 여유도 없던 가난한 집이었다. 그러나 그 가정은 어머니의 현명함과 사랑으로 해서 구김살없이 유지되었던 것이다.

이 이야기는 가난한 생활이 자녀를 위축시키고 혹은 비뚤어지게 한다는 건 편견이며 선입관에 불과하다는 좋은 교본이라 생각한다.

청소년 가출의 또 다른 동기는 자기 개발형이다.

'현재의 가정 생활에 어떤 불편함이나 불만은 없다. 허나 나대로 생각하는 바가 있어 먼 곳으로 가서 새생활을 개척해 보겠다. 성공하면 돌아올 테니 찾지 말아 달라. 결코 탈선은 안 하겠다. 꿋꿋이 살아 보겠다.'

이런 내용의 결연한 각오를 적어 놓고 홀연히 행방을 감추는 경우라 하겠다.

이는 공부도 잘하고 성격도 무난했던 우등생형에서 볼 수 있는 가출인데 미지의 세계에 용감하게 도전해 보려는 패기만은 높이 살 만한 일이다.

그렇더라도 역시 맨주먹으로 혼자 일어서 보겠다는 그 앞길에 가로놓일 온갖 사회의 파고(波高)를 혼자 감당하기엔 세파(世波)가 너무 거세다. 신문 광고란에 '○○야, 어머니가 위독하니 속히 돌아오라'는 글귀와 함께 교복 차림의 학생 사진이 실려 있는 걸 볼 때마다 어린 양을 잃어버리고 쑥밭이 되어 있을 한 가정이 눈에 선하게 어린다. 그래서 마음속으로 '어린 것아, 어서 집으로 돌아가라'고 타일러 주고 싶어지는 것이다.

서양 쪽 사고 방식으로는 젊은 시절에 집을 떠나 자립하겠다는 건 오히려 바람직하게 받아들여지는 것 같다. 그러니까 집을 떠날 생각이 있으면 가족에게 의사를 밝히고 납득시킨 후 정식으로 집을 나가는 게 통례이다.

우리네 가정에서는 누가 자립의 의사를 밝히면 무조건 반항의 가정이탈로 보고 무슨 불만이 있느냐고 떠들고 나서는 경향이 있다. 그로 해서 놓아 주지 않는 가족 앞에서 소리없이 빠져 나가게 되고 가족 중에 누구라도 가출한 사실이 밝혀지면 온 집안의 충격은 대단해진다.

한 사람의 가출로 해서 균형이 깨어진 그 가정은 충격과 슬픔과 배반감으로 하여 엉망이 되기 일쑤이며 이웃에서도 이상하게 보게 되는 게 우리 사회의 통념인 것이다.

자유로운 환상의 방랑

기실 복잡 다단하고 이기주의와 배금 사상이 팽배해 있는 오늘의 사회 현상 아래서는 자수성가(自手成家)를 꿈꾸는 의욕만으로 온전히 뜻을 펴기에는 어렵게 되어 있다. 그 때문에 저도 모르게 혹은 어쩔 수 없이 비행을 저지르게 되고 사회악에 물들어 돌이킬 수 없게도 되는 것이다.

흔히 봄·가을이면 공연히 마음이 들떠서 농촌에서 도시로 흘러들어온 많은 가출 청소년·소녀가 사회의 밑바닥으로 굴러 떨어지는 걸 막기 위해 가정은 자녀를 포용하고 사회는 계도할 의무가 있을 뿐 아니라 그 근본적인 문제에까지 책임을 통감해야 할 것이다.

성인(成人)의 가출은 어떤가? 선진 외국에서는 남편이 증발해 버리는 일이 많다고 한다. 생활의 권태나 장벽을 이기지 못해 어딘가 다른 세계에서 자유롭게 살고 싶을 때 일어나는 현상일 것이다. 아내와 이혼을 하고 싶어도 막대한 위자료와 자녀 양육비를 낼 수 없으면 훌쩍 어디론가 사라져 버린다는 것이다. 살아갈 자신이 없을 때 죽음의 영원한 가출을 하기도 한다.

우리나라에서도 그런 사례가 없지 않다. 지난번 모(某)대학 교수가 유서 한 장 남기지 않고 가출하여 10여 일 만에 자살체로 발견된 적도 있지만, 비교적 흔한 일이 아닌 탓으로 구구한 억측과 함께 일부에서는 그 나름의 깊은 사연이 있을 것이라는 동정론도 없지 않았던 것이다.

어떤 절박한 사연이 있더라도 극단적인 행위로서 삶 자체를 포기한다는 건 쉬운 일이 아니다.

가출 역시 마찬가지다. 겉보기엔 행복의 요소를 고루 갖춘 단단한 가정이면서 실제로는 불협화음인 경우도 적지 않다. 이런 때 서구식 사고 방식으로 부부 합의의 이혼을 단행하고 각기 새로운 삶을 개척한다.

철없이 행복하고 헌신적이었던 사랑스런 아내 '노라'는 사회적 체면 유지에만 급급한 위선의 남편에게 실망한 날, 더 이상 허구(虛構)의 생활을 계속할 수 없다고 남편에게 선언

하고 남편의 만류를 뿌리친 채 '인형의 집'에서 나와 버렸다.

이런 경우 우리나라 여성, 아니 동양 여성은 어떻게 하겠는가?

아마 남편의 사과에 못 이기는 척하고 자석에 끌리듯 다시 돌아오는 게 일반적 경향이 아닐까. 자녀들이 받을 타격, 비록 원망스런 남편이지만 그가 겪을 괴로움, 자신의 불안한 앞날, 그리고 주변의 이목 등 가정 해체 뒤에 올 고통을 생각하고 차라리 참는 희생의 잔을 다소곳이 마셔버릴 것이다.

가출을 하고 싶을 때 과감하게 하는 사람과 끝내 하지 못하는 사람, 어느 쪽이 삶의 승자(勝者)일까. 그건 한 마디로 말할 수 없는 일이다.

다만 이런 생각을 해본다. 결혼이란 결국 자기 자신을 위한 것. 거기엔 개인끼리의 만남인 때문에 지켜야 할 선과 질서가 있으며 서로 적절한 타협과 헌신이 요구되는 공동 생활체다. 그만큼 사랑 어린 노력이 필요한 행위인 것이다.

허나 여하한 노력에도 불구하고 기쁨도 느낄 수 없고 더이상 헌신할 의욕을 잃었을 때 그때는 깨끗이 단념해야 할 것이다. 그리하여 가장 인간적인 삶을 인격적으로 확보함이 옳을 것이다.

하나만 더 이야기할 수 있다. 정신적 가출을 하는 일이다. 예술가는 밀폐된 자기만의 방이 필요하다. 현실에서 허용되지 않으면 환상으로 창작의 산실을 갖는다. 안으로 고리를 잠그면 그 아무도 침범할 수 없는 자기만의 방을.

부부도 마찬가지다. 단란하게 살든 그렇지 못하든 간에 때로는 혼자만의 시간과 혼자만의 공간을 갖는 일, 그 안에서 맘껏 공상의 날개를 펴고 정신적 가출을 감행해 보는 게 좋다. 누구의 간섭도 받지 않고 자유로운 환상의 방랑을 한다는 건 정신위생상 좋은 일이다. 새장의 문을 활짝 열어 주는 꿈을 꾸면서.

도대체가 시를 쓴다는 무상성(無償性)에 대해서

시인들은 너무도 초연하다.

꿈을 먹고 사는 사람, 부단히 절대의 세계에 빠져들어

자기의 실재를 정당화하고자 하는 사람,

가장 적은 말로써 가장 절실하고 깊고 높은 이야기를 하려는 사람,

생활인으로선 약하지만 정신은 귀족인,

지극히 어리석고 행복한 사람이다.

제3장

나의 그리움에게

여행, 그 아름다운 추억

바람이 스쳐갈 때마다 나뭇잎이 우우 떨어져 흩어진다. 아니 바람이 없는데도 커다란 후박나무 잎이 뚜욱 떨어져 눕는다.

가을이 깊어가고 겨울이 오면 마음 속에도 낙엽이 진다. 한 잎 두 잎 허전히 떨어져 흩날리는 게 있다.

이런 때 나는 여행(旅行)을 생각한다. 어디론가 홀쩍 떠나고 싶은 마음, 타성적인 시간의 되풀이에서 벗어나 먼먼 곳으로 가버리고 싶은 마음, 낙엽처럼 바람타고 날아가고 싶어진다.

여행이라는 말은 볼일 또는 유람을 목적으로 다른 고장이나 외국에 가는 일을 말한다.

직업상 이 고장 저 나라로 돌아다녀야 하는 여행자가 있는가 하면, 취미 생활로서 시간과 경제력이 허용되는 대로 자주 여행할 기회를 만드는 사람도 적지 않다. 그런가 하면 일생을 태어난 고장을 떠나 보지 않고 다소곳이 늙어버린 사람도 상당할 듯하다.

어떻게 산다 해도 본인의 생각에 따라 만족할 수도 있겠고 불만을 느낄 수도 있겠으나, 가장 불행한 건 간절히 원하면서 실행이 따를 수 없는 경우일 것이다.

나의 경우는 가능하면 여행을 통한 생활의 탄력감 추구를 바라는 편이고 비교적 여행할 기회가 주어지는 생활 환경에 속한다고 할 수 있다.

어릴 적에는 방학 때마다 부모님과 함께 어머니 고향인 황해도 재령 외할아버님 댁을 다녀오는 즐거움이 있었다.

서울 태생인 우리 형제들은 시골 풍정(風情)에 마음껏 젖어 보는 재미도 재미지만 기차 여행이 좋아서도 방학을 손꼽아 기다리곤 했던 것이다.

학교에서의 수학 여행, 가족끼리 혹은 친구끼리 계획을 세워 와자하니 떠들며 다녀오는 여행 등 모두 특색이 있고 추억이 되는 일이다.

그 중에도 가장 잊지 못할 여행은 신혼여행(新婚旅行)이 될 것이다.

언젠가 나는 저축 모범가정 발표회 심사를 맡아 보고 생각하게 된 점이 있다. 행사 명칭이 말해 주듯이 알뜰한 살림살이로 저축에 힘쓰는 모범 가정들의 생활 발표였다.

그들이 힘써 검소한 생활 태도와 절약, 저축으로 안정된 살림의 성공자가 된 건 좋은 일이다. 그런데 너무나 처음부터 철저하게 허리띠를 졸라매다 보니 결혼 당시 신혼여행마저 깨끗이 포기해 버렸다는 사람이 대부분이었다.

이 점에 있어서는 나는 견해를 달리하고 있었다. 전쟁이라든가 질병 등 불가피한 상황이 아니라면 결혼식과 함께 신혼여행만은 꼭 다녀오라고 권하고 싶은 것이다.

경비를 많이 들인 호화판 여행만을 생각할 필요는 없다. 비행기 타고 외국으로 가야만 멋진 신혼여행은 아닐 것이다.

가까운 교외(郊外)도 좋고 산이나 바닷가 그 어디라도 좋다. 인생의 새출발을 멋있게 아름답게 해 줄 조용한 환경, 숲의 향기, 시원한 바닷바람… 그리고 정겨운 대화가 가능한 아늑한 방이 있어 주면 된다.

어쨌거나 앞뒤로 친지의 눈과 귀를 의식하지 않아도 되

는 먼 곳으로 도망칠 필요가 있다. 이런 신혼여행을 위해서, 그 아름다운 둘만의 추억을 위해서 혼수 마련을 줄이고 신혼여행을 하기를 권한다. 그리고 영원히 잊혀지지 않을 사랑스런 아내, 믿음직한 남편의 첫인상을 서로의 가슴에 뜨겁게 찍어 넣기를 바란다. 행복은 바로 이런 순간에 깊이 뿌리를 내리는 것이다.

신혼여행과 거리가 멀어진 나이든 사람은 이제 고독한 여행을 생각하게 된다. 설사 동행이 있더라도 진정한 여행의 묘미(妙味)는 어쩔 수 없이 텅빈 고독의 여울을 마음에 담은 채 흔들려 가는 데 있지 않을까 한다.

집을 떠나 어디론가 발길을 뗀 여행은 미지의 세계를 향한 일종의 도전이다. 그래서 설레임과 다소간의 불안이 따르기 마련이다. 그런가 하면 무작정 즐겁고 기대에 부풀기도 한다. 그만큼 꿈이 있는 것이다.

안데르센은 여행을 정신이 젊어지는 샘이라고 했다. 또 아우구스티누스는 세계를 한 권의 책이라 한다면 여행을 해보지 않은 사람은 책을 한 페이지도 읽지 않은 것과 마찬가지라고 말한 바 있다.

세상은 넓다. 내가 태어나 자란 고장은 그 나름의 정다움이 있지만 다른 고장을 찾아가 세상을 넓게 보는 안목도 키우고 다른 친구들도 사귀어 본다는 건 신선한 기쁨이 될 수 있다. 뿐만 아니라 여행은 인간을 단련시키고 인간에 대한 이해(理解)와 관용(寬容)을 배우게도 하는 것이다.

여행이 목적지에 도착하기 위해서라기보다 여행하기 위해서라는 말도 같은 뜻이라 할 것이다. 여행 자체를 즐긴다는 것, 여행을 통해서 정신적으로 얻는 게 있다는 것, 그것이 소중하다고 생각한다. 한국에도 와 있는 미국 평화 봉사단 단원들을 만나본 적이 있다. 이 단체는 케네디 전 미국 대통령의 뉴 프론티어 정신에 입각해서 창설된 것으로 모험심과 개척심과 봉사 활동에 의욕을 가진 젊은이들을 훈련시켜 세계 각국에 파견, 봉사 활동을 펴고 있다. 그들 단원들은 약 2년간 지역 상호 발전을 위해서 농촌 지도자라든가 의료 봉사라든가 영어 교사 등 전문적인 활동을 하고 있는데, 해당 지역에서 생활할 수 있는 기본 생활비만 받고 있는 게 특징이다.

그들 입에서 매우 멋있는 말을 들었다. 돈을 버는 것보다 더 기쁜 건 내가 남을 위해 일한다는 사실이며, 거기에다 세계를 여행하고 낯선 세계를 배울 수 있으니 일거양득이란 것이다. 젊은이다운 패기가 넘치는 말이었다.

여행이 생활에 활기를 주고 급진적인 변화까지도 초래하는 예를 예술가에게서 볼 수도 있다.

영국의 낭만주의 대표 시인 바이런의 경우가 그랬다. 바이런은 귀엽게 생긴 미소년이었지만 불행하게도 태어나면서부터 한쪽 발을 절었다. 이 때문에 콤플렉스도 있는 데다가 가정 사정도 불우해서 차분히 공부할 처지가 되지 못했다 한다. 결국 대학 시절부터 방탕한 문제의 인물이 되어 버렸다.

타고난 시재(詩才)를 발휘해서 첫 시집(詩集)을 냈을 때 문단에서 혹평을 받자 홧김에 친구와 함께 대륙 여행을 떠났다.

그 기행 시집(紀行詩集) 「차일드 헤럴드의 편력」 전 4권 중 앞의 두 권이 출간되자마자 자유분방한 시풍에 이국정서(異國情緖)가 넘치는 사상이 히트를 해 당장에 베스트 셀러가 되었다 한다.

바이런 자신의 표현을 빌리면 '눈을 떠보니 하루 아침에 유명해져 있더라'였다. 이 얼마나 유쾌한 이야기인가, 여행도 이쯤 되면 사람의 운명을 바꿔놓는 촉진제라고도 할 것이다.

여행은 직업상 할 수 없이 계속되는 때 피곤하고 힘든 숙

제가 될 우려가 있다. 그러나 여행을 즐길 줄 아는 사람이라
면 그 직업을 오히려 기쁨을 가지고 활성화시킬 수 있는 게
아닌가 한다. 자기 일에 열심인 세일즈맨이나 정력적인 사
진작가 등 판로 개척에, 혹은 작품 대상을 찾아서 전국이나
세계를 탐험하는 이들을 만나면 이쪽에서도 절로 신이 나는
것도 그 때문이다.

　A·A·블로킨(1880~1921)의 '미친 듯 살고 싶어라'라는 시를
옮겨 본다. 어디론가 훌쩍 떠나고 싶은 충동과 친구가 되는
시다.

　오, 미친 듯 살고 싶어라
　모든 존재를 영원한 것으로
　무성격을 인간의 것으로
　미완성을 완성된 것으로
　삶의 꿈은 괴로워
　그 속에서 몸부림치더라도
　유쾌한 젊은이는 말할 것이다
　나를 두고
　우수(憂愁)여 작별이다

우수가 그의 힘이었던가?

그가 바로 선(善)과 빛이요

그가 바로 자유와 기쁨이었노라고

또한 러시아 시인 푸쉬킨의 시 '삶이 그대를 속일지라도'에
서처럼 좌절하지 말고 신념을 가지고 뜨거이 살자는 다짐이
다. 현재는 우울해도 모든 것은 순간에 지나가 버리고 그것은
그리운 추억이 되는 것, 우리의 심장은 미래를 향해 서 힘있
게 뛰고 있음에 희망을 가지고 영원을 지향하자는 것이다.

나는 이따금 이 시들을 가만히 읊조려 본다. 피곤하던 머
리 속이 맑아지면서 탄력이 생기고 한결 용기가 용솟음치는
걸 느낀다.

산다는 건 표현한다는 것이다. 그림을 그리려면 물감과
도화지가 있어야 하듯이 산다는 데도 생기를 불어넣어 줄
도구가 필요하다.

여행은 바로 평범한 일상 생활에 색채를 칠하듯 충족감
과 기분 전환의 도구인 것이며, 바쁜 나날의 틈서리에 이따
금 필수되어야 할 자극제라 말하고 싶다. 이 겨울 나는 그런
여행을 계획한다.

빗속에 떠는 작은 풀꽃

비 오는 날이면 생각나는 추억이 있다.

별 인연이랄 것도 없는 가벼운 추억, 나뭇가지 끝을 스쳐 지나간 실바람같이 가벼운 추억, 그래서 아무 거리낌없이 문득 생각나곤 하는 미소로운 추억의 한 토막이다.

그날은 낮부터 비가 쏟아지기 시작했다. 기차 통학생인 나는 다섯 시 십 분에 출발하는 기차를 놓칠세라 부지런히 걷고 있었다. 그 때였다. 내 옆에 우산도 없이 걷고 있는 사람을 발견했다.

"어머나, 이 우산 속으로⋯."

나도 모르게 불쑥 우산을 내밀긴 했으나 막상 반가운 듯이 뛰어든 키 큰 남학생을 보고 속마음 적지 않이 당황하였다.

여학생과 남학생이 우산 하나로 정답게 걷고 있는 모습은 아무래도 거북살스럽기 짝이 없었다.

그렇다고 겨우 비를 피해 살았다는 듯 웃어 보이던 옆 사람을 다시 빗속으로 내몰 수는 없는 일이 아닌가.

기차 정거장까지 한 15분쯤 걸었을까? 늘 아침부터 걷는 길이었으나 이 날만큼 그 길이 멀고 먼 느낌은 처음이었다. 둘이 다 입을 꼭 다문 채 열심히 걸었다. 싸움을 한 사람처럼, 아니 무슨 잘못을 저지른 사람처럼….

드디어 역 구내에 들어섰다. 우산을 접으면서 비로소 모표(帽標)로 B 고교생임을 알았다. 어글한 눈매의 청결한 얼굴이었다.

나는 재빨리 친구들이 몰려 서 있는 개찰구 옆으로 달려갔다.

그가 뚜벅뚜벅 다가오더니 "몇 학년이죠?" 하고 물었다. 교복차림으로 내가 다니는 학교는 알겠는데 통성명이나 하자는 어투였다.

나는 짜증이 났다. 부끄러웠는지도 모른다.

"괜히 야단이야!"

주변 친구들이 놀라서 쳐다볼 만큼 쏘아붙이자 학생은

어이없다는 표정으로 나를 내려다보더니 싱긋 웃으며 저쪽으로 가버렸다.

미안한 마음이 살짝 고개를 들었지만 어쨌든 오늘 일은 본의 아니게 낯선 데이트를 한 기분이었기 때문에 나는 좀 매정하게 군 게 사실이었다.

그 후 얼마만인가 친구를 통해서 편지 한 장이 나에게 전해졌다.

'귀여운 여학생, 그날은 정말 고마웠어요. 안녕!'

모자를 반듯하게 쓴 단정한 학생을 연상시키는 글씨였다. 나는 가슴이 훈훈해지면서 즐겁게 웃었다.

그래, 그날 일은 그걸로 충분히 뜻이 있었다. 그것으로 그만인 거야.

무언가 깨끗이 결말(結末)이 지어진 때처럼 뒷맛이 산뜻했다.

사소한 일이 큰 인연이 되는 수도 없지 않고 또 사소한 인연에 매달려 부담스럽게 되는 경우도 없지 않다. 평소 겁이 많은 나에게 그런 부담이 되어 주지 않고 싱긋 웃으며 가버린 사람, 그 청순한 얼굴의 남학생은 그 후 어떻게 성장(成長)해서 어떤 인생길을 가고 있을까.

비가 오는 날이면 그 학생이 잠시 생각날 때가 있다. 조금은 미안한 생각과 함께.

지칠 줄 모르는 줄장미가 빨갛게 담을 장식해 가고 있다. 비가 오는 날의 빗속의 꽃송이는 함초롬히 비를 맞으며 더욱 영롱하게 피어난다.

여름이 장미꽃송이 속에서 작열(灼熱)한다. 여름의 절정, 태양과 장미꽃의 충돌, 가뭄과 장마비의 교차로에서 무더위에 지친 모든 생명체들이 힘껏 발돋움하면서 자신을 지키려고 애쓴다.

이런 날 시원하게 쏟아지는 스콜이 유리창을 때릴 때 나는 담 밑에서 기를 쓰고 버티는 풀꽃을 보고 있노라면 나라는 작은 목숨이 무더위 속에서 혹은 빗발 속에서 겨우겨우 버티고 서 있는 모습을 생각케 되는 것이다.

초등학교 때 옆자리 아이와 귓속말을 주고받다가 선생님께 들켜서 벌을 선 적이 있다. 고개를 떨어뜨리고 듣는 수업은 그런대로 특이한 감명이 있었다.

지금 비를 맞으며 벌을 서고 있는 저 풀꽃 한 송이가 나를 사로잡고 놓지 않는다.

담장 위로 당당하게 피어 있는 화려한 장미꽃에 비해 너무도 작고 여리고 애처로운 하얀 풀꽃, 그 꽃에 사정없이 내리는 비, 비, 비.

그러고 보면 나는 마음 약한 소녀였다. 동무들과 마음놓고 싸움 한 번 못해 보고 자라났다. 아이들이 온갖 말을, 나쁜 욕까지 마구 쓰면서 서로 싸우는 걸 보면 나는 무조건 온몸이 움츠러들어 구경도 제대로 못하는 것이었다.

누가 내게 좀 심한 짓을 하면 대들기보다는 차라리 도망쳤다. 싸운다는 건 비슷한 힘의 대결일 때 성립되는 것이다. 처음부터 힘이나 말싸움에 자신이 없다면 맞서지 않는 게 현명할지도 모른다. 나는 입도 한 번 제대로 열어 보지 못하고 눈물을 닦으며 돌아서곤 했던 것이다.

그 대신 다른 면으로 나를 지키는 길을 은연중 체득하고 있었다. 큰소리치는 사람보다는 나 자신을 아끼고 알차게 키워 가리란 생각이었다. 조그만 목소리지만 내게 알맞는 목소리로 꼭 할 말만 하리라. 설마 어릴 때부터 그렇게 야무진 생각을 할 수는 없었겠지만 점차로 자라가면서 그렇게 하는 습관이 몸에 배어 버린 것 같았다.

왜 내가 작은 풀꽃 이야기를 하고 있는 걸까? 큰 가뭄,

큰 비 속에서 소리없이 자기 자신을 지켜 가는 게 기특해서
인지 모른다. 허나 이제 내가 자라던 시대와 오늘은 판이하
게 다르다.

나약하고 섬세한 인간성보다는 밝고 발랄한 성품이어야
능동적인 자기 삶을 확보할 수 있기 때문이다.

또 그런 젊음이 보기도 좋다. 돌아서서 혼자 울고 가는
아이보다는 이건 이렇고 저건 저렇다고 활달하게 자기 속마
음을 털어놓고 끝맺음을 시원히 하는 아이 쪽이 훨씬 믿음
직한 것이다. 그래야 대화가 가능해지고 사회생활을 함에
있어서도 진취적인 면이 있다고 보아진다.

온실의 꽃은 바깥 대기(大氣)에 오래 견디지 못한다.

사람도 마찬가지다. 지나치게 폐쇄적이고 소극적인 성격
은 사회에 나가서도 적응이 잘 안 되어 뭉그러져 나가기가
쉽다는 것이다.

사람은 혼자서는 살 수 없다. 인간(人間)이라는 한문글자를
보면 알 수 있듯이 사람과 사람 사이, 즉 타인과의 관계를
통해서 비로소 한 인간이 존립할 수가 있고 존재 이유가 확
인되는 것이다. 사람과 사람들의 숲에서 함께 어울려 정상
적인 생활이 되려면 좀 더 강인한 의지가 필요해지는 것도

혼자 살고 싶다는 폐쇄성이 허용되지 않는 탓일 것이다.

빗발이 굵어지고 지루한 장마철이 되더라도 끝까지 여름을 건강하게 넘기기 위해서는 풀꽃은 풀꽃더미로 잡초의 강인함을 살려야 한다. 사람은 사람들과 어울려 서로 의지하면서 서로 도와가면서 힘있게 전진해 가야 한다.

성장과 번무(繁茂)의 8월, 이 달이 인간에게 주는 땀방울과 빗방울의 깊고 깊은 의미야말로 생명의 존귀함과 끈기를 생각케 하는 것이기도 하리라.

뽑아도 뽑아도 줄기차게 뻗어나오는 잡초처럼 모든 생명 있는 것이 가열해 오는 태양에 도전하면서 끈질긴 생명력을 과시하듯이.

그러나 다시 생각해 보면 역시 나는 담장 밑에서 하들하들 떠는 작은 풀꽃으로 마음이 쏠리는 걸 어쩔 수 없다.

화려한 줄장미에 눌려서 감히 눈에 띄지도 않는 작디 작은 풀꽃, 커다란 기침소리만 들려와도 깜짝 놀라는 것 같은 섬세한 풀꽃, 그러면서도 꽃은 꽃이어서 나무랄 수 없이 귀여운 꽃, 그 꽃에 축복을 주고 싶은 것이다. 아무도 돌아보지 않는 담장 밑의 작은 풀꽃을 사랑해 주고 싶다.

파도여 말하라

바다가 그리운 계절이다. 유혹의 바닷가에 벌써 내 몸과 마음은 가서 서 있다.

파도 넘실거리는 바다, 무한한 욕망과 대범함이 한데 뒤섞인 채 언제나 그곳에 의연하게 자리하고 있는 건드릴 수 없는 바다, 바다의 존재는 너무도 크고 광활하고 생명감이 넘쳐서 도저히 감당할 길이 없다.

'내 영혼이 태어나기 전부터 저렇게 푸르르고 넘실대고 충만해 있던 바다'를 생의 커다란 가슴에 비유하면서 쓴 박두진 시인의 '바다의 영가(靈歌)'처럼 그건 하나의 경이(驚異)요 기쁨이요 엄숙한 현실이기도 하다.

그 바다 앞에 지금 나는 서 있다. 아니다. 바다의 가슴에 안겨 그 심장 소리를 듣고 있다.

　내 귀는 소라 껍데기 파도 소리가 들려 온다.

　장 콕토의 시를 옳조리면 도시 한가운데서도 출렁거리는 바다가 가슴으로 밀려든다. 가는 듯 다시 몰려 오는 파도의 율동적 몸부림이 귀에서 눈으로, 눈에서 다시 가슴으로 몰려와 나는 무심결에 두 팔을 벌리고 쓸어안고 싶은 충동을 느끼는 것이다.

　바다라는 거창한 대상이 우리에게 주는 이미지는 사람에 따라 다를 것이다. 나에겐 다분히 관념상의 동경의 대상이요 아름답게 미화된 또 하나의 대지요 그러면서도 벅차고 두렵기만 한 곳이 바다이다. 고래 한 마리를 잡기 위해 고독한 배의 항해를 계속하며 피나는 투쟁을 하게 한 헤밍웨이의「노인과 바다」역시 인간이 자연에 도전하는 끈질긴 갈등 그것이었을 것이다.

　무한히 푸르고 관대한 바다이면서 인간을 말없이 휘어잡는 바다에서 우리는 다시금 생명에 대한 경건함과 탄력감을 자극받기도 한다. 삶에 대한 투지와 뒤설레임과 사색의 여유를 던져 주는 바다는 기실 젊음과 통하는 대명사라 하고 싶다.

이 여름, 바다를 찾는 젊은 가슴들, 아마 이 시간에도 한 낮의 열풍(熱風)이 가신 검은 바다를 향해 말없는 대화를 나누고 선 젊은 가슴들이 있을 것이다.

지금 그대는 무얼 생각하는가? 그대의 젊음, 그 젊음이 갖는 기대에 가슴이 뻐근해 있을 줄 믿는다. 열렬한 인생 의욕에 차서 굽이치는 파도처럼 생명력에 넘쳐서 행복한 고민에 잠겨 있을 것으로 믿는다.

나는 젊은 사람, 어린 사람이 부럽다. 하고자 하는 일이면 무엇이나 할 수 있을, 새 출발 지점에 서 있는 그대들이 한없이 부럽다.

그 건강한 육체와 정신에서 뿜어져 나오는 젊음이라는 자산(資産)을 가지고 어떻게 자신의 길을 개척해 갈 건지를 조심스럽게 지켜봐 주고 싶은 노파심을 갖는다. 젊은 정신이 의욕하는 세계란 너무도 크고 영롱한 때문이다. 너무도 아름답고 탐스럽기 때문이다.

더욱 탐욕적으로 지식을 넓히고 깊이 깊이 자기 회의에 빠져 보기를 권한다. 지금 이 시간은 도전하는 젊은이들의 것이다. 바다, 영원히 젊은 바다, 그 앞에 당당하게 맞서서 큰 가슴으로 호흡하는 시간의 값지고 무겁고 발랄함을 나는 지금도 잊을 수 없다. 더욱 크낙한 대상을 향해 맞서라고 일찍이 릴케도 말한 바 있지만 내 경우도 바다나 우주를 향해 꿈을 키우던 때가 있었던 것이다. 생각만 해도 가슴이 저릿해 오는 추억의 시간이다.

허나 일방적으로 부풀어오른 빛깔 고운 기대는 이상하게도 운명의 여신(女神)이 시기를 하는 것 같다.

나의 인생 경험에 따르면 한 고비 넘기면 또 한 고비의 시련이 덮치는 게 바로 인생이라는 고빗길이다. 파도치는 바닷가에서 끊임없이 몰려오는 새 파도를 보면서 절로 숨이 가빠지듯 그렇게 쉴 여유를 주지 않고 달려든다.

많은 장애가 있을 것을 예산에 넣지 않으면 아마도 인생에 실망하고 인생을 미워하는 불행한 사태가 일어날지도 모르겠다. 그래서 준열한 정신 무장이 필요해진다.

젊음이 갖는 패기는 때로 만용이 될 수도 있고 무지개를 잡겠다고 달려가는 무모함으로 그칠 수도 있다. 돌이켜 생각하면 그런 것은 이를테면 순진함이라는 것으로 처리될 성질일 것이다. 그런데 자기 중심의 생각이 반드시 사회 통념과 일치한다고 할 수 없다는 점에는 외면하고 고집스럽게 주장하는 경우가 없지 않다. 어떻게 되는가. 어느 순간에 뚝 꺾이울 우려가 있을 뿐이다. 누구나 자기 자로 잰다는 말이 있다. 그럴 수밖에 없을지 모른다. 사람들은 자기의 발부리를 근거로 하여 그곳에서부터 펼쳐진 우주를 본다. 그 모양이 둥글든 모가 났든 부채살처럼 펼쳐져 나가든간에 세계는 '나'가 중심이고 '나'에서 비롯되는 것이다.

거기엔 어쩔 수 없이 편견과 아집이 있기 마련인데, 자신은 절대로 편견을 가지고 있지 않다고 굳게 믿고 있는 일만큼 무서운 것도 없지 않을까 한다. 현실을 똑바로 보려는 노력은 중요한 일이다. 가다가 돌부리에 걸려 넘어져도 그대로 좌절되지 않을 정신력과 자기 확립의 훈련이 필요하다는 이야기이다.

바다는 헤엄치며 마음껏 놀게 하는 자연의 부드러운 가슴이며 삶의 기쁨과 슬픔을 생각케 하는 깊이 있는 가슴이기도 하다.

비키니 수영복과 땀과 노래가 눈부신 햇볕과 뒤범벅이 되어 모래밭에 뒹굴게 하는 한껏 개방된 세계, 거기서 젊음을 마음껏 발산한다는 건 신나는 일이다.

그곳에 낭만이 있고 들뜬 가슴이 있고 소리높여 웃음이 터지는 젊음이 있다. 두려움 모르는 어린 새처럼 용기있게 바다에 도전하는 귀여운 얼굴들이 있다.

그러나 이 밤 바닷가에 선 그대는 생각할 것이다. '이것이 모두가 아니다' 하고, 바다는 어느 땐가 또 다시 노하고 울부짖고 갈갈이 찢기우면서 번민한다. 그대의 젊음도 그럴 것이다. 그대의 예감은 정직하게 수용해도 좋을 듯하다.

나는 어릴 때 바다를 모르고 자라났다. 순 서울내기인 것이다. 좀 커서 항구도시(港口都市) 부산에서 여학교 시절을 보냈던 탓으로 바다가 내 피어나는 젊음에 온갖 빛깔로 채색하는 중요한 계기가 되었던 건 다행한 일이었다.

나는 시간만 있으면 바닷가로 달려갔다. 그렇다고 수영을 하는 것도 아니다. 그보다는 그냥 망망한 바다를 한없이 바라보는 걸 좋아하였다. 바닷바람에 머리칼을 날리면서 오래오래 서 있곤 했었다. 그때의 내 가슴은 어떤 큰 포부도 다 감당할 것처럼 희망에 부풀고 크게 열려 있었던 것이다.

어떤 꿈을 가지고 있었는가. 지금 생각하면 분명하게 이거다 하고 내세울 게 있었던 건 아닌 것 같다. 그럼에도 나는 너무나 심각하게 사색(思索)에 잠겨 있었다. 두렵고 벅찬

저 바다의 깊이 모를 가슴이 곧바로 내 가슴에 덮쳐와 나를 뒤척이게 하곤 하였다. 그때 이미 나는 시인이 될 생각이 있었다곤 할 수 없다. 다만 고민하는 시간, 사색하는 시간이 내 정신을 다져서 끝내 그 나름의 바탕이 되어진 게 아닌가 하는 일점에서는 수긍되기도 하는 것이다.

바다로 달려가는 젊음들이여, 바다에 어우러져 뒹구는 유쾌한 젊음들이여, 때로는 모랫벌에 누워서 거칠 것 없이 펼쳐져 있는 푸른 하늘을 마시라. 이따금 한 발 뒤로 물러서서 시시각각 변해가는 변화무쌍한 바다의 빛깔과 용자(容姿)를 가슴에 담으라.

밤에는 바다 소리에 몸을 씻으며 신비에 찬 자연과 인생의 함수 관계를 곰곰이 생각해 보기도 하라. 바다의 진실을 통해서 인생을 가늠해 보고 닥쳐 올 크고 작은 파도를 이겨내려는 마음가짐을 재점검해 보라. 그리하여 이 밤을 지새우며 깊이 깊이 생각해 보라.

인생이란 무엇인가. 어떻게 사는 게 가장 보람된 삶인가. 나의 근원적인 바람은 무엇인가. 본래의 나와 또 앞으로의 나의 참모습은 어떤 것인가. 생에 대해 회의의 눈길을 대고 정면으로 맞서서 추구해 본다는 건 용기있는 일이다. 또한 젊고 의욕에 찬 인간만이 가질 수 있는 특권이기도 한 것이다.

발레리의 시 '매혹(魅惑)'에 이런 귀절이 있다.

　바다가 뿜어내는 신선한 기운이

　내게 내 혼을 돌려 준다… 오, 짭짤한 힘!

　파도로 달려가자, 거기서 힘차게 용솟음치러!

그렇다. 파도로 달려가자. 바닷바람에 젖는 그곳에 나를 세워 놓고 보다 크낙한 대상과 맞서 보자. 그리고 큰소리로 외쳐 보자.

'파도여 말하라, 내게 말하라'고.

추억의 크리스마스

　맑은 하늘에 엷은 구름이 가볍게 떠 가는 것을 보고 있노라면 어느새 몸과 마음도 둥둥 함께 실려가듯이, 크리스마스의 들뜬 분위기는 공연히 마음을 흔들어 놓는다.

　해마다 되풀이되는 그날이면서 해마다 새로운 감회(感懷)에 젖는 것은 어울리는 환경이 달라져 가는 탓일까.

　무도회의 수첩은 아니지만 생각나는 몇 가지 추억이 있다. 크리스마스 이브엔 눈이 펑펑 내려주어야 제맛이 난다.

　매년 금상첨화(錦上添花)격으로 반드시 그렇게 될 수는 없겠지만 내 기억 속의 크리스마스 이브엔 언제나 눈이 오고 있는 편이다. 그 편이 훨씬 로맨틱하고 정겨운 때문일까.

　내가 한국일보 기자 시절, 해마다 12월 24일 오전 중에

큰직한 크리스마스 케이크가 문화부 앞으로 전달되어 오곤 했다. 어느 작가의 따뜻한 정표로서.

어설픈 솜씨로 케이크를 잘라 기자들이 다같이 즐겁게 나누어 먹는다.

바깥 세상이 떠들썩한 명절날일수록 남의 잔치 담 너머 보듯 취재나 하고 달려 들어오는 기자들에겐 일종의 허탈감 같은 것이 엄습해 온다. 크리스마스 이브도 예외일 수는 없어 비록 한 조각씩의 케이크였지만 잠시 허탈감을 메우기에는 손색이 없었다.

어느 해였던가. 역시 24일 저녁 나절까지 일을 하고는 그냥 헤어지는 게 섭섭타 해서 부원들끼리 거리의 인파(人波)를 피해 조용한 일식집에 들어 앉았다.

늘 책상을 마주하고 일하는 동료들이기에 더욱 다정한 모임이 될 수 있었으나 그날 따라 모두 말이 적었다.

바쁘고 활기 있는 직업에 비해 그 때만 해도 연말 보너스 하나 없는 허전함이 작용했던 것일까? 그러나 그 때문만도 아니었다.

일행 여섯 명 중 입사한 지 얼마 안 되는 여기자 한 명이 동석해 있었다. 미인인데다 미혼이라 입사하기 바쁘게 사내

(社內)에서 벌써 몇 명의 후보자가 열을 올리고 있다는 소문이 들렸다.

편의상 미스 A라 부르기로 한다. 미스 A는 잠시 가만히 앉아 있더니 별안간 눈물을 주르륵 흘렸다.

깜짝 놀라서 왜 그러느냐고 묻자 그는 아무 이유도 없이 괜히 눈물이 나온다고 웃으면서 눈물을 닦았다. 하나 눈물은 그치지 않고 자꾸 흘러 내렸다.

그의 여리디여린 뺨 위로 방울방울 떨어져 내리는 눈물을 보면서 단순히 순간적인 감상일까 아니면 말 못할 사연이 있는 것일까 머리를 갸웃거렸으나 속마음까지는 측정할 길이 없다. 좌중은 어리둥절한 가운데 동조(同調)되는 침묵이 흘렀다.

그가 눈물을 거두고 음식이 나오고 하자 겨우 우리는 말머리를 찾아 화제를 펼치면서 식사가 진행되었다.

그때 누군가 아까는 왜 그랬느냐고 장난스럽게 묻자, 이렇게 눈 오는 밤엔 반도 호텔 스카이 라운지에서 만나 진 휘즈를 마시기로 약속했던 옛날 애인이 생각이 나서… 하고 딴전을 피운다. 그 애인은 어디 있느냐는 짓궂은 추궁에 지금은 없는 사람이라고 얼버무리면서 자꾸 웃기만 했다.

때문에 어색하고도 축축한 이상한 분위기의 이브가 되고 말았는데 이듬해 늦은 봄, 같은 부 동료인 L씨와의 결혼식 통고를 받고 비로소 그날 밤의 의문은 안개가 걷히는 느낌이었다.

그때 이미 두 사람 사이에 사랑의 가교(架橋)는 놓여지고 결단을 내려야 할 단계에 이른 시기였던 듯하다. 어쩐지 그날 바로 옆에 앉은 L씨는 너무도 침착하다 할지 침울하다 할지, 시종 말이 없었던 것 같다.

평소에 퍽 개방적이고 재미있는 성격의 L씨도 정작 연애와 결혼 문제에 이르자 감쪽같이 두 사람만의 비밀로 감싸안은 채 결혼식까지 끌고간 놀라운 인내와, 눈치 없이 어수룩하게 넘어간 우리들의 그 눈 오는 밤의 크리스마스 이브가 아직도 인상적인 어느 영화 장면처럼 생생하게 되살아난다.

친구, 너로 하여 우는 가슴이 있다

마음을 털어놓고 긴 얘기를 나눌 수 있는 친구가 좋았다. 그냥 멀리 두고 마음으로만 의지하게 하는 친구도 좋았다. 친구라는 별을 마음 속에 간직하고 산다는 건 아름다운 정념(情念)이다.

살아가면서 친구가 그리운 계절이 따로 있는 건 아닐 것이다. 그립다는 감정은 마음 상태에서 비롯되는 것이며 그런 감정은 무시로 불쑥 불길처럼 솟구치거나 회오리 바람처럼 휘몰아쳐 오는 때문이다. 허나 가을은 사람이 그리운 계절, 사색하게 하는 계절. 나에 대해서 친구에 대해서 사랑하는 이에 대해서 밤이 깊은 줄 모르고 생각에 잠기게 하는 계절이다.

가을은 민감한 감정을 더욱 예민하게 건드리면서 창을 울리는 마른 바람소리에조차 하르르 떨리는 가슴이 되게 한다.

이런 날 친구를 그리게 되고, 우정에 기대고 싶어지는 건 당연하리라. 나의 경험으로는 우정과 애정의 농도는 질적인 차이는 있을지언정 그 깊이나 밀도에는 별다를 게 없다고 여겨진다.

특히 어린시절, 그 중에도 여중고생 시절의 우정과 친교(親交)에서는 이성의 감정 못지 않게 심각하고 절실했던 걸 기억한다.

돌이켜보면 나의 경우는 사춘기에 앞서서 친구로 해서 깊은 고민과 기쁨이 먼저 왔던 것 같다.

초등학교 5학년 때였다. 가을 소풍날이었는데 나의 단짝 친구가 내 말을 어겼던 탓으로 나는 토라져 버렸다. 다른 아이들이 저쪽 언덕으로 꽃을 꺾으러 가자고 할 때 나는 그만 두자고 하고 단짝 친구는 가고 싶어했다. 그만 두고 여기서 쉬자는 나를 혼자 두고 그 애는 저쪽으로 몰려가는 한 무리에 휩쓸려 사라졌다.

그날 나는 서운하다 못해 불처럼 노했다. 아니 결코 녹지 않는 얼음 한덩이가 가슴 속에 자리했다. 소풍에서 돌아오는 길서부터 다음 날도 다음 다음날도 나는 그 애와 말을 하지 않았고 마주쳐도 고개를 돌려 버렸던 것이다. 그 애도 만만치 않았다. 제가 뭐 그리 큰 잘못을 저질렀느냐는 것이었다. 그쪽에서 보면 내가 무섭게 토라져 버린 이유가 어이없을 법도 했지만 어쨌거나 한반 아이들 모두가 공인하던 단짝 친구였던 만큼 그 애도 마음 아파한 것만은 사실이었다.

다른 아이들이 우리 둘을 화해시키려고 애를 썼고 둘이의 손을 잡게 하려고 자주 시도했지만 나는 매정하게 뿌리쳤다. 끝내 그 애가 엉엉 울어 버린 날도 있다. 나는 그래도 용서하지 않았다.

그런 날들이 계속되는 동안 내가 겪은 정신적 고통은 말할 수 없었다. 나는 그애와 놀고 싶었고 그 애와 얘기하고 싶어 몸살을 앓을 지경이었다. 그런데도 정작 마주치면 그게 되지 않았다. 아마 쑥스러워서였다고밖에 말할 수 없다.

8·15 광복과 함께 나는 아버지의 전근으로 학교를 옮기게 되었다. 종내 화해할 기회를 놓치고 우린 헤어졌으며 영원히 헤어졌다. 지금은 이름도 잊었고 그 얼굴도 희미하다. 쓸쓸한 일이다.

이런 경험은 나에게 좋은 교훈을 안겨 주었다. 우정에 대한 마음가짐을 새롭게 해 준 것이다. 좋은 친구를 갖는다는 건 하나의 기쁨이요 행운이다. 떨어져 있으면 보고 싶고 지금쯤 무얼 하고 있을까 궁금해지는 마음, 이런 마음과 마음의 얽힘이 있는 따뜻한 교류가 계속되는 우정은 하루하루를 훈훈하고 탄력있게 해 주는 것이다.

친구, 너로 하여 울고 너로 하여 울 수 있는 가슴이 있다는 걸 기쁘게 생각한다.

그러나 경계할 일은 너무 기대하고 관심을 집중시키다 보면 서로를 상처입히고 끝내 불행한 결과를 가져오기 쉽다는 점이다. 그리고 그런 교훈은 그후 여러 번 되풀이된 체험에서 거듭 깨우쳤다.

내가 마음대로 따라와 주지 않은 친구에 대해서 그토록 배반감을 가졌던 것도 기실 그에게 지나친 기대를 했던 탓이었다. 그런 소유욕보다는 상대방을 이해하고 용서하고 감싸 주려는 아량이 있을 때, 또한 마음 속으로 후회가 되고 용서하고 용서를 빌고 싶었을 때 순수하게 서로 대화를 나눴더라면 서로가 섭섭했었다 해도 쉽게 풀어지고 다시 사이 좋게 지낼 수 있을 것이었다. 그랬더라면 얼마나 좋았을까.

이런 생각은 나의 일생을 통해서 두고두고 좋은 반성거리가 되고 교훈이 되어 왔다. 우정이란 나무와 같아서 늘 보살피고 가꿔가는 노력이 필요한 것이다.

두보(杜甫)의 시 '빈교행(貧交行)' 가운데 관중 포숙의 가난한 때의 사귐을 보지 않았느냐는 구절이 있지만 이들의 우정의 깊이는 '관포지교(管鮑之交)'라 해서 지금껏 우도(友道)의 모범으로 일컬어지고 있다. 관중과 포숙은 옛날 중국 제(齊)나라의 어진 사람들로서 성공한 관중이 뒤에 포숙에 대해서 한 말은 그들의 우정이 어떻게 가꿔져 왔는가를 말해 준다.

포숙과 함께 장사를 했을 때 내가 이익을 많이 취했으나 그는 나를 욕심장이라 아니했다. 내가 가난함을 앎으로써다. 내가 포숙의 일을 꾀하여 낭패했으나 때의 이로움과 불리함이 있음을 앎으로써 이해를 해줬으며 내 일찌기 세 번 전쟁에 나아가 세 번 다 물러났으나 비겁하다 아니했다. 나에게 늙은 어머니 계심을 앎으로써다.

슬픔은 나눌수록 작아지고 기쁨은 나눌수록 커진다고 했다. 어려움이 있을 때 함께 울어주는 마음, 힘겨울 때 따뜻이 잡아주는 손, 기쁨을 함께 누리며 가슴을 여는 시간의 행복감, 요컨대 참된 우정은 상대방을 깊이 아끼고 이해하는 마음이 있을 때만이 아름답게 꽃핀다는 걸 생각케 한다.

　살아가면서 동성간의 우정도 소중하지만 이성간의 사랑은 좀더 뜨겁고 상처입기 쉬운 절실함이 따른다. 그래서 더욱 조심스럽고 더욱 아픔이 크다는걸 경험하기 마련이다.

　실로 평생을 좌우할 시험대가 될 진정한 사랑의 길이기에 한층 두렵고 한층 긴장하게 하는게 사랑의 여정이다.

　그러나 운명으로 다가온 사랑일진데 어찌 그 기쁨과 아픔을 외면할 수 있을까. 이 가을 나는 마음의 속깊은 떨림으로 사랑과 우정에 대해 진지하게 생각하기를 권한다.

물처럼 흘러가는 시간

'시간은 돈'이라는 말이 있다. 그리고 디킨즈는 "그것으로 이익을 계산하는 사람에게 있어서는 거액의 돈이다"라고 갈파하고 있다.

약속된 시간에 도착하려고 조바심을 치면서 달리는 택시에 타고 있을 때, 그때만은 과연 시간은 돈이라는 명언이 실감이 난다. 연방 제깍하고 미터기 숫자가 올라가는 걸 보면서 '좀 더 시간 여유가 있게 나섰더라면 하고 택시값에 마음이 쓰이는 것이다.

그렇다고 시간의 소중함을 돈과 이익으로 계산할 만큼 실리적인 인간은 못 되는 게 분명해서 나는 여전히 시간에 몰려 툭하면 택시를 잡고 그러고도 매번 지각을 하곤 하는 것이다. 누군가가 지각하는 변명은 '운명적'이란 거창한 표현으로 하는 걸 봤지만 나야말로 고의라고는 할 수 없는 운명적이라고 말하고 싶어진다. 이상하게도 나의 경우는 어쩔 수 없는 지각 사고가 연발하는 것이다. 얼핏 생각나는 몇 가지 사건이 있다. 주말을 이용해서 청미동인(靑眉同人)들과 단양쪽으로 여행을 갈 때였다.

토요일 오전 근무가 그날따라 복잡했다. 기차는 12시 정각 출발이며 일행 일곱 명의 기차표는 내가 미리 사서 가지고 있었다. 잔뜩 부지런을 피워 다급히 나섰으나 택시를 겨우 잡아 타고 시계를 보니 상오 11시 40분, 까딱하다간 기차를 놓치고 말 지경이다. 그런데 토요일의 서울 거리는 넘치는 인파와 차의 홍수로 전혀 속력을 낼 수가 없다. 진땀이 났다.

조바심을 치면서 운전사를 독려하여 이등 대합실에 뛰어들었을 때가 발차 2분 전. 개찰구에 모여 서서 나를 기다리던 친구들과 우 달려나가 좌석에 앉자마자 이내 기차가 움직인다. 그제서야 마주보고 까르르 웃음이 터졌지만 내 유명한 지각세(遲刻稅)는 톡톡히 치뤄야 했다.

67년도 1월 서울신문 기자 시절, 국군이 참전하고 있는 월남 전선에 한 달간 종군 취재를 떠나던 때 역시 아찔했던 기억이 새롭다. 갑자기 파월(派越)이 결정된 탓으로 연재 중이던 글을 마저 써서 넘기고 떠날 형편이 되었다. 초저녁에 여행 가방을 챙기고 가족들과 둘러 앉았다 보니 자정이 넘어서야 펜을 잡게 되었고 20여 매 원고를 다 썼을 때가 새벽 두 시 반. 4시에 신문사 차가 마중왔을 때는 피곤해 쓰러졌던 참이라 몸이 잘 움직여 주질 않았다.

전속력으로 어두운 새벽을 뚫고 집합 장소로 차가 달려갔는데 기다리다 못한 일행은 이미 공항으로 떠나버리고 안내역을 맡은 사람 만이 안타깝게 기다리고 있었다.

어쨌든 뒤늦게 공항에서 합류하여 전송나온 신문사 동료에게 원고를 전하고 트랩을 오르면서 시간이란 참으로 유예도 용서도 없이 무서운 것임을 절감해야 했다.

시간은 기다려 주지 않으며 쉬임없이 흘러서 가버린다. 흘러서 가버리는 시간을 놓치지 않고 포착하여 선용할 때 비로소 그 시간은 살아 있는 내 것이 된다.

촉박한 시간에 자칫하면 우정어린 여행길을 망쳐버릴 뻔했던 일, 귀중한 취재 여행을 포기할 뻔했던 일 등은 이따금 충격적인 자극으로 되살아나 늑장 부리려는 마음의 고삐를 잡아주기도 한다.

충분히 배려를 했음에도 본의 아니게 약속 시간을 어기게 되는 경우도 없지 않다.

청와대로 생전의 육영수 여사를 단독 인터뷰하러 가던 길에 효자동 길 중턱에서 대통령 행차 시간과 맞물려 꼼짝 못한 때가 있었다. 영부인과의 인터뷰 건을 말해도 정렬한 경관들은 고개를 가로 저을 뿐 신문사 깃발이 달린 차를 골목길로 몰아 넣는 것이었다.

결국 약속 시간보다 10분이나 지각한 채 들어갔더니 안내하는 비서가 기가 막히다는 표정이다. 늦은 경위를 해명하자 "나하고 약속이 있다면 알아들을 만한데…." 하고 육 여사도 웃는 것이었다. 퍼스트 레이디마저 기다리게 한 나의 지각 기록은 역시 운명적이라 할 수밖에 없다.

시간은 내게 있어서 언제나 야박하고 매정하기만 하다.

항상 마감 시간에 쫓기면서 시계 바늘과 눈씨름을 하는 나의 신문기자 생활은 정각에 떠나야 하는 기차를 붙잡고 기다려 달라고 부탁하고 싶은 심정에 비길 수 있을 것이다.

실제로 기차 시간에 매달리는 희비극이 어릴 때부터 있어 왔다.

기차 통학을 해 본 적이 있다. 일제 말기 공습에 대비한 소개(疏開) 때문에 서울 중심가에 살던 우리집도 안양으로 임시 거처를 옮겼다. 당시 서울 교동 초등학교 재학생이던 나는 4학년 중턱에 걸려 부득불 학년 말까지는 기차 통학을 해야 했던 것이다.

그때만 해도 안양은 시골이어서 차편은 오직 기차뿐이었다. 그나마 아침 저녁 통근·통학 열차는 객차 몇 개에 화물 곳간을 이어 붙여서 짐이 아닌 사람들을 꽉꽉 미어지도록 태우고 다니는 한심한 몰골이었다.

그보다도 딱한 건 무슨 연유인지 매일 아침 연착인 점이다. 천안에서 출발해 오면서부터 늦는 건 예사요, 아무 정거장에나 서서는 한없이 낮잠이다. 신용없는 기차 때문에 학교 등교는 맡아 놓고 지각일 수밖에 없었다.

연착하면 서울역에서 역원들이 파란 고무 도장을 들고 서서 원하는 사람 손바닥에 탁! 찍어 주곤 했다. 교문에 들어설 때 그걸 보이면 된다는 것이다.

처음에 나도 조그만 손바닥을 내밀어 증명을 해받기도 했으나 얼마 후부터 그런 것도 필요없게 되었다. 교문에서 지각생들을 벌을 세우곤 하는 상급반 학생들이 손바닥을 볼 것도 없이 프리패스를 시켜 주어 나만은 무슨 특권자처럼 단발 머리를 찰랑거리며 당당하게 들어서곤 했던 것이다.

어린 기차 통학생은 그러나 때로 뜻밖의 곤경을 겪기도 했다. 저녁 5시 10분 발 열차를 놓치는 경우이다. 방과 후 아이들과 고무줄 넘기나 공기 놀이에 시간 가는 줄 모르다가 허둥지둥 뛰어가 전차를 타고 가 보면 무정하게도 기차는 떠나간 뒤이고 서울역은 썰렁하다.

그때의 절망감을 어떻게 표현해야 할까. 어쨌든 다음 차 시간까지는 다섯 시간을 족히 기다려야만 했는데 그럴 때의 지루하던 '기다림의 시간'은 끔찍할 정도였다.

시간이 갑자기 굼벵이처럼 더디게 간다. 5시 10분 열차를 놓치기까진 화살처럼 날아간 시간이 다음 열차를 기다리게 되자 언제 그랬더냐 싶게 마음껏 늘어지는 것이다. 서울역 커다란 벽시계를 올려다 보고 있노라면 기다란 바늘이 이따금 생각난 듯이 꿈틀 하면서 소걸음을 내딛는다. 난 공연히 원망어린 눈으로 죄없는 시계를 나무람하듯 지켜 보았다.

이렇게 해서 시간이란 마음먹기에 따라 한없이 길어지기도 하고 일탄지(一彈指) 손가락을 한 번 튕길 동안만큼 짧은 시간일 수도 있다는 걸 체험을 통해 배웠던 것이다.

나이를 먹어갈수록 시간의 가치에 대해 생각케 되는 것도 사실이다. 지나온 날보다 앞으로의 날이 적어져 가는 데서 한 시각의 허비나 낭비가 있어서는 안 될 듯한 결연한 자각 같은 것이 고개를 드는 것이다.

'시간을 충실하게 만드는 것이 행복(에머슨)'이라는 말이나 '시간의 소중함을 아는 구두쇠가 되라(해즐릿)'는 경구에도 별로 저항감을 갖지 않게 되어간다. 시간은 위대한 교사라더니 정녕 시간이 가르쳐 준 진리의 한 가닥이라 여겨진다.

어떤 모임에서나 어떤 사소한 대인 관계에서나 약속 시간을 무책임하게 어기고 혹은 무단히 침해하는 일은 이제 애교일 수만은 없어진 것이다.

물처럼 흘러가 버리는 시간, 흘러간 물처럼 다시는 돌이킬 수 없는 시간, 그 시간을 온전히 포착하여 후회없는 삶을 갖기 위해서도 시간 관념에 대한 반성과 개선이 진정 아쉽다. 의식화하고 몸에 배어들도록 타성적인 코리언 타임의 불명예를 떨쳐 버리는 데 좀 더 적극성을 띠어야 할 필요를 느낀다.

연착한 기차탓이라 거리낌없던 지각 시절과는 이제 조건이 현저히 달라져 있다는 걸 생각해 본다.

베트남 전선(戰線) 취재여담

　기자 생활 20여 년을 통해서 내게 가장 잊히지 않는 사건은 불붙은 월남 전선을 한 달간 종군 취재한 체험이라 할 것이다.

　그건 분명히 하나의 사건이었다.

　문화부 기자도 기자냐 하는 억울한 화살을 맞을 때도 있었다. 그럴 때면 사회부 기자처럼 활기는 없을지라도 문화계를 리드해 가는 창의성 있는 문화면 제작에 그 나름의 보람을 느낀다고 긍지를 가지고 응수하곤 하던 나였다. 그러나 마감 시간에 쫓기면서 취재 경쟁에 몰리거나 긴박한 사건을 추적해 가는 고투는 역시 문화부 기자의 경우 그리 자주 있는 건 아니다.

67년 1월 서울신문 재직시, 나의 월남 전선 취재는 그런 뜻에서도 파격적인 체험을 안겨 주었다.

매운 정초 추위를 뚫고 김포공항을 떠날 때 우리 일행의 각오는 조금은 비장한 빛깔을 숨길 수 없었다. 일행이란 작가 최정희(崔貞熙) 선생과 한국일보 이영희 기자, 동아일보 박동은 기자, 그리고 나까지 네 명이며, 국군 파월 이래 여기자로선 우리가 처음이었다. 국군 위문 연예인단과 함께였다.

그 무렵 프랑스 여기자 한 명이 베트콩에 납치되어 행방불명된 뉴스가 세계의 전파를 타고 있었다. 공연히 불길한 예감 같은 것이 가슴 속에서 꿈틀거리기도 했지만, 기자로선 한 번 부딪쳐 볼 만하다는 호기심과 소명감에서 의연히 나섰다는 게 솔직한 고백이다.

기내에서 여름옷으로 바꿔 입고 후끈 몰아치는 지열을 느끼며 월남땅을 밟고 보니 과연 열대 지방의 실감이 났다. 사이공 거리는 눈부신 햇볕 속에 짙푸른 수목이 희디흰 건물과 하늘거리는 여인들의 아오자이 옷자락과 묘한 조화를 이루고 있었다. 그러면서도 곳곳에 쳐진 바리케이드와 군인들의 모습이 거리가 미어지게 쏟아져 나온 젊은이들의 신나는 스쿠터 행렬과 교차하면서 어쩐지 불안하게 술렁거리고 있었다.

때마침 월남은 겨울에 해당하여 기온이 섭씨 30도 안팎, 우리나라 복 더위 정도였다. 지프 본넷 위에 계란을 깨어 놓으면 그대로 에그 프라이가 된다는 혹서만은 면한 셈이다.

즉시 파월된 국군들을 순방하는 취재가 시작되었다. 중무장한 군인들의 경호를 받으면서 비둘기 부대가 평정시킨 지역내의 여러 곳을 돌아볼 때였다. 커브를 돌면서 내가 탄 지프가 앞차를 놓쳐 버렸다. 조금만 더 가면 앞차가 보이겠지 하면서도 은근히 불안해지기 시작했다. 전선이 따로 없는 월남 땅이다. 낮에는 순진한 농부 차림이 밤에는 무서운 베트콩 연락원, 혹은 테러범으로 탈바꿈하기 일쑤라 한다. 그래서 지프가 달릴 때는 기습을 면하기 위해 최대 속력을 내어야 하고 차라리 헬리콥터로 다니는 게 안전하다는 말을 들은 터였다.

뒤에선 기관총 장비를 갖춘 지프가 한 대 따라오고 있었으나 그들도 "어떻게 된 거야?" 하고 소리소리 지르면서 조바심을 쳤다. 오도가도 못할 처지요 그대로 멈춰 서기엔 더욱 위험한 모양이다. 그러자 "앵" 하고 바람을 일으키며 한 대의 지프가 몰아쳐 오더니 "빨리 뒤로 돌앗!" 하고 허둥대는 게 아닌가.

멈춰 선 곳은 다름 아닌 횡교(橫橋) 옆, 다리 건너편은 우거진 밀림지대였는데 거기야말로 베트콩 소굴이라는 것이다. 비둘기 부대가 다리 놓는 공사를 하는 동안 군민 42명이 희생된 일명 '피의 다리'이며 그때까지도 건너편 숲의 탈환이 줄다리기로 계속되고 있는 중이었다. 바로 그 전날 브리핑 때 들은 얘기라 총알처럼 달려서 일행과 합류하기까지는 뒤에서 당장 수류탄이 날아들 것같이 오싹오싹했다.

월남에 온 지 사나흘이 지나자 최선생께서 바나나 타령을 시작했다. 모처럼 남양 땅에 왔으니 실컷 먹을 것으로 기대됐던 바나나가 통 나오지 않기 때문이다. 비둘기 부대장 최일영(崔一嶸) 장군이 저녁 식사 후 뭐 불편한 점은 없는가를 물었을 때 최선생이 "바나나, 바나나" 하고 노래하듯 말하는 바람에 우리는 허리를 잡고 웃어댔다.

어리둥절해 있던 최장군이 사연을 알고 함께 홍소를 터뜨렸다. 즉각 푸짐한 바나나 파티가 벌어진 건 물론이다.

그곳에선 너무도 흔한 바나나인지라 별식으로 내놓을 것도 없다는 것이었다. 그 고장 사람들은 차돌맹이를 쌓아 놓고 불을 때면서 그 위에다 바나나를 쪄서 단물을 빼고 식용으로 쓰는데 무우 맛 비슷하게 만드는 것이라 했다.

미해병대도 견디다 못해 물러났다는 월남 최북단 츄라이에서 월맹 정규군과 싸우고 있는 해병대 청룡 부대로 향할 때 우리는 모두 군복 차림으로 바꿔 입었다. 끝에서 끝으로 비행해 가는 동안 두 차례의 식사는 레이션 박스로 지급되었다. 깡통을 따서 끼니를 때우는데 연예인단 쪽에서 갑자기 울음보가 터졌다. 뚱뚱한 코미디언 B였다. 그것도 엉엉 소리내어 우는 것이었는데 까닭인 즉 배가 고파 죽겠다는 것이다. 하긴 그 거인 체격에 코끼리 비스킷일 건 당연하다. 그날 밤 숙소에 당도하자 군의관이 달려와 링거 주사로 기운을 차리게 하는 소동이 벌어졌다. 뿐만 아니라 그녀는 집 생각이 난다고 '엄마'를 부르며 울기도 하여 애교 만점의 진짜 코미디가 연출되기도 했다.

나는 다른 뜻에서 충격을 받았다. 츄라이는 부랴부랴 스웨터를 꺼내 입을 만큼 추운 북부였다. 거센 바람이 모래를 날리며 불어제끼는 삭막함부터가 가슴을 썰렁하게 했지만, 강구 작전이 벌어지고 있는 주변에선 밤새도록 포 소리 기관총 소리가 날카롭게 허공을 찢는다. 이 밤, 저 총소리를 감당하고 있을 국군들의 모습이 눈앞에 어른거려 우리는 약속이나 한 듯이 말을 잊었다.

이튿날 아침 최전방으로 격려 순시를 떠나는 청룡 부대장 김연상(金然翔) 장군을 우리 네 명이 따라 나섰다. 위험하니 가지 않는 게 좋을 거라는 어느 참모의 귀띔을 받고 나자 꼭 가보고 싶다는 기자로서의 욕심이 고개를 들었다.

준비된 헬리콥터는 두 대. 앞쪽 헬리콥터에 부대장과 호위병, 그리고 이기자와 내가 올라탔다. 그런데 뒤이어 오르려는 두 사람을 미군 조종사가 "노우" 하고 막아친다. 정원 초과라 안 된다는 것이다. 뒤에 또 한 대가 있지 않느냐니까 그건 우리가 공격을 받았을 때의 구조용이란다. 섬뜩했다. 결국 체험을 위한 작가의 강렬한 욕구도 기자의 취재욕에는 이겨 낼 수가 없어서 서운하게 물러서는 걸 미안하게 바라봐야 했다.

목표 지점인 뉴트론 고지는 청룡 부대가 확보한 평정 지역에서 20킬로나 떨어진 육지 속의 고도(孤島), 우리 1개 분대원이 미군들과 관측 업무를 맡고있는 곳이다. 뉴트론 고지에 내리자 수염이 더부룩한 해병대원들이 기쁜 얼굴로 맞는다. 바로 엊저녁에도 적군 수명이 기어오르는 걸 격퇴했노라고 보고한다. 허나 그들은 외롭지 않았다. 그곳 주민인

원주민 몬타니아 족 3백 50명 중 부녀자와 어린이를 제외한 86명이 월남 지방 군인으로 편입되어 있어서 적의 침입이 있으면 열심히 힘을 합쳐 싸워 준다는 것이었다.

맨발에 팔찌, 발찌, 목걸이를 주렁주렁 달고 있는 부녀자들이 보였다. 몽매한 그들이지만 베트콩과의 접전이 시작되어 사방이 포연에 잠기면 집집마다 갈대를 세워 모신 '하데우신(神)' 앞에 엎드려 수없이 절을 하면서 남편의 안전을 빈다는 얘기를 듣고 인간이 사는 곳 어디에나 사랑이 밀물지는 아름다움을 생각했다. 전쟁은 인간에게 슬픔을 가르치는 것이다.

짧은 취재였지만 그동안 맞은편 산에 줄곧 맹폭격이 가해지고 있었다. 우리에게 적의 공격이 없도록 엄호사격을 하게 한 부대장의 배려였다. 덕택에 적진 속의 아군 활동상과 원주민 생태를 생생하게 취재하여 서울신문 제1면에 크게 실렸던 감회는 잊지 못할 추억이 되었다.

바닷가에 위치한 도깨비 부대에 도착했을 때가 마침 구정이었다. 전쟁 와중에도 설날은 쉬고 봐야겠다는 선의의 협정이 맺어져 사흘 동안 포성이 멎었다. 마음놓고 쉬려니까 아침에 부대장이 순시를 나가는데 가보겠느냐는 연락이 왔다. 우리는 아침 산책을 가듯 가벼이 나섰다. 고비사막 같은 모랫길을 한참 걸어가자 철조망 앞에 베트콩 시체가 하나 엎어져 있다. 구정 휴전 협정을 어기고 침입해 온 적군 격퇴전에서 1명 사살 보고를 받은 부대장이 짐짓 우리에게 말을 안 해 줬던 것이다. 그 팔뚝에서 끌러 낸 유리가 박살 난 군인용 시계가 10시 50분에 멎어 있었다.

한때 공산화하여 사라졌던 월남, 유태 민족이 이스라엘을 재건하듯이 세계로 흩어진 월남 피난민들이 조국을 다시 찾을 날이 있을지 걱정해 주면서 명동거리에 '사이공'이라는 간판을 걸고 월남 국수집을 하는 피난민을 바라보던 것도 옛말이 되었다. 어느덧 다시 평화를 되찾은 오늘의 월남을 가볼 날을 기약하며 내가 만났던 인상 깊은 몇 사람을 되새겨 본다. 베트공에게 가족을 잃고 넓은 집을 한국 군인들 휴게소로 제공하고 있던 상냥한 자매, 결혼 전에 잡지사 기자였다는 월남군 장교의 아내 미세스 킴 안 등등… 그들이 보고 싶다.

나의 대학시절

　내게도 대학생 시절이 있었던가 싶게 이제는 아득한 추억이 되었다. 그 시절을 빛깔로 친다면 코발트 블루가 될까? 약간의 감상적 고뇌로 밤깊도록 사색에 잠겨 있던 것으로는 다크 블루라 할 것인가.

　밤낮으로 바다가 가슴에 밀려드는 부산에서 서울대학교 학생이 되었다. 1·4후퇴 이후 동대신동(東大新洞) 막바지에 판자 교실이 즐비한 가교사(假校舍)였다.

　건물은 초라했지만 서울대생이라는 자부심으로 부푼 가슴에는 바다의 설레임이 있었다. 아니, 젊음과 의욕과 이상(理想)이 상승 작용을 하면서 끊임없이 바다의 유혹에 이끌렸다.

강의가 끝나면 단짝 친구 길정숙(吉正淑)과 둘이서 혹은 여럿이서 전차를 타고 송도 쪽으로 가는 것이다.

그렇다고 수영을 하는 것도 아니다. 그냥 출렁이는 바다를 보기 위해서, 큰 파도 작은 파도의 몸부림을 보기 위해서 한없이 바닷바람에 젖어 있었다.

그때만 해도 다방이란 곳은 우리와 인연이 멀었다. 그렇다고 양과점도 흥미 없었다. 답답한 실내에 움츠리고 앉아 있기보다는 시원한 바닷가 바위 위에 앉아서 이야기꽃을 피우거나 모랫벌에서 말없이 파도 소리 듣기를 좋아했다.

요즘 대학생들은 노래방으로 몰려가 그것도 귀청이 떨어져 나가도록 소란스런 팝뮤직이 울려대야만 좋아한다는데, 우리 때만 해도 다방은 나이 많은 어른들의 사랑방 정도로 생각되어 아예 갈 생각도 안 했던 것이다.

서울 환도(還都)와 함께 학교도 본교사로 돌아왔다. 당시 사범대학은 문과(文科)는 을지로 6가에서, 이과(理科)는 용두동 교사에서 수업을 했다.

용두동 교사는 훌륭하지는 못했으나 채광(彩光)만은 좋았다. 그 교실에서 시인 김남조 선생의 강의를 듣는 건 기쁨이었다. 그분의 목소리는 나직하고도 힘이 있었으며 눈빛은

먼 바다로 이어져 있었다. 환도 후 나는 가정학과생이면서 교지 '사대학보'에 소설을 쓰고 경향신문 등에서 소설로 입상하고 있어 장차 소설가가 될 것 같은 입장이었으나 김남조 선생님을 만남으로써 시(詩)에 관심이 깊어져 갔다.

강의가 끝나면 나를 불러 국수집에 가곤 했는데 때로는 남학생 일당이 떼지어 따라와도 김선생께선 흔쾌히 점심을 사주던 생각이 난다.

대학 생활은 들어갈 때 가졌던 무한한 포부를 충족시켜 주기보다는 흔히 긴장이 풀린 안이함 속에 빠지기 쉽다. 입학 시험이 치열할수록 그런 허탈감은 강하기 마련이다.

허나 좋은 스승, 좋은 친구를 만남으로써 새로운 세계가 열리게 된다. 낭만과 이상을 구가하며 때로는 유쾌하고 때로는 오뇌스런 젊은날이 점철되는 것이다.

나의 대학 생활은 중도에 한국일보 기자가 되면서 짧게 끝났다. 후에 모교를 빛낸 사람이라는 명분으로 명예졸업장을 받았지만 지금도 아쉬움과 그리움으로 가슴 가득 바다처럼 밀려드는 정감을 느낀다.

젊은 시인(詩人)에의 편지

지금의 KBS 라디오, 당시는 중앙방송국 주최 전국 대학생 방송극 경연대회 제1회 때 서울대학교 팀으로 출연한 적이 있다.

드라마의 제목도, 맡았던 역(役)의 이름도 생각이 안 나는데 어쨌든 나는 주인공이었고 그는 연출자의 입장이었다.

초여름이었다.

빈 강의실에서 연습이 시작되었고 후반부는 연극반원 어느 한 사람의 집으로 몰려가 녹음기를 가지고 목소리의 강약과 효과(效果)를 테스트하면서 진행되었다.

방송극이라지만 전혀 문외한이었다. 그때까지 방송극을 유의해서 들어본 것 같지도 않고 드라마 녹음 광경도 본 일이 없었다.

연극반원도 아니면서 억지 춘향격으로 끌려나간 나는 더구나 모두가 생소하여 자주 창 밖의 신록에 눈이 갔다.

바람이 열기(熱氣)를 실어 왔다.

정동(貞洞)의 옛 중앙방송국에서 홍역치르듯 녹음을 마치고 해산했을 때 나는 해방감만이 앞서서 가슴을 폈다. 무심히 돌아서는 나에게 연출을 맡았던 그가 불쑥 책 한 권을 쥐어 준다.

릴케의 「젊은 시인(詩人)에의 편지」 일본 문고판(日譯. 佐藤晃一譯)이었다.

첫장을 넘기자 '…막막해지도록 크낙한 대상과 마주 서십시오…'라 쓰고 NO.1이라 명시해 있다.

일순 당혹하였다. 제1권이라고 단서를 붙인 건 다음에도 계속 책을 주겠다는 뜻이겠고 미리 내 이름까지 써가지고 나온 건 적어도 나를 위해 생각할 시간을 가졌었다는 게 된다.

나는 얼마간 짐스러움을 느꼈다. 어떤 종류의 약속도 굴레도 원치 않던 그 무렵의 나였다. 되돌려 주려 했을 땐 그는 벌써 친구들과 저만치 사라져 가고 있었다.

집에 와서 책을 펼쳤다.

'젊은 시인에의 편지'란 제목이 마음에 들었다.

아직 시인이 되겠다는 생각도 의욕도 갖지 않았던 때였지만 이내 감정의 여울에 감겨드는 기쁨을 가졌다.

읽어 가면서 라이너 마리아 릴케란 시인이 내 길목에 우뚝 서 있는 걸 실감하였고 이후 릴케에 심취하게 되었다.

이 책은 1899년부터 1924년, 그러니까 릴케가 24세 때부터 49세 사이에 여러 사람에게 쓴 편지를 모은 것이다.

릴케는 편지를 통해 자신의 유년 시대로부터 인생행로를 솔직한 필치로 보고하고 있어서 그가 운명적으로 시인으로 태어나 진실로 그가 가졌던 시인으로서의 끊임없는 정진과 격렬한 진실추구 모습을 볼 수 있게 한 귀중한 책이다.

또한 후에 시인이 된 프란츠 카프스가 시인으로의 첫걸음을 떼면서 서신으로 릴케의 지도를 받는 과정은 참으로 친절하고도 엄격한 면이 있다.

시인으로의 일깨움 뿐이 아니고, 한 인간으로서의 성장을 위한 격려, 교훈, 우정어린 교감(交感)은 읽는 이의 가슴에까지 불을 지펴 준다.

이 편지는 카프스 개인에게 준 글이었지만 너무도 깊은 애정이 담긴 정신 집중의 산물이어서 고독한 영혼의 흔들림 속에 펼쳐든 사람이면 누구나 마음놓고 기댈 수 있는 친구의 손길로 받아들여질 것이다.

한 젊음이 모든 새로움 앞에서 경이의 눈을 커다랗게 뜨고 바라볼 때 그는 '사랑하는 그대여, 보다 큰 심각한 대상과 마주 서라'고 다정히 등을 두드리고 있었다.

그는 자신이 창작(創作)의 본질에 대해서 그 깊이라든가 영원성에 관해 무엇인가를 알게 된 건 위대한 시인 야곱센과 조각가 로댕 덕이라고 스스로 영향받은 사람을 밝히면서 야곱센의 저서(著書)를 구해 읽어 보라고 카프스에게 권하고 있다.

그것도 어느 출판사에서 나온 어느 책의 어느 작품부터 읽는 것이 좋겠다고까지 자상한 인도를 아끼지 않아 사람을 대하는 성실함 마저 배우게 한다.

「젊은 시인에의 편지」 한 권의 책은 이후 나에게 여러 가지 작용을 하였다. 릴케의 편지는 내게도 우정어린 조언자(助言者) 역할을 하였고, 시를 사랑하게 하였고, 시를 사랑하며 가는 길에 곤혹을 느낄 때 친근함을 가지고 다시 펼쳐들게 하였다.

처음 이 책을 받았을 때 직감했던 대로 상급반의 그는 자주 교정에서 책을 전해 주는 수고를 하였고 나와 결혼하여 함께 일생을 가는 사람이 되었다.

문명의 껍질을 벗고

인간만큼 호기심과 탐구심이 많은 생명체도 없을 듯하다. 인간이 주어진 환경과 현실 세계에 만족한다면 결코 진보란 없을 것이다. 진보도 없겠지만 그보다는 인간 고뇌나 갈등 같은 것도 없을지 모른다.

얼마 전에 영국 BBC 방송의 한 실무자 팀이 '과거의 생활'이라는 기획물을 위해서 '살아 있는 박물관'을 설치했다는 보도가 있었다.

철기 시대의 인간의 생활 모습을 생생하게 묘사하기 위해서 실제로 15명의 중산층 영국인들이 동원되었고 그들은 약 1년 동안 현대 문명과는 동떨어진 원시 생활을 한다는 것이다.

그들은 줄자를 사용치 않고 보측법(步測法), 즉 발걸음으로 재어서 그들 스스로 원형 초가를 짓고 물물교환으로 삶을 영위한다.

돼지·양·염소·닭 등 약간의 가축을 키우면서 농사로 먹을 것을 직접 마련해야 한다. 과일도 없고 절구에 빻은 거친 밀로 이스트를 넣지 않은 빵을 구워 먹어야 하고 옷감을 짜서 옷을 지어 입고 동물 가죽으로 신을 만들어 신는다.

어떤 사람들이 이처럼 대담한 실험에 참여를 했을까. 15명을 뽑는 데 무려 1천 명 가까이 지원자가 몰려들었다고 한다. 그 중에서 의사, 간호사, 이발사가 각기 한 명씩이고, 교사가 세 명, 학생 두 명, 농장 직원 한 명, 이들 여섯 커플 중 두 쌍은 미혼이고 나머지 세 명의 아이들은 6·4·2세의 형제이다.

나는 그들이 어떤 성과를 거두었는지 후일담을 알지 못한다. 다만 그들이 과연 지난날 기원전 3백 년 시대 비슷한 생활은 하고 있지만 오늘날의 문명의 때를 어느 만큼 벗어던지고 살았을 것인지에 대해서는 다소 미심쩍게 여겨지는 것이다.

실제로 문명과의 완전 단절은 불가능한 모양이었다. 우

선 그들이 식용으로 가축을 잡을 때는 허가 도살업자가 참석해야 하고 소금이나 생선 등 식생활 필수품을 마련하느라고 먼 바닷가까지 갈 때는 종종 자동차를 이용하지 않을 수 없다. 약 2마일 거리에 긴급용 전화도 한 대 마련되어 있다.

방송국 촬영팀은 일주일에 한 번씩 촬영을 위해 그곳을 방문한다.

요컨대 철기 시대에 살면서도 20세기의 법률과 문명의 이기를 외면하고 살 수는 없는 게 현대 인간이다. 그렇다면 결국 실험은 하나의 시도에 불과하고 인간의 호기심 충족을 위한 실없는 노력에 불과할지도 모른다.

그렇다고 이러한 시도가 전혀 무의미하다는 건 물론 아니다. 앞으로의 전진만 외치는 오늘의 문명 속에서 지난날 인간의 원초적 모습을 되새겨 본다는 건 그 나름의 의의가 있을 것이다.

다만 이러한 시도가 공부하는 학생들의 시청각 교육을 돕는 데 그치지 않고 모든 인간의 순수한 면을 되살리는 데까지 어떤 자극이 되고 촉발제가 되어지기를 바라는 게 진실한 기대라 할 수 있다. 기실 그런 면까지 충분히 계산된 시도일 것으로 믿는다.

나는 우리나라가 아닌 바다 건너 영국에서의 이 거창한 실험에 대해서 솔직히 말해 부러운 감을 금할 길 없었다.

인간을 가장 자유롭게 순수하게 하는 길, 그것이 반드시 문명에의 역행일 수는 없지만 적어도 닳고 닳은 편의주의의 오늘과 같은 인간상에서 탈피하는 길인 것만은 사실인 때문이다. 루소가 자연으로 돌아가자고 외친 것도 그런 뜻이었으며 H.D. 솔로우가 콩코드에서 남쪽으로 약 1마일 반쯤 떨어진 월든 호숫가에 손수 오두막집을 짓고 자연 생활을 했던 것도 그 때문이었다.

여러분은 솔로우의 「숲속의 생활」이란 저서를 읽은 적이 있을 것이다. 19세기를 대변한 세기의 고전으로 알려진 이 책을 아직 읽지 못했다면 한 번 읽어 보기를 권한다.

솔루우란 작가는 1817년 미국 매사추세츠 주 콩코드에서 프랑스 계 연필 제조업자의 차남으로 태어났다. 명문 하버드 대학을 졸업하고 교사, 측량사(목수), 연필 제조공, 날품팔이꾼 등 닥치는 대로 일을 했다. 그는 결혼도 하지 않고 혼자 살았으며 술도 담배도 몰랐다. 물론 교회도 가지 않았으며 자연주의자로서의 생활을 유감없이 자기 것으로 하였다. 야생 생활을 하면서는 덫이나 엽총을 사용한 적이 없었다.

나는 솔로우의 「숲 속의 생활」밖에 읽지 못했지만 「메인의 숲」, 「시민의 반항」 등 다수의 저서 가운데 대부분이 경제적 속박이 없는 단순한 자연생활 속에서 인간이 얼마나 자유로울 수 있는가 하는 데 대한 인생관의 실험 보고이며 그의 깊은 사상을 체험을 통해 피력한 것이라 한다.

그는 만 2년 2개월 동안 숲 속 생활을 했는데 또 다른 생활 체험을 위해서 더 이상 그곳에 머물 이유가 없었던 탓으로 호숫가를 떠났다고 술회하고 있다.

그럼 그가 고독한 자연 속의 생활에서 얻은 소득은 무엇이었을까? 그는 자신의 실험으로 적어도 다음과 같은 걸 배웠노라고 적고 있다.

만일 사람이 자기의 꿈, 자신이 이상으로 하는 방향으로 자신만만하게 나아가고 그리고 자기가 상상한 바와 같은 생활을 하려고 노력한다면 그는 보통 때에 예상도 못했던 성공을 맞게 될 것이다. 그가 생활을 단순화함에 따라 우주의 법칙은 보다 덜 복잡하게 보이고, 고독은 고독이 아니고 가난은 가난이 아니고 약함은 약한 것이 아닌 것이 될 것이다.

나는 솔로우의 자연 생활을 우리가 다시 할 수 있을 것으로는 믿지 않는다. 그러면서도 해보고 싶다는 기대 같은 건 가져 보았고 그건 생각만 해도 유쾌한 일이었다.

가령 1년이나 2년이라든가 혹은 그보다 더 긴 세월을 현실 생활에서 뚝 떨어져 나가 아주 자유롭게 어떤 구속이나 제약이나 숙제 같은 것도 없이 유유히 지낼 수 있다면….

아니 단 일주일만이라도 도시의 소음과 복잡함에서 놓여나 나뭇잎 냄새가 훈훈하게 감도는 숲 속에서 마음놓고 쉴 수 있다면….

허나 이 모두가 나에겐 실현성이 없는 상상의 세계에 지나지 않는다. 나는 결코 어떤 경우에도 혼자서 벌판을 헤맨다거나 숲 속 어느 나무 밑에 오래오래 앉아 있는 일은 없을 것이다. 서울에서 태어나 서울에서 자란 나 같은 사람은 사실상 도시의 온갖 번잡함에 길이 잘 들어 있는 것이다. 게다가 나는 겁이 많은 편이다. 도대체가 혼자서 고독한 어둠을 감당할 자신이 없다.

그런 뜻에서 솔로우란 작가가 인간의 자유 획득을 위한 자연 생활을 몸소 체험하고 그것을 진실하게 수기로 써냄으로써 문학의 수준으로 끌어올린 데 대해서 경의를 표하지 않을 수 없는 것이다.

나 역시 고독한 사색에 깊이 깊이 빠짐으로써 나 자신을
구원받을 수 있기를 바라곤 하지만, 그것이 일상적인 생활
의 어느 한 귀퉁이 시간으로 허용되는 것만으로 충분히 자
족하는 지혜를 터득하고 있다.

말하자면 현대인의 대부분이 이미 그렇게 살아왔고 앞으
로도 그럴 수밖에 없는 것처럼 이는 문명의 옷을 벗어던지
는 용기 대신 그 옷 속에서나마 진실한 자신을 찾아내려고
애를 쓰고 있는 것이다.

책을 읽고 글을 쓰고 혼자 사색에 잠기는 시간을 가질 수
있다는 건 나의 행운이요 행복이기도 하다. 나는 누구에게
도 간섭받지 않는 온전히 나 혼자만의 세계를 가슴 속에 혹
은 머리 속에 투명한 영혼으로 지켜 가고자 하는 것이다.

솔로우의 말대로 나의 꿈을 지향한 전심 전력의 투입이
있을 때 내가 바라는 생의 한 모서리쯤 진실로 내 것이 되어
지는 게 아닐까. 끊임없는 나 자신과의 질의 응답을 통해서
나의 성실한 삶의 방향을 잡고 놓지 않으려는 고독한 사색
의 시간, 새벽 동트기 전의 고요 속에서 혹은 이웃이 모두
잠든 깊은 밤 홀로 깨어 있으면서 한 가닥 불빛을 지켜보는

진지한 시간, 그때야말로 아무런 가식도 없는 '참 나'를 볼 수 있는 게 아닐까.

현대인은 지금 너무나 간편한 것을 좋아하게 되었다. 구겨지지 않고 해지지 않는 나일론과 플라스틱 문명, 시간과 노력을 덜어주는 자동차 문명, 방 안에서도 온갖 세상 돌아가는 사정을 환하게 알 수 있는 인터넷, 라디오, TV, 신문, 잡지 등 매스미디어의 위대한 영향력… 그 속에서 모두가 '참 나와의 만남'의 시간을 갖지 않는 고민없는 삶을 살고 있는 것 같다. 그 무서운 타성, 편의주의에 젖어 가는 생활 태도, 나는 그걸 경계한다.

얄팍한 문명의 껍질을 벗고 한껏 자유로운 사색의 바다에 잠기고 싶다.

어머님께 드리는 글

어머니, 세상에서 오직 한 분뿐인 나의 어머니, 이 해도 또 저물어 가는군요.

한 해가 저문다는 게 새해를 맞는 싱싱한 기쁨일 수도 있지만 연로하신 어머니를 생각할 때 한 해가 가면 어머니에겐 그만큼 백발이 더 는다는 게 안타깝습니다. 그래도 전화 다이얼만 돌리면 대화를 할 수 있고 만나면 온갖 투정도 부릴 수 있는 어머니가 계시다는 게 얼마나 고마운지 모르겠어요.

이런 걸 고마워하는 마음 밑바닥에는 어쩔 수 없이 언젠가는 영원히 어머니와 헤어질 날이 있음을 예감하는 회자정리(會者定離)의 슬픔이 깔려 있는 거겠지요. 그걸 구체적으로 생각하면 벌써 가슴이 미어집니다.

어머니, 그러니까 오래 사셔야 해요. 새해엔 칠순이 되시지만 아직도 곱기만 하시고 부끄럼도 많이 타시는 어머니, 지난번에 찾아 뵈었을 때 오랜만에 옛날 사진첩을 뒤적이다가 엄마의 처녀 시절 사진을 제가 가졌지요?

그때 "그걸 뭘 갖니?" 하시면서도 기뻐하시는 표정이더군요. 제가 또 "엄마 그전에 참 이쁘셨죠. 지금도 그렇고, 나도 엄마처럼 곱게 늙고 싶어…." 했더니 웃으셨죠. 농담이 아니라 저의 진심이랍니다.

같은 서울에서도 어머니와 따로 산 지가 수십 년이 됐습니다. 한자리에 있다가도 저녁이면 어머니는 화곡동 아들네로 가시고, 저는 제 가족이 있는 곳으로 돌아오면서 언제나 섭섭하고 때로는 눈물이 납니다. 이 세상에서 가장 가까운 어머니와 딸인데 왜 남처럼 떨어져 살아야 할까요. 출가외인이란 말이 사무치게 실감나곤 합니다.

어머니, 조그마하신 나의 어머니, 저에겐 아니 우리 형제들에겐 너무도 크고 정다운 어머니. 황해도 재령 땅에 나시어 '얌전이'라는 애칭으로 귀엽게 자란 외동따님이셨죠.

어릴 때 방학이 되면 외가집에 가서 며칠씩 보냈던 생각이 납니다. 커단 시골집에 뚱뚱한 외할아버지와 외할머니가 계셨고, 팔뚝 만한 옥수수를 한 솥 가득 삶아 주시면 너무 많이 먹어 배탈이 나서 혼이 났던 기억도 나네요.

어머니는 어쩌다가 서울로 시집오시어 힘든 시집살이를 하셨지요. 공무원이신 아버지 곁에서 소리 없이 헌신하시던 모습이 눈에 선합니다.

언제나 조용한 분위기에서 아버지를 우리의 우상으로 만드셨던 그 감쌈이 새삼 저를 일깨워 줍니다. 저도 아이들을 키움에 그 점을 본받고 싶습니다. 요즘같이 물질이 정신을 압도하는 시대일수록 아이들에게 숭배하고 존경할 대상이 필요하다고 믿으며 그런 마음가짐은 집안 어른들에게서 비롯되어야 하기 때문입니다.

아버지께서 병환으로 돌아가시고 어머니가 홀몸이 되신 게 마흔 몇 살 때셨던가요. 그처럼 젊은 나이에 홀몸이면서 홀몸이 아니신 건 우리 7남매가 매달려 있었던 때문이었죠. 그러면서도 저는 결혼하여 외며느리로 시부모님 모시느라고 어머니를 모셔 보지 못했습니다.

어머니, 다만 한 달이라도 옛날처럼 어머니와 살아보고 싶어요.

그걸 어머니도 바라시겠죠. 헤어질 때마다 수없이 뒤를 돌아보시며 발걸음을 떼놓지 못하시는 걸로 알 수 있어요.

어머니, 어느새 밤이 깊었습니다.

미거한 딸의 불효를 용서하시고 오래 오래 건강하셔요. 지금 저희에게 해 주실 일은 그걸로 충분합니다.

그럼 이 밤도 안녕히 주무세요.

1978년 11월

셋째 딸 올림

사랑스런 나의 막내딸에게

* 이 글은 앞의 글을 『문학사상』지에서 읽으신 나의 어머니가 회답 편지로 보내 준 것임을 밝힌다. 철자법만 바로잡았다.

세월이라는 것은 비행기보다 더 빠른 것. 봄이 왔거니 하면 벌써 무더운 여름, 어느덧 찬바람이 솔솔 불고 낙엽이 우수수 떨어지는 가을인가 하면 하얀 눈이 펑펑 쏟아지는 겨울, 이것이 사계절이고 일 년이지. 이것이 스물세 번, 너를 에미 곁에서 떠나 보낸 지 벌써 그렇게 지났구나.

그 동안에 네 편지 두 번, 그러니까 십 년에 한 번이었구나. 십 년 전 월남에 갔을 때 한 번, 지금 책에서 한 번, 이 편지를 보니깐 너를 머나먼 타국에 보내 놓고 받는 기분이구나.

기쁘고도 행복한 마음의 눈물이 하염없이 흐르누나. 다른 어머니들은 이런 재미 보기 힘들겠지. 나만의 행복 곱게 곱게 간직하리라.

이 편지를 보니 지난날이 생생히 떠올라 아니 쓸 수 없구나. 지금도 길 가다가 머리를 길게 풀어 늘어뜨리고 지나가는 처녀를 보면 우두커니 서서 너를 그린단다.

한국일보 다닐 때 새까만 머리를 길게 늘이고 다니면 사람들이 모두 쳐다보곤 하였지.

그러던 세월이 흐르고 흘러서 벌써 네가 중년 부인이구나. 옛날 같으면 시어머니 소리를 들을 때이니 내가 어찌 늙지 않겠느냐.

일전에 사돈님 생신날 다 큰 기현이와 승현이가 밥상을 놓고 마주 앉아 먹는 것을 볼 때 내 가슴이 뿌듯하고 어떻게나 대견하던지 옛날 생각이 나더라.

말은 안 하였지만 언니를 시집보낼 때만 해도 몰랐지. 그때는 아버지도 계셨고 너도 있었으니까. 그러나 너를 보내놓고는 미치겠더라. 그래서 신문사로 많이 찾아갔지.

그러다가 기현이를 낳고는 들어 앉았으니 더욱 보고 싶었다. 집에서 어린애만 들여다보고 있을 생각을 하면 나도 모르게 정신없이 전차길로 가서 동대문행이 오면 반가워서 얼른 타고 갔다.

너희집 대문 앞에 가 서면 문득 정신이 들어서 생각했다. 내가 왔던 지가 며칠밖에 안 됐는데 벌써 또 왔나 하고-. 그래 머뭇머뭇하다가 대문틈으로 가만히 들여다 보다가 사돈 소리가 들리면 미안해 그만 눈물이 왈칵 나는 것을 참으며 돌아오곤 한 생각이 난다. 지금 같으면 그러지 않았겠지, 그때만 해도….

지금도 시내 나갔다가 올 적에는 너를 잠깐만 보고 싶은 생각이 많지만, 나를 만나면 시간을 빼앗겨 일에도 지장이 많겠고, 대접할려고 애쓰고 무엇이나 필요한 걸 사주고 싶어서 안타까워하는 걸 생각하고, 아니다 그냥 가야지 하고 집으로 곧바로 온다.

쓰려면 한이 없어서 이만 줄이겠다.

이 밤도 편히 잘 자거라.

1978년 11월 20일

母 서문길

어버이날에 생각함

초록빛 훈풍이 라일락 향기를 실어 오는 5월은 새삼 행복 감을 안겨 주는 달이다.

문득 생각이 나서 전화 다이얼을 돌리고 "엄마, 지금 뭐 하세요?" 하고 물으면 "텔레비 보고 있었지." 즉각 응답하는 어머니가 아직 계신 때문이다.

근래에 와서 나는 '아직'이란 말을 자주 의식하고 소스라쳐 놀라곤 한다.

'아직'은 어떤 시한성(時限性)을 말하는 것이어서 종국에는 오고야 말 사태를 전제한다. 어쩔 수 없는 자연 이치라고는 하나 한 분뿐인 어머니와 나 사이에 그런 표현이 따른다는 건 견딜 수 없는 일이다.

칠순 노모는 강서 쪽 나의 남동생 집에서 모시고 있다. 언젠가 날 부르시더니 쓰시던 화장품들을 내게 주셨다. 그건 여성으로서의 졸업을 의미하는 것이었다. 떠나가는 연습을 하면서 생활을 정리하는 마음의 준비는 슬프면서도 초연한 아름다움이기도 했다.

5월 8일 또다시 어버이날을 맞으면서 일찍이 타계하신 아버지가 그리울수록 어머니의 자그마한 모습이 더욱 커지고 정답고 소중해 짐을 느낀다. 누구나 그럴 것이다. 부모님 어느 한 분도 안 계신 이는 얼마나 허전할까 짐작되고도 남는다. 살아계셔도 만날 수 없다면 마찬가지다.

이런 때 생각하게 된다. 나는 아직은 행복하다고. 이 고마운 행복을 소홀히 말고 살아계실 때 정성껏 모시자고.

그 옛날 외출이 자유스럽지 못하던 시절에는 친정 어머니와 출가한 딸이 서로 반보기로 회포를 풀었다 한다. 두 마을 중간 지점에서 만나기로 서신을 보내어 겨우 반나절을 함께 지내고 제각기 귀가하는 데서 온보기가 못 되는 반보기였다. 여기 비해 매일 얼마든지 전화로 목소리도 들을 수 있고 언제라도 만날 수 있는 나의 처지는 고맙고 기쁜 것이다. 그전에는 이런 절실함을 깨닫지 못했었다. 너무 가깝기 때문에 오히려 무심했으며 모든 게 언제까지나 계속될 것으로 여기고 소홀히 넘기기 일쑤였다.

이런 반성은 시부모님에게도 마찬가지여서 여러 모로 마음을 가다듬게도 한다. 시어머님의 생애를 돌이켜 보건대 오로지 외아드님을 위해 바쳐진 일생이었으며, 그 후 다시 손자인 나의 아이들을 정성껏 보살펴 주신 분이건만 한집에 사는 탓으로 하여 일일이 고마움을 표시하지 못하고 지내 왔다. 마치 너무도 당연한 공기의 고마움에 대해 무심히 지나듯이.

시간은 물처럼 흘러간다. 가는 세월은 막을 수 없다. 한 번 떠나면, 다시는 만날 수 없다는 사실만큼 엄청난 아픔이 또 있을까. 제 자식 키워 봐야 부모 은공을 알게 된다더니 뒤늦게나마 철이 들어 부르면 대답해 주는 어머니가 같은 서울 하늘 아래 계심이 더없이 고맙다. 그래서 올해 또다시 맞는 어버이날도 웃으며 맞을 수 있다.

이런 때 나는 또 생각한다. 오늘 빨간 카네이션을 달아 주는 내 아이들이 대견하고 기쁜 한편, 그들에게 있어 나는 또한 어떤 엄마일까 하고, 어쩐지 자신이 없어지지만 적어 도 서로 마음을 터놓고 의견을 주고받는 대화자로서의 인격

개체가 되도록 노력은 하고 있다. 그 바탕에는 부모에게서 물려받은 내리사랑을 말없이 실천할 자세가 깃들어 있으며 지금 내 어머니처럼 자식에게 기쁨을 주는 존재이고 싶다.

세상에는 살기가 괴롭다고 어린 아이들까지 이끌고 강물에 투신 자살을 기도하는 어미도 있고 어린 아기를 혼자 재워놓고 철없는 부부가 외출했다가 아기를 잃게된 경우도 뉴스를 타는 세상이다. 그런가 하면 어느해 늦겨울, 4년 만에 친정에 다니러 가던 30대 엄마가 눈 속에서 길을 잃고 헤매다가 허기와 추위로 동사(死)하면서 코트와 스웨터를 벗어서 감싸안아 여섯 살짜리 딸만은 살리고야 만 감동적인 모정도 우리 사회에선 볼 수 있는 것이다.

기실 우리 모두 어떤 형의 어머니 혹은 딸이 되느냐 하는 건 마음 먹기에 달려 있는 것 같다. 인간에게는 저 광막한 대자연의 우주 못지 않게 실존하는 우주가 있다. '나 자신'을 중심으로 하여 펼쳐지는 생활권이다. 따뜻한 마음과 정으로 천륜(天倫)의 무게를 존중해 가면 밝고 즐거운 가정, 아름다운 생활 우주가 무한대로 전개되어 진다.

시대가 달라져 간다해서 알게 모르게 가족 가치의 정통성을 성급히 탈피하려는 젊은 세대와 재래 의식만을 고집하는 노인 세대가 정면으로 부딪치면 거부 반응과 충돌이 따르게 마련이다.

허나 사랑과 이해로써 서로의 허물과 부족함을 용서하고 상대방 인격을 존중하는 차원에서 교호적(交互的) 규범을 창출해 가기로 한다면 사람답게 살아가는 삶의 질서와 분위기가 이룩될 것이다.

어버이날의 참뜻은 유한(有限)한 인간 생명에 대한 연민과 가족 관계의 소중함을 재인식시켜 주는 데 있다고 믿는다.

귀한 만남

내 책장 한쪽에는 조그만 조개껍질, 깨어진 기왓장 조각, 무늬가 새겨진 돌 등이 있다. 모두 나의 추억이 담긴 기념품이다. 크고 작은 인연으로 나와 만나진 어느 날의 귀한 벗들이다.

인생이란 그런 것이다. 살아오는 동안에 만나진 무수한 인연을 징검다리 뛰어넘듯 건너 뛰면서 마음 한 구석에 그 인연을 소중히 간직하고 더러는 잊어버려 가며 사는 하나의 과정이라 할 수 있다.

바닷가를 거닐다가 눈에 띈 영롱한 조개껍질을 집어든다. 다시 보면 발길에 채이도록 흔한 조개껍질에 불과할 수도 있으나, 그중에서 유독 내 눈길을 끌어당긴 한 순간의 인연이 귀해서 집에까지 가져온 것이다.

오래된 절을 찾아갔다가 뒤뜰에 뒹구는 기왓장 조각을 발견하고 옛스런 무늬에서 그 옛날 숨결을 느낀다.

몇 백 년간 절 지붕에 얹혀 있다가 새 기와에 밀려 버림받은 기왓장, 그 한 조각에서 기와 굽던 이와 나의 만남이 이뤄진 사실도 생각하면 신기한 것이다.

한 번은 친구와 더불어 햇볕이 따가운 강가를 거닐었다. 가느다란 강물은 맑았으나 모래밭을 끼고 도는 게 아니라 빽빽하게 들어찬 돌밭을 안고 흘렀다. 우리는 돌더미 속에 주저앉아 땀을 닦았다. 사방에 널려 있는 큰 돌 작은 돌이 어지러웠고 우리를 압도했다.

그런데 우연히, 참으로 우연히 한 개의 돌이 나를 올려다보고 있는 걸 보았다. 손바닥만하고 납작하게 생긴 돌에 농무(農舞)를 추고있는 사람 모습이 박혀 있었다. 나는 그 돌을 집었다.

들여다볼수록 무늬는 살아서 춤을 춘다. 농악(農樂) 소리가 울리고 상모 끝에 길게 늘어진 끈이 빙글빙글 돈다. 이 돌이 전문적인 수석 수집가에겐 어떻게 인정을 받을지 모르지만 무늬는 일품이다.

나는 이 한 개의 돌을, 아니 그 속에 살고 있는 농무 추는 사람과의 만남을 위해서 나도 모르게 돌밭 강가까지 끌려 온 게 아닌가 하는 생각이 들 정도였다.

생각하면 살아가는 데 있어서 만남이 갖는 의미와 무게 는 말할 수 없이 크고 소중하기만 하다. 그 중에도 사람과 사람과의 만남은 자신의 구체적인 삶에 직접 영향을 미치는 것이어서 더구나 그 비중은 크다.

돌아다보면 나의 경우도 잊을 수 없는 몇몇 사람과의 뜻 깊은 만남이 있었다. 그들은 저마다 다른 소리로 부딪쳐 왔 다. 나 또한 그들에게 크든 작든 어떤 영향을 미쳤을 것임에 틀림없을 것이다.

인간 생활이란 그렇게 서로 영향하는 사람끼리 성장의 계 기가 되어 주고 혹은 상처를 입히면서 살기 마련인 것 같다.

친구가 그랬다. 사랑하는 마음으로 한때 혹은 오래오래 이어진 사람과의 만남이 그랬다. 스승이 그랬다. 선배가 그 랬고 후배가 그랬다. 그뿐인가. 읽고 싶었던 책을 제대로 찾 아 읽었을 때, 한 권의 책을 통한 저자와 나와의 만남은 깊 은 정신적 공감자(共感者)로서의 기쁨을 안겨 준다.

그러나 사람과 사람 사이의 만남이란 반드시 기쁨으로만

연결되지 않는 게 인간 관계임을 뼈저리게 느낄 때가 있다.

'만남'에는 또 언젠가 헤어짐이 있기 때문이다. 약속과 파이는 깨어지기 위해서 만들어진다는 속담이 있지만 만남이야 말로 헤어지기 위해서 있었던 것처럼 어느 순간 이별의 쓴 잔을 마시게 한다. 그렇게 만나고 헤어지고 하면서 단련되어가는 게 인간사이다. 마치 불에 달군 쇠가 망치로 두드려 맞으면서 더욱 야무진 쇠붙이 물건이 되어지듯이.

그렇더라도 만남은 매번 새롭고 매번 귀하다.

잠시 헤어질 때의 아쉬움도 크건만, 사소한 오해나 불가피한 일로 아주 결별해야 하는 쓰라린 아픔도 있다. 결코 그런 일은 없으리라고 여겼던 사이에도 인간의 얄팍한 마음은 야박하게 돌아서기도 하기 때문이다. 그런 고통을 또다시 겪는 한이 있더라도 처음 만나 두 마음이 하나로 얽히는 순간의 순수한 기쁨을 어찌 거부할 것인가. 운명의 잔을 들어 다소곳이 마실 수밖에 없다.

허나 옳지 않은 만남, 만나지 않았어야 하는 만남이라면 깨끗이 미련없이 던져 버리는 용기가 필요하다. 이성(理性)의 힘으로 무모한 감정을 누르고 지배해야 하는 것도 이런 때일 것이다.

친구를 잘못 만나 자기 자신이 진탕으로 끌려 가는 수도 있다. 가난 때문에 타락하는 경우보다는 나쁜 교우(交友)로 인해 일생을 잘못된 길에서 헤매는 경우가 더 무섭다는 사실은 인간 관계의 조심스런 인연을 말해 준다.

만나지 않았어야 하는 만남을 거부하고 그 운명의 잔을 쏟아 버리는 용기야말로 인간이기 때문에 가능한 일이다. 고통 중에도 가장 잔혹하고 살점을 도려내는 아픔이긴 하지만 살아가는 데 있어서 그것은 어쩔 수 없는 시련이라 할 것이다.

본래의 자기 자신을 잃지 않고 오히려 한층 아람차게 키워가기 위해서 우리는 아름답고 유익한 만남을 기대해 가고 싶다. 가슴과 가슴이, 영혼과 영혼이 뜨겁게 얽혀드는 신선한 자극을 체험해야 한다.

외롭고 두렵고 힘겨운 인생 도정을 덜 외롭게, 덜 두렵게, 덜 힘겹게 살아가게 하는 아름다운 만남이어야 한다. 해질 무렵 하나 둘 불이 켜지는 가로등(街路燈)처럼 우리의 인생 길을 서로가 밝혀 주는 불빛이 되자.

나의 고향 서울

언젠가 한국에 온 호주(濠洲) 사람들이 한국에는 아름다운 산이 곳곳에 있어 부럽다고 했다.

특히 수도 서울은 산과 강으로 둘러싸여 특이한 도시미를 가졌다고 감탄하고 있었다. 호주라는 나라는 끝없는 평야와 사막이 광활하게 펼쳐진 평면적인 지형이다. 거기 비하면 산과 강이 적절히 배치되어 천연의 조화를 이룬 서울의 경관은 확실히 입체적이며 아늑하고도 변화가 있어 오밀조밀한 맛이 있다.

해외 여행을 많이 해본 사람도 같은 말을 하곤 한다. 산과 강을 끼고 앉은 서울과 같은 조건의 대도시란 흔치 않다는 것이다. 나는 그런 말을 들을 때마다 각별한 감회와 자긍

심을 가지고 내가 사는 서울을 둘러본다.

눈에 익은 높고 낮은 빌딩 너머로 지척으로 잡히는 북악산·인왕산·낙산(駱山)·남산이 겨우 서쪽으로 일부를 틔우면서 빙 둘러쳐 있다. 많은 지류를 합해서 남쪽에서 서쪽으로 시(市)의 서남부를 스쳐 유유히 흐르는 한강은 황해로 흘러들어가고 있다.

험준하거나 흐름이 급하지 않은 명미(明媚)한 서울의 산과 강은 역사의 숨결이 배어 있는 우아한 고궁들과 함께 시민들의 훈훈한 휴식처가 되어 준다.

나는 서울 한복판에서 태어나 어린 시절 대부분을 이곳에서 보낸 순 서울내기다.

아버지는 토박이 서울 양반이었고 어머니는 황해도 재령 분이시다.

그래서 이따금 아버지 어머니가

"서울 사람처럼 경우가 밝아야…."

"우리 황해도 인심이 제일이죠."

하고 농담삼아 서로 고향 자랑을 하시는 걸 들을 수 있었다.

농담 속에 진담이라고 고장에 따라 어쩔 수 없이 따르는 성격 같은 게 있기 마련이지만 나는 어느 쪽이어도 상관없을 것 같았다. 더구나 그 양쪽 고장의 천성이 합쳐져서 내 피에 흐른다 할 때 그 이상 더 좋은 일이 어디 있겠는가.

허나 한편으론 도시에서 나서 종로통에서 자란 나대로의 불만이 이따금 고개를 들 때가 있다. 별 추억이 없는 것이다.

기껏해야 집에서 가까운 종로 도서관 뜰에서 놀거나 파고다 공원에 들어가서 언니가 잡아 주는 그네를 타는 재미 정도였다.

파고다 공원에서도 미끄럼틀이 흥미없어진 지는 오래였고 차라리 커다란 돌거북(돌로 만든 조상상) 잔등에 높이 서 있는 비석을 잡고 아슬아슬하게 거북등을 타고 노는 재미가 훨씬 컸다. 물론 관리인이 내려오라고 소리치면 그것도 끝장이었다.

예나 지금이나 도시의 아이들에게 꿈이 없다는 건 마찬가지가 아닌가 한다. 지금은 여기저기 만들어진 어린이 놀이터를 비롯해서 어린이 대공원 등 마음놓고 놀 곳은 얼마든지 있는 편이다.

내가 어릴 적에는 그런 도시로서의 배려가 있기 전이었으니 나의 어린시절은 대체로 심심하고 단순했던 것이다.

시골 아이들처럼 맨발로 자연 속을 뒹굴며 자라는 탁 트인 생활의 재미 같은 걸 모르는 도시 아이들의 편협함은 지금도 다를 바 없다. 그러한 불만이 나 한 세대에 끝나지 않고 다시 우리 아이들에게 고스란히 물려 주고 있으니 이 또한 은근히 걱정스런 일이기도 하다.

그러면서도 나는 나의 고향 서울을 아끼고 사랑한다.

서울은 내가 나서 자란 곳, 버릴 수 없는 추억의 발자국으로 다져진 곳, 아스팔트 밑에서도 지하의 샘은 흐르고 자라나는 초목의 뿌리가 내려진다.

둔중한 쇠 소리에 두 귀가 멍멍해져도 역시 서울 아닌 딴 고장은 내게는 객지일 수밖에 없는 것이다.

뿐만 아니라 고향이 없는 사람, 고향을 모르는 사람, 혹은 고향을 잃은 사람이 얼마든지 있는 세상에 나는 그래도 행운아가 아닐 수 없다. 나는 내 고향 품에 안겨 고향의 영고성쇠(榮枯盛衰)를 지켜보며, 함께 기뻐하고 함께 아파하며 살고 있지 않은가.

한국의 변혁기의 심장부 지점에서 전화(戰禍)에 부서질 대로 부서져 뼈대만 남은 잿무덤의 서울을 보았고 다시 불사조처럼 툭툭 털고 일어나 착실하게 재건되어가는 수도 서울의 발전상을 하나도 놓치지 않고 보아 왔다. 그래서 더욱 애착과 자부심이 커졌는지도 모른다.

인간에게 있어 고향이란 무엇인가? 사전에는 '자기가 태어나고 자라난 고장' '향리(鄕里)' 등으로 풀이되어 있다.

그렇다면 고향 없는 사람이 어디 있을까마는, 그러나 많은 사람들이 마음의 고향을 잊고 혹은 잃고 쓸쓸히 살고 있는 게 인간세사(人間世事)가 아닌가 한다.

나는 고향이 없는 세 나그네를 생각해 본다.

첫째는 고향이 있으면서 평생 고향을 떠나 사는 사람,

둘째는 외국에서 태어나 진정한 의미의 고향을 갖지 못한 사람,

셋째는 고향에 살면서 고향을 모르고 사는 사람이다.

이 세 부류의 나그네는 모두 고향의 정을 체험하지 못하는 불행한 사람이라 하겠다.

고향에 관한 많은 이야기가 있지만 악성(樂聖) 베토벤이 남긴 한 구절에는 고향이 갖는 깊은 뜻을 공감할 수 있었다.

고향이여, 아름다운 땅이여. 내가 이 세상의 빛을 처음으로 본 그 고장은 나의 눈앞에 떠올라 항상 아름답

고 선명히 보여 온다. 내가 그곳을 떠나온 그날의 모습 그대로!

바로 이런 것이다. 고향은 인간의 삶의 시원(始原)이며 뿌리이다. 언제 어디에 가서 살더라도 그 마음 한 가닥은 언제나 고향땅에 연결되어 그리움과 기대고 싶은 안온한 믿음으로 받쳐져 있는 것이다.

그리하여 길을 떠났던 나그네가 언젠가는 먼 여행을 마치고 돌아와 낯익은 골목 어귀의 나무들을 만져 보고 허물없는 사람들끼리 마음놓고 제 고장 사투리로 웃고 떠들고 하리라는 기대 때문에 객지 생활의 허전함을 참고 견뎌 낼수도 있다는 것이다.

그런데 그토록 그리운 고향이 있고 고향 사람이 있건만 언제 갈 수 있을지 막연하기만 하여 애를 태우는 사람들이 있다. 고향을 떠나 살되 가고 싶으면 언제라도 달려갈 수 있는 그런 고향땅이 아니라 3·8선이라는 남북 장벽에 가로막혀 아무리 두드리고 호소해도 끄떡도 없는 저 높은 장벽이다. 지금 우리에겐 헤어진 부모 형제와의 상봉을 애타게 그리며 소리없이 통곡하는 수 많은 이산 가족이 있다. 정녕 엄청난 민족적 불행이 아닐 수 없다.

외국에서 태어난 핏줄의 연고를 실감하지 못하는 사람도 어느 의미에서는 불행한 사람들이다. 물론 어디나 '정 붙이고 살면 고향'이란 말도 있지만 그래도 말과 뜻과 생각이 같은 동족 사이에서 비롯된 추억의 땅이 갖는 의미는 높고도 큰 것이다. 그런 뜻에서 진정한 고향의 맛과 고향에 잇닿은 그리움을 갖지 못한 이의 서운함을 나는 짐작할 수 있다.

오랜 단절을 풀고 근래에 재일 동포와 그들의 이세·삼세들이 현해탄을 건너와 고국의 풍정(風情)에 접하는 모습은 우리의 가슴을 뜨겁게 해준다.

그리고 소리없이 두 손을 모으게 한다. 그들이 낯선 나그네의 눈길로 이 땅을 밟더라도 돌아가서는 따뜻한 고국, 고향 냄새를 안고 살아가는 한핏줄의 사랑을 갖게 해 달라고.

그때부터 그들은 실향민이 아닌 때문이다.

새벽을 향한 기도

새벽 빛살이 창 너머로 배어드는 고요한 첫 시작, 향긋한 솔잎 냄새가 베갯머리에 감돈다.

어젯밤엔 커튼을 젖혀 놓은 채 잠이 들었다. 깊어가는 밤을 지켜보다가 새아침의 첫 발자국 소리에 귀 기울이다가 나도 모르게 잠이 들었었다.

안온한 새벽.

멀리서 멀리서 무언가 나를 흔들어 깨우는 조심스런 움직임이 있었다.

문득 잠이 깨어 창 밖을 바라보면서 퉁겨져 나오는 말, "해는 또 다시 떠오른다"

그래, 헤밍웨이는 멋있는 인간이었다. 오늘 내가 느끼고 외치는 말이 그의 선물이었다는 건 참으로 재미있는 일이다. 지극히 평범한 하나의 진실을 구체화시켜 나의 가슴에 공감케 한 그의 선지(先知)에 질투를 느낀다.

지난날 나는 이렇게 받아들이지 못했던 때가 있었다. 어둠 속에서는 어둠만이 절대성을 지닐 뿐 그밖의 어떤 의미도 생각할 수 없었다.

이제 나의 사고의 영역에는 '여유'라는 달무리 같은 유예지대가 따르게 되었다.

기실 이것 아니면 저것이라는 극단적인 사고 방식의 위험한 도전보다 한 걸음 뒤로 물러서서 전체를 보려는 여유 같은 게 우리 생활에는 필요해진다. 팽팽한 활시위 같은 신경을 다소 누그러뜨려서 인간적인 폭을 갖고 싶은 것이다. 가장 짙은 어둠 끝에 새벽이 오듯이, 밤의 깊이를 지나면 해는 또다시 떠오른다. 예전엔 왜 이런 당연한 진실 앞에 눈을 감고 어둠 속에 웅크리고 있었던 걸까.

홍수가 졌을 때 대문을 열어 놓는 걸 보았다. 대문이 열려 있는 집은 물이 들며 나며 무사히 있다가 슬그머니 물살이 빠져 버린다. 대문을 굳게 닫아 걸고 피신할 경우 끝내 물길이 뚫리지 못한 채 물살에 밀려 담이 무너지고 집도 다치는 것이다.

우리네 생활에도 이런 이치가 적용돼야 할 경우가 적지 않다. 해가 지고 밤이 되면 밤의 어둠이 갖는 의미는 생각하는 각도에 따라 여러 가지 풀이가 되기도 하나 역시 새벽 빛살을 첫 손님으로 보내 줄 것을 기대하게 하는 선주자(先走者)임을 생각한다.

한 해가 저물고 새해를 맞는다. 해는 또다시 떠올랐다.

새해 새아침.

맑게 비워둔 가슴에 충만한 은총이 넘치도록 받아질 것을 바라는 마음, 경배심으로 두 손을 모은다. 올해는 좋은 일이 많기를, 우리 모두에게 기쁜 일이 있기를, 크고 작은 소망이 최대한 이뤄지기를!

밝음을 향한 기도로 밝아 오는 창을 바라보는 소중한 이 시각.

소망의 은빛 날개를 마음껏 펼쳐 보고 싶은 아침이다. 아무도 걷지 않은 길이 눈앞에 있고 나는 지금 그 길에 첫 발을 내딛으려 하고 있다.

순백의 도화지를 앞에 놓고 어떻게 첫 손을 대어야 할지, 당혹에 빠지는 어린애처럼 또다시 올 한 해의 순백의 지면 앞에서 가슴 벅찬 두려움을 느끼고 있다.

꿈, 소망, 행복… 그렇다. 꿈이 있으니 소망을 가진다. 소망이 있으면 성취를 바라 힘써 쟁취하게 된다. 그리고 그 성취도에 따라 행복을 가늠하고 삶의 보람을 안게 되는 것.

소망이란 은빛 날개를 펼치고 어디든지 훌훌 나르는 자유로움이다. 그리고 꿈이 있는 앞날을 가지는 것이다. 날다가 바람에 부대껴 입은 상처를 밤이면 말없이 쓸어 주자. 그리하여 날이 밝으면 다시 떠오른 해를 향해 찬란한 햇살의 친구가 되자.

소망은 미래 지향적인 행동학의 주제라 할 것이다. 살아 있음을 증명하고 보다 잘 살기 위함을 의욕하는 긍정적이고도 능동적인 삶의 표상인 것이다.

그건 교육이었다. 로마인은 아이들에게 칼의 위대함을 전수했다. 그러나 유태인은 칼의 힘으로도 파괴할 수 없는 교육의 힘으로 끝내 이겨 살아남을 것을 믿었다.

벤 쟈가이는 미래의 유태인을 위해서 한 알의 씨앗을 뿌리기 위해 로마군의 사령관을 만나 담판을 했다. 벤 쟈가이가 훌륭한 학자요 민족의 지도자임을 알고 있던 로마군 사령관은 그에게 도움이 되어 줄 뜻을 비쳤다.

벤 쟈가이는 예루살렘의 마을을 파괴하지 말아 달라고 하고 싶었으나 그건 점령군의 관례상 불가능하다는 걸 알고 있었다. 그 대신 건물 하나쯤이라면 그건 신전(神殿)이어야 할까, 아니 신전이 유태 민족을 구할 수는 없을 것이다. 건물이 아니고 유태인 성서인 「토라」와 토라의 교사들이어야 한다는 결론을 마음 속으로 내렸다.

그가 지중해 연안의 자그마한 교육 도시 야브네 마을만은 보존케 해 달라고 말했을 때 로마군 사령관은 그렇게 해 주겠노라고 약속하면서도 납득되지 않는 얼굴이었다 한다. 국가 존망의 중대한 시기에 내놓은 소망치고는 너무도 약소해 보였던 탓이다.

가장 마지막에 웃는 자가 승리자라는 말이 있지만 과연 오늘날 로마는 멸망했으되 유태 민족은 존립하고 있다. 유태인 정신이 현실을 중요시하기 전에 교육의 힘으로 역사를 지켜 오는 데 힘을 기울인 건 훌륭한 일이었다.

그리고 위대한 인물이 국가의 위기 앞에서 국민의 정신적 우상인 신전을 내세우기보다 교육의 존속을 소원했던 그 예지와 현철함에 고개가 숙여지지 않을 수 없다.

어디선가 종소리가 들려오고 있다.

믿음과 평화스러움을 전해 주는 은은한 종소리.

아, 다른 건 다 그만두고라도 전쟁만은 없는 세상이거라.

어떤 궁핍도 어떤 고통도 가족이 흩어지고 젊은이들을 전쟁터로 보내는 쓰라림보다 더 아프랴.

은총의 나라, 해가 뜨는 시각과 잠들기 전에 하루의 온화한 기쁨이 밀물지는 살기 좋은 세상이여, 우리 것이거라. 지구의 어느 한구석에서도 이제는 포화가 멎고 인질이 풀려나고 배고픔이 없는, 살 아갈 만한 세상이 되거라.

살아갈 만한 세상의 고마운 은총이 햇살처럼 고루 번져가고 양지바른 잔디밭에서 철부지 아이들이 무심히 뛰노는 걸 보는 날들이 계속 되어지기를, 그런 축복이 우리 생활에 배어들기를.

또한 인간적인 삶과 창조적인 삶과 창조적인 삶에의 구축에 동참하려는 의욕이 요청된다.

소망, 그건 인간만이 가지는 가장 찬연한 삶의 빛깔이다. 소망이 있음으로써 희망이 있고 창조와 노력이 수반된다. 뒤척이는 생존의 뜨거운 피를 느낀다.

소망이 있는 한 살아 있는 숨결, 짙은 체취와 무지개빛 꿈이 꿈틀거린다.

모방만 있고 창조력이 없는 생활은 영혼이 없는 생활이다.

그렇다. 인간적이고 창조적인 삶을 영위하는 데는 소망이라는 비단옷이 필요한 법이다.

비단옷이 없이도 살 수는 있지만 생활은 먹고 자고 무명옷만 걸치고 살기에는 너무 값진 정신세계를 지니고 있다.

이따금 비단옷으로 기분 전환도 할 필요가 있으며 음악을 듣고 책을 읽고 좋은 그림이나 영화를 감상하는 여유로운 시간이 있어 주는 데서 사는 즐거움을 느끼게도 된다.

소망이란 그런 게 아니겠는가.

꿈이 있고 희망에 부풀어 오늘보다는 좀 더 나은 내일을 바라보며 사는 것. 나 자신의 발전적 변화라든가 내적 충실을 위해 머리를 써서 창의성을 발휘하는 것. 행복을 꿈꾸고 소망의 열기에 몸을 맡기는 것.

이런 인간적인 숨결이야말로 인간이 동물의 한계를 벗어나는 길이기도 하리라.

꿈이 있고 능력이 있고 노력하는 인간만이 누릴 긍지의 생활, 행복의 생활은 누구라 할 것 없이 아람찬 소망을 가진

자의 밝음을 향한 기도 위에 조용히 내려앉을 것이다.

높게 더욱 높게
낮게 더욱 낮게

남길 것은 남기고
구기지 않게
잊을 것은 잊고
시들지 않게

버릴 것은 버리고
쌓이지 않게

나를 세우고
너를 세우고

세상을 바르게
뜨겁고 아프게

나의 작품 '오늘을'에서 나의 소박한 소망 한 가닥을 되새기면서 또다시 떠오른 태양을 눈부시게 올려다본다.

장미 한 송이

운명이란 걸 믿는다.

운명적인 만남에 대해서, 사람과 사람 사이, 사람과 사물 사이, 자연도 인간도 만남의 계기는 필연성에 의해서만이 이루어지는 것임을 다시금 믿는다.

창밖은 아직 어둠뿐이었다.

새벽녘까지 밀린 글을 쓰고 누웠으나 잠은 오지 않는다. 뒤척이는 동안에 잠은 점점 멀리 달아나고 끝내 커튼을 미뤄 놓고 새벽이 다가오는 시간을 기다리기로 하였다.

문득 나는 일어섰다. 아무도 깨어 있지 않은 이 정밀한 시간, 혼자 깨어서 곧장 밤을 꿰뚫고 온 내 선명한 의식이 어둑새벽의 정원으로 나를 끌어내는 것이었다.

나는 소리를 죽이고 뜰에 내려섰다. 초여름의 찬 대기가 상쾌하다. 가슴을 펴고 맑고 단 공기를 마음껏 마셔 본다.

어디선가 흔들리는 작은 움직임이 있었다. 아니 미미한 일순간의 설레임 같은 것이었다. 암시에 걸린 사람처럼 나는 그 움직임 앞으로 다가섰다.

꽃이었다. 쑥 뻗어오른 가지 맨 윗부분에 크고 탐스러운 장미 한 송이가 어둠을 딛고 고고히 피어나고 있었다.

불현듯 두 손으로 감싸쥘 뻔하였으나 이내 팔을 거두지 않을 수 없었다. 거부하듯 도사리고 있는 꽃봉오리는 기품과 위엄으로 어쩔 수 없이 향기만을 토하고 있는 것이었다.

이따금 바람도 없는데 꽃이 떨리는 걸 감지할 수 있었다. 꽃은 조금씩 조금씩 버그러지면서 미(美)의 정점을 향해 가고 있었다.

밤이슬을 받아 영롱한 눈매로 수줍게 열려 가는 애련한 아름다움, 그 순결…. 여린 꽃잎이 머금고 있는 물, 내음, 살결, 진정 아름다운 숙명의 꽃.

달무리지듯 어둠 속에 꽃무리를 이고 있는 모습에 취하여 무아경(無我境)에 빠져 있던 나는 가슴이 저릿하게 아파 오는 걸 느꼈다. 장미의 생명은 긴박하도록 짧다. 피었는가 하면 어느새 허무하게 져 버린다. 장미의 만개하는 절정을 예감할 때 두렵고 아쉽고 장미의 완벽한 아름다움이 우리를 슬프게 하는 연유가 여기 있다.

고개를 들어 하늘 한끝에서 반짝이는 붙박이별을 본다.

광막한 우주의 차원에서 볼 때 인간의 삶과 생명이 갖는 시간도 마찬가지다. 그 짧은 시간 속에서 흔연히 마주친 우리만의 교감, 이 운명적인 만남에 대해서 나는 결코 우연이란 말을 쓰고 싶지 않다.

편지

편지는 받을 때 희망이요, 읽고 나면 실망이라고 한다.
펼치기까지의 기대가 컸던 탓으로 오히려 읽고 나서의 허전
함이 실망을 안겨준다는 것이다.

한마디로 그렇게만 정의할 수는 없을 것이나, 어쨌든 편
지란 보내는 이에 따라서 또 담겨진 사연에 따라서 유열(愉
悅)과 비감(悲感)의 촉발제라 여겨진다.

다분히 정감어린 생명체이다. 아니 빗속을 날아온 천사
의 젖은 날개이다.

애틋하게 연민의 깃을 쓰다듬으며 한동안 겉봉을 뜯지
않은 채 망연히 들고 있을 때가 있다. 느낌만으로 벌써 보낸
이와의 대화가 시작된 것이다.

오랫동안 편지를 쓰지 않았다.

편지를 기다리는 재미도 줄었다. 전화 탓이다. 전화가 통할 수 있는 한 우리는 주저없이 전화 다이얼을 돌리는 것이다. 쾌적한 신호가 가고 응답이 있으면 일은 간결하게 처리되어진다.

듣고 싶은 목소리일 때 퉁겨나듯 탄력있는 호흡의 일치를 느끼고 행복한 일순간을 맛보기도 한다.

그렇다 하더라도 대화가 끝나고 나서의 허전함이 너무 클 때가 있다. 허공에 멈춘 빈 손을 내려다보며 못 견디게 쓸쓸해지는 것이다.

편지도 이점에서는 마찬가지긴 하다.

기다리던 편지였건만 막상 읽고 나면 미진한 마음, 제한된 지면에서 오는 아쉬움, 결국 마음 놓고 기대 앉아 오래오래 나누는 이야기만큼 흡족할 수는 없는 것이다.

그래도 막상 얼굴을 마주하고는 도저히 표현이 안되던 밀도감(密度感) 짙은 심중의 한오라기까지도 전달할 수 있는 데에 글의 위력이 있을 것이다. 그래서 우리는 밤 새워 편지를 쓸 수 있으며 받은 편지를 소중히 간직하기도 한다.

왜 내가 감미로운 사랑의 편지에 관해서 이야기하는 걸

까. 사랑이 담긴 편지에도 사랑의 유형 나름일 것이며 연인 사이, 부모와 자식 사이, 혹은 사제지간이나 친구 사이 등 주고 받는 대상과 사연에 따라 빛깔과 내음과 열도나 순도 가 다를 것이다. 스테판 쯔바이크의 「모르는 여인의 편지」처럼 일방적인 사랑의 아픔을 생의 마지막 순간에 불길처럼 태워보낸 무서운 편지도 있는 것이다.

읽는 이의 가슴에 칼을 꽂거나 상처를 입히는 편지, 기대 어 오는 마음을 차거이 잘라내는 거절의 편지, 허망한 위선 의 편지, 슬픔을 전하는 안타까운 편지, 쓰는 사람도 받는 사람도 고통의 용광로에 던져진 듯 괴로운 편지도 이 세상 에 얼마든지 있는 것이다.

전화의 혜택을 모르던 시절 외롭고 고된 출가외인 규수 들은 육친에의 정을 그리움이 사무친 묵필로 적어 눈물로 얼룩지워 보내곤 했다. 멋을 아는 풍류객은 시조 한 수를 읊 어 편지를 대신하기도 하였다.

편지가 현대인의 일상물이 아닌 데서 편지 쓰기가 점점 어려워진다고 한다.

서툴고 번거로워 쓸 엄두가 나지 않는다고도 한다. 그러면서도 편지를 받으면 우선 반가워진다. 받은 쪽에서 말한다면 서투른 편지는 애교로 받아 줄 수 있으나 역시 읽기에 좋은 문장이어야 함은 물론이다. 서툰 게 지나쳐서 고통과 불쾌를 가져온다면 그 역시 생각해 볼 문제일 것이다. 나는 요설(饒舌)을 싫어한다. 편지도 마찬가지여서 장황하고 요령부득일 때는 읽을 수가 없다.

미사여구(美辭麗句)를 빌어서 장식한 남의 목소리보다는 문맥이 선명하고 직정(直情)적인 표현이 좋다. 그 위에 적절한 예의와 성의가 담겨있다면 그 편지는 일단 성공했다고 볼 수 있을 것이다.

편지는 말 없는 웅변, 한마디로 열 가슴을 열어 보인다. 쓰기에 따라서는 읽는 사람의 영혼까지도 쓸어안을 농밀한 편지가 될 수도 있다. 훈훈한 정에 끌려 혼자 서 있어도 혼자가 아님을 절감케 하기도 한다.

릴케가 시작(詩作) 지도를 부탁해 온 카프스에게 진지하고도 친절한 답장을 보내고 여행 중에도 계속 따뜻한 편지로 젊은 시인을 격려한 것이라든가, 괴테와 실러가 10여 년 간 우정이 넘치는 편지를 주고 받음으로써 서로 격려해 온 사실은 귀한 일이었다.

세상이야 어떻게 변하든 편지를 주고 받는다는 건 아름다운 인간사의 하나라 하고 싶다. 쓸 수만 있다면 얼마든지 쓰는 게 좋을 것이다.

편지를 보내고 답장을 기다리는 동안의 끊으려야 끊을 수 없는 유대감, 편지를 쓰면서 상대방을 생각하고 있었을 시간의 소중함, 그런 사사로운 감각 같은 것이 진정 우리 생활에 있어 줘야 하지 않겠는가.

하나 온갖 테마로 엮어진 갖가지 편지 중에도 가장 절실한 건 아마도 써놓고 보내지 못하는 편지일 것이다.

쓰고도 보내지 못하는 편지, 영원히 보낼 수 없는 편지, 그런 편지를 밤이 깊도록 쓰고 앉은 외로운 가슴의 사연일 것이다.

어느 해 5월에

효자동 초입에서 경복 중학을 왼편으로 내려다보며 자하문(紫霞門)턱까지 뻗친 길, 지금은 길 폭도 넓어졌고 아스팔트가 깔렸지만 전에는 퍽 운치있는 산책길이었다.

인적이 드물고 차도 별반 다니지 않아 해만 지고 나면 후미진 길을 피해 인가(人家) 사이로 뚫린 꼬부랑 길을 택해야 할 정도였다.

특히 5월 한철은 말할 수 없이 좋았다.

길 양쪽으로 늘어선 아까시 나무의 행렬은 초여름의 탄력 있는 햇살을 되쏘듯 달큰한 훈향(薰香)으로 감겨들었다. 한차례 바람이 지나면 흰 꽃잎이 아낌없이 쏟아져 하얗게 깔리곤 해서 흡사 결혼식장에서의 신부(新婦) 같은 환각에 사로잡힐 때도 있다.

병환이 나신 아버지로 하여 여름 한철을 자하문 밖 세검 정에서 지내야 했던 그해 퇴근길, 나는 드문드문 다니는 낡은 버스를 피해 일부러 효자동 종점에서 차를 내려 천천히 걸어서 자하문 고개를 넘곤 하였다.

그날도 아까시 꽃이 한창 피어 흐드러졌으니 5월 하순 경이었을 것이다. 취한 마음으로 꽃길을 밟는 나를 바쁘게 지나치는 사람이 있었다. 허술한 차림의 여인이 등에 아기를 업고 머리에는 보퉁이를 인 채 어린 딸을 데리고 가고 있었다. 아마도 저녁밥 지을 걱정에 성급해 있는 걸음이었다.

"아차차!" 서둘던 아기 엄마가 그만 돌부리를 차고 곤두박질을 하였다.

나동그라지는 건 면했지만 고무신짝이 저만치 날아가고 버선발이 흙먼지를 뒤집어 썼다.

일곱 살쯤 되었을까, 어린 딸이 달려가 고무신을 주워다가 분홍 치맛자락으로 깨끗이 닦았다.

"에그, 그 치마가 뭐 되냐."

엄마는 소리쳤다. 딸아이는 싱긋 웃고 이번에는 엄마의 버선발을 들어 손으로 톡톡 털어 주고 고무신 위에 얹었다.

그들은 다시 걷기 시작했다. 여인은 생각난 듯이 아까시 한 가지를 꺾어 딸아이의 손에 쥐어 준다.

"이 꽃은 먹는 꽃이야."

아이는 기쁜 듯이 꽃잎 하나를 입에 넣고 타달타달 먼지 길을 걸어갔다.

그날 나는 피곤하지 않았다. 그리고 가슴 훈훈한 기억이 그 아름다운 길과 함께 오래오래 잊혀지지 않았다.

미지(未知)의 바다

지금까지 많은 바다를 보아왔다.

그 바다는 언제나 같은 것 같으면서 기실 저마다 다른 얼굴을 하고 있었다.

서울 태생인 내가 낯선 바다를 대할 때마다 받는 충격은 무엇보다도 바다의 광대(廣大)함과 가변성(可變性) 때문이라 할 것이다.

신비롭고 두렵고 아름답다.

마치 높은 곳에서 까마득한 벼랑 밑을 내려다보면 빨려들 듯 현기증이 일어나는 것처럼, 바닷가에 서면 그 큰 가슴이 팔을 벌려 나를 쓸어갈 것 같은 아찔함을 느낀다.

그런 짜릿한 현기증을 감미롭게 향유할 수 있는 건 나의 두 다리가 굳게 대지에 발을 붙이고 있는 때문이다.

나는 바다의 노여움을 모른다.

큰 배를 타고 깊은 바다 한가운데로 나가는 일서부터 기슭에서 보우트놀이를 즐기는 것조차 내 작은 심장은 허락지를 않았다. 맨발로 젖은 모래톱을 밟으며 찰랑거리는 물살의 희롱을 받아주는 정도가 고작이다.

그래서 나의 바다는 언제나 유순하고 정답다. 바닷가 게는 호랑이가 무서운 줄 모른다듯이 바다의 핏발선 노여움에 부딪쳐 본 체험이 없는 나에겐 무진장의 응답을 가진 미지(未知)의 바다일 뿐이다.

'바다를 아는가'고 누가 물어온다면 나는 할 말이 없다. 그러나 바다의 실체를 알지 못한다 해도 바다의 신비로운 눈빛을 감득(感得)하고 있는 내가 어찌 바다를 아니 사랑한다고 할 것인가.

그래, 나의 시(詩)에 바다가 많이 등장하는 건 누구보다도 바다를 가슴으로 느낄 수 있었고, 누구보다도 도취해 있는 증좌라 할 것이다. 대화를 나눌 수 있고 깊이 이해하고 사랑하는 결과라 할 수 있다.

바닷가 여숙(旅宿)에서 동 터오는 새벽녘 베갯머리를 적시는 파도 소리에 유난히 가슴 저려오던 잊을 수 없는 기억이 있다.

그해 여름, 아직 개척 단계에 있던 서해안 몽산포 해수욕장을 찾아 갔었다. 7월의 바다는 마음껏 가슴을 열고 멀리서 온 피서객을 맞아 주었다. 사람이 많이 몰리는 유명 해수욕장을 피해서 간 걸음인지라 비교적 한적한 분위기부터가 마음에 들었다.

물 속에 해초가 숲을 이뤄 어지간히 멀리 나가야 헤엄을 칠 수 있었다. 그걸 핑계삼아 나는 곧잘 일행과 떨어져 모래밭에 오래오래 앉아 있곤 하였다.

채양이 넓은 모자 밑에 조그맣게 앉아서 아득한 수평선을 바라보며 끊임없이 출렁이는 물살을 지켜보다 보면, 나는 감당할 수 없이 크낙한 바다를 안고 있는 자신을 실감하고 몸을 떨었다.

아니 한 조각의 바다도 실상 내 것일 수 없는 당혹을 느꼈다.

그날 밤 내내 천파만파(千波萬波)가 날 덮쳤다.

새벽에 혼자 바닷가로 나갔다. 아직 눈뜨지 않은 바닷가에 서서 정결한 얼굴의 바다와 대면하였다. 그리고 쥬르 쉬뻬르비엘의 시(詩) '미지의 바다'를 가만히 읊조렸다. 둘만의 속삭임으로, 꿈을 깨우지 않으려고.

아무도 보고 있는 이 없을 때
바다는 벌써 바다가 아니고
아무도 보고 있는 이 없을 때의
우리들과 똑같은 것이 된다
딴 어족(魚族)이 살고
딴 파도가 일어선다
그것은 바다를 위한 바다
지금 내가 하고 있듯이
꿈을 꾸는 사람의 바다가 된다

대춘부(待春賦)

샛노란 굴 무더기를 앞에 놓고 그린 듯이 앉아 있던 굴
장수가 오늘따라 훈훈해 보이는 얼굴로 쳐다본다. 봄의 서
기 탓인가, 그 표정은 이제 기나긴 잿빛 겨울에서 놓여난 안
도로 밝게 빛나고 있었다.

굴 장수 여인은 겨우내 얼어붙은 버스 정거장 입구에 쪼
그리고 앉은 채 사람들의 신발코만 들여다 보고 있었다.

허리 굽혀 굴이라도 만지는 사람이 있어야 부시시 한쪽
어깨를 펴는 듯 하면서 종이봉지를 꺼내는 것이었고, 얼마
후에는 다시 종전대로 오무라들곤 하였다.

나는 이처럼 둔한 장사 투에 얼마간 짜증이 나고 동정도
해가며 그런대로 마음이 끌려 이따금 그 앞에 서게 되었다.

정작 귤 장수 여인에게 관심이 꽂힌 건 어느 깊은 겨울밤 부터였다. 나는 늦은 귀가길을 서두르고 있었다. 차는 좀처럼 오지 않고 사람들은 추워서 서성대고 있었다.

문득 귤 장수 여인의 해사한 얼굴이 칸델라 불빛 속에서 웃고 있었다. 나는 그 미모에 놀랐다. 언제나 수긋해 있던 그 자리에 그처럼 환한 웃음이 자리한다는 건 일순간 놀라움이었다.

옆에 땅콩이 실린 밀차를 세워 놓고 그녀를 부축하여 일으키는 남자가 있었다.

"발 많이 시렵나?"

"괜찮아요."

밀차 위에 팔다 남은 귤바구니가 얹히고 나란히 돌아갈 때 여인이 한쪽 다리를 많이 저는 것을 볼 수 있었다.

그날 이후 따뜻한 아랫목에 앉아서 향기로운 귤껍질을 벗기노라면 문득문득 다리 저는 귤 장수 생각이 날 때가 있다.

가난하지만 아름답게 얽혀 있는 부부애 같은 걸 생각해 보기도 한다. 눈발이 몹시 흩날릴 때 혹은 볼을 에이듯 추운 날은 그 장소가 일찍 비어 있기를 바라게 되었고, 어서 겨울이 가고 봄이 와야 할 텐데… 하고 마음이 쓰이기도 하였다.

봄은 누구를 위해서 오는 것도 아니며 자연의 섭리, 자연의 약속에 불과하건만, 하나 우리는 봄을 기다릴 때 무언가 남모를 희망에 부푼다.

그게 나 자신에 관한 것이든 나 아닌 다른 사람에 관한 것이든 희망은 아름답고 순연한 것이었고, 겨울의 침묵 속에 갇혀 있던 모든 매듭이 풀릴 것으로 기대하는 차원 높은 것이기도 하였다. 성애가 뽀얗게 끼어 얼룩얼룩한 꽃집 유리창 너머로 동화처럼 포근한 색색가지 꽃들을 들여다보면서 영하의 매운 추위가 오히려 상쾌하게 느껴진 것도 머지 않아 다가설 봄을 예감하기 때문이었다.

봄은 아련한 아픔과 기대를 안개처럼 피우며 다가온다. 화선지에 흥건히 번져드는 수묵화처럼 시야에 어려 드는 봄 기운을 피부로 감각으로 느낄 수 있을 때 봄은 이미 기다림의 다리를 건너 선 뒤이며, 아련한 안개도 걷혀진 후이리라. 그리하여 눈부신 봄, 지극히 짧고 어수선한 한국의 봄이 열릴 것이다.

잠자던 나뭇가지가 움찔움찔 몸을 비트는가 하면 이내 툭툭 봉오리의 눈이 트이고 개나리, 진달래, 목련꽃들로 원색의 꽃잔치가 펼쳐질 것이다.

들뜬 봄날의 눈부심이 싫다는 건 사치에 속한다. 봄은 이 땅 위에 하루속히 와야 하기 때문이다.

봄은 기다릴 때가 좋은지도 모른다. 와 줄 사람을 기다리듯 감미로운 조바심 속에서 어서 도착하기만을 기다리는 시간, 그건 먼 데서 강물이 풀리는 어둑새벽을 뚫고 베갯머리에 상그레한 오렌지 맛으로 스며 들어 온다.

이제 봄이 오는 길목을 깨끗이 쓸고 맑은 손으로 영접하려 한다.

지금 내가 이 봄을 각별한 애정을 가지고 기다리는 것은 유독 추위를 타던 버스 정거장의 그 귤 장수만을 위해서는 아닐 것이다.

지난 겨울은 유난히 춥고 길었다.

가장 짙은 어둠 끝에 새벽이 오듯이 밝고 따스한 봄볕은 절실히 우리 모두에게 아쉬운 것이다.

하나의 열쇠가 갖는 의미

　나는 아주 작은 열쇠를 하나 가지고 있다. 우연한 기회에 집안에서 발견한 것인데 크기가 어른의 엄지손톱 두 배의 길이쯤 되는 까만 쇠붙이이다. 둥근 머리의 아래쪽이 조금 부서진 듯한 선(線)에서 곧바로 열쇠가 뻗어 있고 양 옆으로 새끼 지네처럼 네 개씩 발이 달려 있다. 마지막 넷째 발만은 위의 세 발에 비해 약간 커서 언뜻 십자가처럼 보이기도 한다.

　열쇠란 흔히 한옆으로 여러 모양의 각이 져서 저마다 저만 아는 비밀로써 자물쇠를 통하게 되어 있다. 그런 열쇠만 보아 오던 나에게 이건 유독 균형잡힌 작은 체모로 너무도 앙징스러워 용도도 분명찮은 채 갖고 있을 마음이 생긴 것이다.

열쇠란 생각하면 미묘한 물건이다.

언젠가 콜렉션 전시회가 열렸을 때 세계 각 나라 열쇠만 모은 여성이 있었다. 크고 작은 열쇠를 벽장식처럼 한 면에 배치해 걸어, 멀리서 보면 추상화를 연상시키는 효과가 있었다.

누군가가 그걸 보고 말하였다.

"필시 콤플렉스가 있는 여자로군."

둘레에서 까르르 웃음이 터졌다. 나는 그들이 열쇠라는 물건을 곧바로 섹스와 연결시키는 데 대해서 얼마간 당황하고, 그리고 생각하였다.

솔직히 말해서 열쇠라는 걸 남성의 상징물에 비긴 건 그럴 듯한 착상인 듯하다. 하나 다시 생각해 보면 남자건 여자건 자기의 열쇠를 가지고 인생을 살아가는 데는 다름이 없는 것이다. 남성이 돌진하는 능동적인 열쇠로서 군림할 때 여성은 오히려 보다 영적(靈的)인 열쇠 하나씩을 가슴 깊이 간직한 채 자기만의 방을 열기 위하여 아껴 간수하며 산다고 하면 과장일까?

열쇠는 꼭 하나만의 짝을 가지고 있다. 아무리 비슷한 것으로 달래어 열고자 해도 제 짝이 아니면 자물쇠는 영영 열리지 않는다. 열쇠의 위대함이 바로 이 점일 것이다.

하나의 열쇠가 갖는 의미, 그것은 만남이라는 운명적 차원에서 볼 때 어쩐지 비장한 빛깔마저 띠고 있다. 이 세상에서 꼭 맞는 제 짝을 찾았다고 할 사람이 과연 얼마나 될까, 온전히 열리지 않은 자물쇠는 또 얼마나 될 것인가.

현실 문제로서 열쇠는 우리 생활에 불가분의 인연을 가지고 있다. 우리는 가장 중요한 것을 열쇠가 없이는 꺼낼 수 없는 곳에 간직하고 타인의 침범을 허락치 않는다.

한 현숙한 부인이 며느리를 맞았을 때 집안에서 사용하던 열쇠 꾸러미를 엄숙하게 넘겨 주는 걸 보았다. 믿는 마음 하나로 살림 일체를 양도한다는 표시였다.

경우는 다르지만 나도 이와 비슷한 체험이 있다.

신문기자라는 직업상 여행에는 어지간히 익숙해 있는 셈인데, 67년도에 한창 살벌하던 월남전선(越南戰線)을 1개월 간 취재차 떠나던 때만은 좀 달랐다. 마침 프랑스 여기자가 베트콩에게 납치된 사건도 있었고, 전투는 치열했다.

새벽녘 비행장으로 달리는 차 속에서 나는 말없이 남편 손에 열쇠 하나를 쥐어 주었다. 나의 온갖 미해결(未解決)의 장(章)이 들어 있는 비장(秘藏)의 서랍 열쇠, 만약의 경우를 위해 생활과 관련된 메모장을 넣어둔 그 서랍 열쇠의 의미는 무겁고 숙연했다.

지금 내 책상 위에 얹힌 정체 모를 열쇠, 짝을 잃은 이 작은 열쇠가 열어야 할 자물쇠는 지구상에 단 하나 아직도 침묵을 풀지 못하고 기다리고 있을 것이다.

나는 미지의 세계를 들여다보듯 오늘도 열쇠를 바라본다.

그들은 왜 산에 오르는가

준수한 산은 잘 생긴 남자를 연상시킨다. 도량이 크고 깊은 가슴이 수려한 능선 아래 그대로 보이는 듯하다.

나는 등산가(登山家)가 아니다. 산을 타는 재미에 대해서 말할 자격이 없다. 그러면서도 산을 사랑하고 아끼는 사람의 정신과 심정은 어느만큼 이해가 되어간다.

친지 가운데 1주일의 7일 가운데 엿새를 눈 아프게 일하고 그 소중한 일요일 하루를 또 송두리채 바쳐 배낭을 짊어지고 나서는 등산애호가 부부를 처음에는 어이없게 바라보았다.

일요일이 7일 속에 하루만 더 있어 주었으면 하고 외국의 연휴(連休)를 부러워하다 보면 나로선 쉽사리 용단을 내려 나설 수 없는 걸음이다.

하나 그들은 말한다.

땀을 흘리면서 예정된 코스를 무사히 마치고 해 어스름 녘에 집으로 돌아오면 지난 1주일간의 피로가 깨끗이 날아가 버린다고, 다음 날 출근하는 발걸음이 또 그렇게 가벼울 수가 없노라고.

그럴까. 하루종일 걷고 고단해 쓰러져 잔 잠이 오히려 달고 깊어서일까.

산에 가면 우선 잡념이 없어지고 신선한 공기와 나뭇잎 냄새가 미치도록 좋다고 하였다.

산에서 먹는 음식맛이 좋고 물 맛이 좋고 나무등걸에 기대앉아 보온병의 커피를 따라 마시는 순간이 너무 좋아서 산에 가지 않을 수 없다는 친구의 말은 다분히 선동적이다.

아니 그 말 그대로 진실일 것이겠고, 그렇게 빠져들 기회가 없었던 나로선 막연히 그럴 것이다 하고 공감하였다.

지극히 피상적이긴 하지만 산이라는 존재는 멀리서 바라보기만 하는 것으로도 충분히 매혹의 대상이다.

안개에 묻혀서 신비로운 입김을 토해내고 있거나, 하얗게 눈을 덮어 쓴 산의 아름다움은 실로 장관(壯觀)이었다.

날씨와 계절이 바뀜에 따라 산의 표정은 변화무쌍하면서 그 본연의 자세는 항시 의연하여 더욱 숭엄한 감회를 자아내는 것일까.

더욱이 산은 한 발 한 발 걸어서 정복하게 되어 있다. 그 걸음의 착실한 발자욱이 산을 다지고 인내를 키우고 관용을 배우게 하는 것이라면 등산은 단순한 취미로서가 아니고 인생을 배우는 도장(道場)에 비길 수도 있을 것이다.

취미에 머무르지 않고 본격적인 등산가가 되었을 때 거기에 고도의 기술이 필요하고 그만큼 위험이 따르는 걸 볼 수 있다.

해마다 적설기(積雪期)와 해빙기(解氷期)면 조난당한 알피니스트 소식이 보도되곤 한다.

그럴 때마다 나는 남의 일 같지 않게 가슴이 뻐근해 오면서 그들을 원망하곤 하였다. "하필이면 이런 계절에…." 문외한인 나에게는 무모한 일이라 여겨졌다.

그것이 요즘에 와서 조금은 그들의 실수를 용서할 수 있을 것 같다.

미국의 저명한 수필가 핸리 골든 씨의 글 가운데 '그들은 왜 산에 오르는가?'란 글이 있다.

그들은 왜 생명을 걸고 에베레스트 산을 오르는가? 왜 다재다능한 사람이 지상에서 가장 험준한 산의 얼음 절벽을 기어오르는 데 있어서 단 한 번의 실수 때문에 모든 것을 잃을 모험을 하는가?

나는 이 구절이 마음에 든다.

그들은 왜 산에 오르는가, 하는 물음은 바로 나의 물음이기도 하였고 그건 다시 커다란 에코오가 되어 이따금 생각난 듯이 내 가슴에 몇 번이고 메아리쳐 온다. 마치도 겹겹이 쌓인 산 속에서 하나의 외침이 이 산 저 산으로 오래 오래 되울리듯이.

핸리 골든 씨의 말대로 하면 그건 더 깊은 탐험에의 욕망이요, 자연에 대한 인간의 영원한 투쟁이다. 아니면 모세가 십계명(十誡命)을 받아가지고 내려온 것도 '시나이 산'이었듯이 예로부터 신의 자연 거주지로 여겨져 온 산정(山頂)을 향해 올라가려는 잠재된 애착의 발로라 할지.

그 어느 쪽이어도 마찬가지다. 그것은 고독한 인간의 행위였고 도전이었다.

나는 눈사태 속에 묻힌 조난자(遭難者)의 차가운 얼굴을 상상해 보았다. 그는 한가닥의 자일 끝에서 죽음의 절대경(絶對境)으로 떨어져 간 것이다.

그 주검에 나이를 물을 필요를 느끼지 않는다. 왜 산에 오르는가? 이 역시 사자(死者)에게 묻지 않아도 좋을 것 같다.

우리는 인간이기에 일상 자일을 잡고 흔들리며 올라가고 있지 않은가. 미끄러운 암벽(岩壁)일지라도 발이 붙는 한 올라가야 하는 것이다.

생(生)의 무대 위에서

연극광까지는 아니지만 나는 연극 관람을 좋아하고 있다. 보고 즐기는 것으로는 영화도 있고 TV도 있으나 밀도감 짙은 연극 무대를 지켜보는 데에 비길 수는 없다. 적어도 나의 경우는 그렇다.

연극의 어떤 매력이 그토록 나를 사로잡는 것일까.

물론 희곡 자체가 좋아서일 경우도 있고 출연진이 좋아서일 경우도 있다. 그중에는 연출자를 믿고 무작정 가는 수도 있으며, 단 한 명 내가 좋아하는 배우를 보기 위해 가기도 한다.

관극을 즐겨 해서 간다고는 하나 매번 간 보람이 있는 건 아니었다. 이따금 실망을 하기도 한다는 게 솔직한 고백일 것이다. 왜냐하면 완벽한 연극이란 좋은 대본과 훌륭한 연기와 연출자의 능력이 혼연일체가 되어 관객을 흡수하고 압도함으로써 무대와 객석의 호흡이 상승작용을 하는 단계까지 가야 하는데 그게 쉽지 않은 때문이다.

허나 연극을 자주 보아 오는 동안에 나는 나대로의 기쁨을 갖게 되었고 그건 커다란 수확이었다.

온전한 연기자를 발견하는 기쁨이다. 그가 오늘의 히로인이어도 좋고 단역일지라도 무방하다. 수많은 등장인물 가운데 묻혀 빛을 보지 못하는 한갓 엑스트라에 불과하더라도 그가 맡은 바 자기 역할을 잘 해내었을 때 나는 반짝 빛나는 하나의 별을 찾아내고 말할 수 없이 흡족해지는 것이다.

이러한 나의 관극 태도는 좀 더 폭을 넓혀 인간을 보는 눈으로까지 발전하기도 한다.

기실 이 세상은 하나의 극장에 지나지 않으며, 인간이 하는 일은 일장의 연극이노라고 일찍이 갈파한 현자가 있었다. 나 역시 동감이다. 그 인생 극장에서 우리 모두 각자에게 주어진 역할을 어느 정도로 어떻게 감당해 가느냐 하는 게 생의 성패를 결정하는 것이라고 감히 비유하고 싶은 것이다.

그렇다면 이왕 무대 위에 올라선 이상, 최선을 다해서 그 야말로 온전한 연기자라는 인정을 받아야 하겠다. 어떻게 하 는 것이, 즉 어떻게 사는 것이 가장 바람직한가? 주인은 주 인으로서, 자녀는 자녀로서의 연기에 충실해야 할 것이다.

자녀역을 맡았건만 어른 행세를 하려고 나선다거나 어른 을 능가하는 인물로 보여지기를 원할 때 그 연극은 조화를 잃게 된다.

요컨대 각자 자기 페이스를 지켜야 한다는 이야기이다. 자기의 역할이 무엇이건 간에 그 역할에 성실함과 창의력을 발휘할 때, 그는 주인공 못지 않은 연기자로서의 각광을 받 을 수 있다. 그 이상 무얼 바랄 것인가? 내가 인생의 축소판 과 같은 극장 무대 위에서 하나의 진실한 연기자를 발견하 고 진심으로 갈채를 보내는 그런 기쁨이 우리 생활에도 진 정 있어야 할 줄 믿는다.

그런데 실제는 자기 자신이 맡은 역할이나 처지를 깊이 염두에 두고 살기가 어려운 게 사실이다.

'나 자신을 알자'는 말처럼 무섭고 심각한 말도 없을 것이 다. '나 자신'은 거울 앞에 되비치는 영상이면서도 또한 그 너머로 들여다 볼 수 있는 실상이어야 한다. 거짓없는 본연의 실체여야 한다.

우리는 그걸 직시할 능력이 없는 것도 아니면서 그러나 어쩐지 직시할 기회를 자주 갖지 못한다. 피하고 싶은 건지도 모른다. 두렵기 때문이다.

진실로 자기가 알고자 할 때 소크라테스가 좋아했다는 말처럼 나는 내가 무지임을 알 뿐임을 터득하고 공언할 수 있는 용기가 없는 때문인지도 모른다.

알고자 해서 누구나 다 알게 되는 것도 아니며 바르게 깨우쳤다고 말할 수 있는 것도 아니긴 하다.

논어(論語)의 위정편(爲政篇)에서,

스승이 말하기를, "유야, 안다는 것이 무엇인지 가르쳐 주랴? 아는 것이 아는 것이요, 모르는 것이 모르는 것이다. 이것이 아는 것이다"

라고 하였다.

자신의 무지를 무지로 시인할 수 있을 때 인간은 비로소 자기 자신을 바로 본 것이 된다는 심오한 이 말은 닫혀진 양심의 문을 열어 줄 열쇠라 할 수도 있을 것이다.

그러나 인간의 하찮은 허영심과 세속적인 욕망, 이를테면 출세욕, 자기 과시욕, 금전욕 등등은 자기 자신을 똑바로 들여다 볼 눈을 흐리게 하고 가로막기도 한다. 그래서 무대 위의 조화를 깨뜨리고 보기에 딱한 이질적인 인물이 되어 관중을 불쾌하게 만들어 버리기 쉽다. 이러한 인간의 약점을 셰익스피어는 멋있게 표현했었다.

…인간, 교만한 인간
오래도 못갈 권위를 뒤집어 쓰고
제가 아는 일에 가장 무지하고
그의 흐리멍텅한 본질이 성낸 원숭이처럼
드높은 하늘 앞에 부질없는
재주를 부리나니
천사들을 울리면서

과연 분수를 모르는 인간은 우물안 개구리나 드높은 하늘 앞에 한낱 원숭이가 근시안적인 허세를 부리는 것과 무엇이 다를 것인가.

인간이 인간으로 살아가는 데 있어서, 어떻게 사는 게 가장 옳은 것이며 행복한가 하는 명제야말로 심각하게 부단히 대결해 볼 만한 게 아닌가 한다.

나 자신을 알 때 겸손해질 수밖에 없다. 군자지도(君子之道)는 신언서판(身言書判), 즉 신수·말씨·문필·판단력 이상 네 가지 조건을 갖추어야 한다고 했지만, 이를 올바르게 갖는 건 겸손한 인간으로서의 기본 자세이며, 자신을 응시하고 깨우친 자의 본령이기도 하다.

비단 군자가 아니어도 마찬가지리라. 청소부라도 좋고 수위라도 좋다. 그가 기쁨을 가지고 소관 구역을 깨끗하게 쓸어내는 소임을 다 할 때, 그가 한 건물을 완벽하게 지킬 때, 거기 '나 자신'을 아는 현명하고 성실하고 겸손한 연기자, 훌륭한 인간이 존재하는 것이다.

얼마나 많은 사람들이 자기 역할을 과대평가하고 혹은 비하시켜 무책임하게 행동하는 것으로 불협화음을 일으키고 있는 것인가. 참다운 '나'를 추구하고 인식하여 온전한 제자리를 지키는 사람이 얼마나 될 것인가.

무대는 좁고도 넓다. 창조적인 인생 무대 위에서 오늘의 나의 역할이 정녕코 무엇인지 깊이 생각해 보는 일이야말로 우리의 인생 속에서는 소중한 일이다.

화장하는 마음

그 영화의 제목도 줄거리도 좀처럼 기억나지 않으면서 마지막 장면만은 나의 뇌리에서 사라지지 않고 있다.

여인은 임종이 가까워 오고 있었다. 시중 드는 하녀의 위로를 받으며 외로이 숨을 몰아쉬고 있을 때 뒤늦게 위독함을 알게 된 애인이 달려온다.

그가 왔다는 전갈을 받자 혼미를 거듭하며 그림처럼 누워 있던 여인이 "잠깐만" 하고 방문을 열지 못하게 하면서 하녀에게 화장대 앞으로 데려다 달라고 소리친다.

"빨리! 빨리." 부축임을 받고도 몸을 가누지 못할 만큼 기진한 그녀가 겨우 거울 앞에서 분첩으로 얼굴을 매만지는 순간 애인이 뛰어들어 와락 끌어 안았다.

여인은 미소를 띠고 숨진다.

끝까지 버릴 수 없었던 여인의 귀여운 허영이 어쩐지 슬
프도록 아름다웠다. 이때, 화장하는 여인의 마음은 사치라
기보다는 평생을 드리우고 다니는 버릴 수 없는 그림자, 진
한 호흡으로 일체감(一體感)을 보여 주는 것이었다.

화장을 함으로써 보다 아름다운 자기를 갖고자 한다. 그
런 자기를 보여 주려 한다. 사경을 헤매면서도 타인을 의식
할 때 거울 앞에 서기를 갈구한 여인의 본능, 그 무서운 본
능이야말로 여인일 수 있는 가장 근원적인 보루(堡壘)인지도
모른다.

여인은 화장을 한다.

시간만 허락된다면 몇십 분이고 거울 앞에 앉아서 정성
스럽게 화장을 한다.

타인 앞에서 의상 없는 육체를 생각할 수 없듯이 가꾸고
다듬는 화장은 치레이기 전에 예의였다. 의상 혹은 그 연장
으로서의 화장은 절도 있게 자연미와 개성을 살렸을 때 보
는 사람에게 기쁨과 안정감을 주는 문화 감도의 표출인 것
이다.

화장이란 무엇인가, 사전에는 분이나 연지 등을 발라 얼

굴을 곱게 꾸미고 머리나 옷의 매무새를 매만져 맵시를 내는 것이라 적혀 있다.

곱게 꾸민다는 것, 그건 본래의 자기를 넘어서 한층 아름답게 단장함을 뜻한다. 화장한다는 걸 화(化)한다는 글자에 꾸민다는 장(粧)으로 적고, 만든다는 표현을 쓰기도 하며, 영어로 메이크 업(make up)이라 하는 것 등은 말하자면 사실적인 자기를 또 다른 자기로 아름답게 변화시킨다는 것. 아름답게 변화한다는 것이 위선이 될 수 없는 것도 화장은 이미 오래 전 인류의 발상과 더불어 피부에 밀착해 온 생활의 일부인 탓이다. 아프리카 토인들이 얼굴과 온몸에 요란스런 무늬와 빛깔로 분장한 것을 보고 문명인인 우리의 감각은 원시적인 공포감과 미묘한 분위기에 젖는다.

허나 다시 생각해 보건대 그들의 이색적인 분장은 그들 나름의 효용성과 미적 탐닉이 있음을 부정할 수 없다. 광막한 들판 혹은 깊은 원시림 속에서 사나운 금수와 대결하고 살아야 했던 원시인들은 자연 맹수를 능가하는 용맹함과 위용(偉容)이 필요했을 것이다. 그들의 얼굴에 가슴팍에 팔과 다리에 표범보다도 더 얼룩덜룩하고 요란스런 무늬를 그려 넣어야 했던 생존 경쟁의 방편으로서의 화장을 수긍할 수 있다.

따라서 원시부족(原始部族)의 경우, 여자보다 남자들의 화장이 훨씬 화려하고 복잡함을 보게 된다. 그건 힘의 상징이었다. 용맹의 자기 과시였다. 종교의식을 넘어서 위용당당한 남성미로까지 승화된 것은 오히려 당연한 일이다.

꾸민다는 것, 화장을 한다는 것, 그건 현재의 자기를 돌파해 나가려는 변신에의 충동이다. '나'이면서 나 아닌 또 하나의 자기 창조(自己創造)를 의미한다. 기성의 자기를 넘어서서 미래의 자기를 창조하려는 순연한 갈망이요 행위인 것이다.

화장에 의해서 아름답게 변신하려는 여자의 마음, 현재의 자기 실상(實像)을 능가하고 싶은 귀여운 탐심, 누군들 그 순후한 여인의 갈구를 탓할 수 있으랴.

여인은 기쁠 때에도, 슬플 때에도 거울 앞에 앉는다. 거울 앞에 앉아서 스스로 표출되는 감정의 밀도와 심층을 유심히 들여다보는 것이다.

그러나 여인이 정작 들여다보고 있는 거울 속 인물은 온전한 자기 자신이 아니다. 아니고 싶어진다.

여인은 충동적으로 화장품을 고른다. 거울과 눈씨름하면서 정성껏 화장을 하고 다 되었는가 요모조모 뜯어보고 스스로 성에 찰 때까지 고치고 다듬고 관찰하고 조화미(調和美)를 따진 연후에야 비로소 일어선다.

세상 여자의 대부분이 비록 소요되는 시간과 화장품과 화장술의 차이는 있을지라도 하루에 한두 번씩, 아니 틈나는 대로 거울을 찾는 화장대에의 애착도는 별다름이 없을 것이다.

진하게 본격적인 화장을 하든, 간결하게 기초 화장만 하든, 거울을 통해서 한결 산뜻하게 은은하게 혹은 농염하게 돋보여지는 자신을 확인하려 한다.

화장을 정성들여 했다고 해서 반드시 아름다워지는 것일까? 아름답기를 바라는 마음과 아름답다는 관점은 다분히 주관적인 것이어서 무어라 단언할 수는 없지만, 추상적이고 분명치 않은 점에서는 시적(詩的)인 미(美)에 비유할 수가 있을 것 같다.

요컨대 분위기가 문제인 것이다. 얼굴 전체의 조화된 분위기, 머리 모양과 옷차림과의 배려, 뿐만 아니라 자신이 처해 있는, 아니 처해 있을 때와 장소를 가려서 응분의 화장술을 활용케 되는 것이다.

그런 뜻에서 손색없는 화장으로 자기 분위기를 온전히

살려 가는 여인은 예술가의 미감(美感)과 통한다고 감히 말하고 싶다.

  화장은 누구나 할 수 있다. 그러나 누구라도 할 수 있는 건 아니다. 어린 나이의 여자가 난데없이 진한 화장을 한 걸 보면 웃음이 나온다. 발랄하면서도 학구열에 차 있어야 할 여대생이 화장을 한 것도 싫다. 냄새가 짙지 않은 크림 정도를 가볍게 바른 맑은 얼굴이 좋다. 두터운 책을 한아름 안은 여대생이 의외로 눈화장을 본격적으로 하고서 태연할 때 순진하고 사랑스러워 보이지가 않는 것이다.

  나이들어 주름살을 감출 길이 없는 여인이 젊은 시절과 똑같이 화사하게 화장을 했을 땐 정녕 서글퍼 보인다.

  엘리아 카잔 감독의 명화 '욕망이라는 이름의 전차'에서 비비안 리가 처음으로 미녀 역을 버리고 황폐한 여자로 나온 적이 있었다.

  '욕망'이라는 이름의 전차에서 '묘지'라는 전차로 갈아타고 드디어 '극락'이라고 하는 정거장에서 내려 동생집으로 찾아가는 비비안 리. 인생의 끝머리에 다다라 피곤해 늘어진 피부에 유난스레 진한 분화장은 천성이 예쁜 얼굴 윤곽에 끌려 일순 마음이 동요되었던 남자라도 그만 눈을 돌리지 않을 수 없을 만큼 참담했다.

동생 집에 얹혀 지내는 동안 한 독신 남자와 사랑에 빠지면서 그녀는 애써 교양있게 숙녀 티를 내고 생애의 마지막이 될지도 모를 행복을 놓치지 않으려 조바심한다. 그러나 심술궂은 방해자가 나타나 그녀의 깨끗치 않은 과거 생활을 폭로함으로써 남자는 마음이 흔들린다. 그녀의 생일 초대에도 나타나지 않자 절망과 공포에 떨다가 쓰러져 잠든 그녀 방에 뒤늦게 숨어든 남자는 노출된 전등불 밑에서 과연 세파에 시달려 찌들 대로 찌든 여인의 얼굴을 보고야 만다. 서글픈 종말이었다.

화장은 때로 인간의 이중성을 노정한다. 위장은 슬픈 것이다. 이 영화의 경우는 눈물겨운 여자의 속성이 밑바닥에서부터 분출하고 있어 숨이 막힐 지경이었다.

자기를 아름답게 하려는 건 동서고금을 막론하고 변함없는 여자의 재능이라 하였다.

우리나라 개화기에도 여성들의 화장품에 대한 집념과 본의 아닌 수난사가 애처로운 여심을 반영하고 있다.

「개화백경(開化百景)」(李圭泰 著)에 보면 비누와 화장품 유래가 소상히 쓰여 있다. 맨처음 비누라는 향긋한 물건이 한국 땅에 등장한 건 1837년 이후 천주교 선교사를 통해서라 한다. 서양인의 일용품으로 묻어 온 비누는 불어로 '사봉(savon)'의 의음(擬音)인 '사분'으로 불리면서 극소수에서만 사용되었고, 상품으로 매매되기 시작한 건 조선과 중국 간의 상민 수륙 무역 장정(商民水陸貿易章程)이 조인되고 이듬 해인 1882년 상해와 인천 간에 정기 항로가 트인 후부터라 했다.

주로 청나라와 일본 상인에 의해 양품(洋品)이 들어오면서 쌀 한 말에 80전 하던 당시 비누 한 개에 1원이라는 값비싼 사치품으로 상류 계급에서만 애용되었다 한다. 따라서 향긋한 비누 냄새는 여인의 사치한 체취로 비유되었고 비누가 대중화하자 시골 색시들이 그 향내를 아끼기 위하여 비눗물을 다 씻지 않았던 화장 시절도 있었다는 것이다.

예로부터 시류 풍속에 따라 화장품이라는 물건이 우리네 여인들 생활에도 끼어 왔을 것이나, 동백기름으로 머리를 자르르 흘려 빗던 면모 이외에는 별반 뚜렷한 게 없는 듯하다. 그 대신 머리 모양에 특히 화려한 꿈을 담아 거창한 장식이 성행하였고, 경제적으로 값비싼 머리 장식을 얹어 부(富)의 상징으로 삼는 도가 지나치자 드디어 나라에서 금지

령을 내리고 그 대신 족두리를 쓰게 했다는 기록이 있다.

궁중 여인과 상류층 부녀들이 중국서 들여온 고급 향을 넣은 이쁜 향 주머니를 단속곳 위에 차고 움직일 때 은은히 향내를 풍겨 품격의 상징으로 삼은 건 상당한 멋이었다. 서양에서 진한 체취를 무마하기 위한 향수가 발달한 것과는 격이 다르다 할 것이다.

본격적인 화장품 사용은 기생 사회에서 사랑을 받아 최고급 양분(洋粉)은 명월관 기생 등이 쓰고 넉넉잖은 이류 기생은 왜분(倭粉)이나 국산 연분(鉛粉)을 썼다고 하며, 이로써 분 바르고 모양내는 건 주로 기생 층을 비롯 나들이에 장옷으로 얼굴을 가리지 않아도 되는 천민 부녀자들이었다니 격세지감이 있다.

그래서 여염집 부녀자라면 일생에 단 한 번 시집 가는 날 연지 곤지 찍고 분 발라 보는 특례가 허락되었을 뿐이다. 값싼 연분(鉛粉)을 줄곧 사용한 기생들이 연독으로 얼굴이 시퍼렇게 부어오르거나 납독으로 끝내 미쳐버린 삽화는 서글픈 화장사(化粧史)의 한 페이지라 할 것이다.

여염집에서는 쌀가루 한 홉 반에 서숙가루 한 홉 비율로 가루를 내어 칠하기도 했고, 칡가루를 내어 피부의 자연과 조화시키는 슬기를 보이기도 했던 모양이다.

연지는 오뉴월에 피는 홍람화(紅藍花)의 꽃즙으로 고약같이 만들어 썼고, 눈썹은 목화의 자색 꽃을 태운 재를 기름 연기에 재서 참기름에 이겨 만들었다 한다. 이것을 대청(黛靑)이라 하는데 약간 푸른 빛이 도는 것이 요즘 유행 중인 푸른 아이섀도우를 능가했다는 것이다. 보리 깜부기를 솔잎 태운 유연과 짓이겨 만든 꽃자주빛 대갈(黛褐)도 대청과 함께 초생달 모양으로 눈썹 그리는 데 쓰였다 한다. 화장이 개방된 기생 전매물만이 아니었음은 물론이다. 이조 백자 중에 소꿉장난 같은 앙징스런 연지 그릇들을 들여다보노라면 당시 규중 부녀들이 은밀히 애용했을 화장품 종류의 다양함이 짐작되는 것이다.

영국여자인 비숍 여사가 유일한 민비(閔妃)에 대한 글로 남긴 것에 다음과 같은 묘사를 볼 수 있다.

'왕비 전하는 날씬한 체격에 거침새가 없어 보이는 부드러운 체모였다. 머리는 유난히 검고 화장에는 진주분(眞珠粉)을 쓰기에 옥안(玉顔)이 파리해 보였다.'

민비는 진주빛 나는 고급 화장품을 썼다는 것이며 1890년대 러시아 공사이던 베베르 부인이 각종 양화장품을 댐으

318

로써 민비를 만족케 하여 황실을 친로(親露) 쪽으로 기울게
하는 데 이용했다는 견해도 있을 정도이다.

어쨌거나 개화 바람을 타고 일반 부녀들이 서서히 화장
에 눈뜨고 보편화되자 당시 신문에 한심하다는 개탄조의 글
이 실려 변모하는 세태를 보이기도 했다.

언젠가 새벽 절을 찾았을 때의 일이다.

약수터에서 대나무쪽을 타고 흘러 고이는 차디찬 샘물을
시원히 마시고 일어서는데 문득 눈앞에 놀랍도록 아름다운
얼굴이 있었다. 스님이었다. 비구니일 것이다. 화장기라고
는 없는 투명하리만큼 깨끗한 얼굴, 다시 보아도 가슴에 부
딪치는 영롱한 아름다움에 변함이 없었다. 세상을 버리고
살기에는 아까운 미모라는 생각이 스치면서, 세속적인 생각
이 부끄러워 자리를 피했던 기억이 있다.

화장을 함으로써만이 아름다울 수 있다는 고정 관념은
생각해 보면 우스운 이야기이다. 그러면서도 화장을 하는
편이 안 하는 편보다는 한결 돋보일 것이라는 암시에 우리
모두 걸려 있다.

어느 앙케이트에서 '여자의 가장 사랑스런 순간'을 묻는

항목에 '막 세수를 했을 때'라는 대답이 있었다. 그 응답을 보고 여타 남성들이 동감임을 표시하였다. 그럴는지도 모른다는 은근한 반성이 고개를 들었다.

화장이라는 인위적인 첨가 행위가 소박한 자연미를 침해할 수도 있는 것이다. 화장을 해서 아름다운 여성 중에는 안 해도 충분히 아름다울 사람도 얼마든지 있다.

여성이 거울에 자기를 비춰 봄은 단순한 자기의 자태를 보기 위해서가 아니라 자기가 남에게 어떻게 보여질까 하는 것을 확인하기 위해서라는 견해도 있다.

세상엔 온갖 거울이 있다. 17세기 후반에 중국에서 들여왔다는 유리 거울 이전에도 이미 우리 나라 여인들은 동경(銅鏡), 원경, 방경, 화경, 영경(鈴鏡) 등 아름다운 디자인의 거울과 더불어 살아왔다. 골동품점에서 유독 옛 여인들이 쓰던 경대에만은 선뜻 손이 가지지 않는다. 여인의 온갖 애환 서린 삶의 자락이 진득하게 묻어날 것만 같은 두려움 때문이다. 그만큼 피부 감각에 밀착해 있는 게 거울이다.

남자도 거울을 본다. 거울 앞에서 면도를 하고 머리를 빗고 넥타이를 맨다. 그렇더라도 남자는 거울 속에서 있는 그대로의 자기 실상(實像)을 보는 데 그친다.

여자는 어떤가. 여인은 거울을 통해 변용(變容)한 또 하나의 자기를 바라보려 한다. 남성이 순수 객관의 거울 속에서 자기 실상을 확인하고 만족해 하는 심리야말로 나르시스이며, 화장을 함으로써 제2의 자기를 탄생시키고 안주하려는 여자야말로 나르시시즘을 거부한 자아탈출의 시도자인지도 모른다.

거울 속에 비친 완성된 미인은 실상(實像)이 아니다. 그걸 알고 있다. 변용된 아름다운 자기는 진정한 자기가 아니라는 이중성(二重性)을 의식하는 데서 오히려 더욱 대담하게 충동적으로 첨단 화장에 함몰하는 것이 아닐까.

화장에 의해서 보다 아름답게 변신하려는 여자의 마음, 그 원천적인 갈구야말로 여자를 가장 여자로 만드는 숙명적인 염원인지도 모른다.

그 숙명적인 사슬을 넘어서려는 귀여운 여인에게 은밀히 전해 두고 싶은 명언(名言)이 있다.

'여성은 여성의 미(美) 때문에 사랑받는 것에 때로는 동의하지만 그러나 그녀가 항상 바라는 것은 자신의 결점까지도 사랑해 주는 사람' 이건 프레보의 말이었지만 현명하고 진실한 남성은 그런 여자의 마음을 알고 있을 것이다.

또한 누군가가 말했었다. '아름다운 얼굴이 추천장이라면 아름다운 마음은 신용장'이라고.

나는 지나치게 거울에 집착하는 여인들에게 인생을 값지게 살아가는 길은 신용장 쪽을 가지고 있는 편이 아니겠는가고 말하고 싶다.

제4장

문학의 길

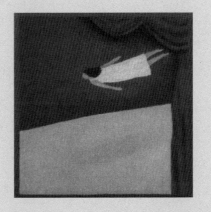

어리석은 행복

1960년 「현대문학」 지를 통해 문단 데뷔를 한 이래 나는 열 네 권의 시집을 가지고 있다. 처녀 시집 「장도(粧刀)와 장미(薔薇)」는 68년도에, 두 번째 시집 「음계(音階)」를 72년도에, 그리고 76년 겨울에 시집 「어떤 파도(波濤)」를 출간했으며 이후 대체로 5년 간격으로 새 시집을 냈다.

문학활동 60여 년에 시집이 열 네 권이라면 다작(多作)에 속하는지 과작(寡作)에 속하는지 한마디로 말할 수는 없을 듯하다. 왜냐하면 어느 시인은 평생에 단 한 권도 시집을 내지 않고 결국 유족과 친구 들에 의해 유고(遺稿) 시집을 내게 된 분도 있는가 하면 거의 해마다 시집을 내고 있는 시인도 있는 때문이다.

다만 나의 경우는 시집 이외에도 청미회(靑眉會)라는 동인 (同人) 활동을 통해서 동인지 발간에 참여해 왔고, 수필집도 10여 권 나왔고 보면 적지 않은 저작생활을 해 온 셈이다.

책을 낸다는 건 매번 새롭고 매번 감격스럽다. 그 중에도 시집이 나왔을 때는 내 나름으로 의미부여를 하면서 기쁨과 두려움으로 가슴이 두근거리는 것이다.

이 기쁨을 함께 나누고자 마치 소중한 보물을 두 손으로 받쳐드는 심정으로 기증본에 사인을 한다. 여기에 찬물을 끼얹는 사람도 없지 않다. 책을 받아들고 자르륵 책장을 넘기고선,

"시집도 팔립니까?"

하고 지긋이 나를 바라보는 것이다. 웃음 뒤에 숨겨진 말 뜻을 모르는 바 아니다. 이 바쁜 세상에 돈도 되지 않는 시 집 따위나 부지런히 내어선 무얼 하느냐, 요컨대 밑지는 장 사 그만 두고 실속 좀 차리라는 저의가 역력하다.

그렇지 않은 단순한 물음이었다 해도 나에겐, 아니 우리 시인들에겐 그렇게 들리는 것이다. 나는 내심 시무룩해지는 게 사실이지만 그렇다고 크게 괘념하지는 않는다. 그래, 팔 리지도 않는 책, 인세(印稅)를 받는 재미 같은 것도 없는 책,

그런 시집을 내고는 혼자 감격해 하는 나는 과연 어리석은 인간인가?

　도대체가 시를 쓴다는 무상성(無償性)에 대해서 시인들은 너무도 초연하다. 꿈을 먹고 사는 사람, 부단히 절대의 세계에 빠져들어 자기의 실재를 정당화하고자 하는 사람, 가장 적은 말로써 가장 절실하고 깊고 높은 이야기를 하려는 사람, 생활인으로선 약하지만 정신은 귀족인, 지극히 어리석고 행복한 사람이다.

　그래도 시인이라는 존재가 무엇인가 정신적으로 존중할 만한 세계에 속해 있다는 점만은 시를 모르는 사람도 대체로 인정하고 있는 것 같다. 그걸로 족한 것이다.

　나는 왜 시인이 되었는가?

　이 물음은 왜 세상에 태어났는가고 묻는 것과 다를 게 없다. 왜 시를 쓰는가? 이 역시 간단치 않은 물음이다.

　다만 내적 충동, 어떤 필연성에 의해 쓴다고는 말할 수 있다. 쓰고 싶어서 쓰다 보니 어느새 내 이름 석자 위에는 '시인'이라는 명칭이 붙게 되었고 그건 어떤 의미에서건 나에겐 벅차고 두렵고 소중할 뿐이다.

　쓰고 싶어서 쓴다는 표현은 기실 지극히 솔직한 것이지

만, 문학이라는 하나의 예술 장르는 언어를 통해서 독자에게 전달되고 영향을 미치는 것인 만큼 상당한 책임 의식이 따른다.

루마니아 작가 게오르규가 언젠가 우리나라에 와서 들려준 이야기 가운데 이런 대목이 있었다.

그가 한 병사(兵士)로서 잠수함 근무를 할 때 한정된 잠수함 안에 생명의 줄인 산소 측정을 하기 위해 잠수함 밑바닥에 토끼를 기르는 걸 보았다. 토끼가 물과 먹이를 먹지 못하고 괴로워하면 일곱 시 간 후에는 사람의 생명도 끝장이라는 것이다.

또 다른 잠수함에서는 토끼가 없었다. 대신 게오르규 자신이 잠수함 밑바닥에서 일하게 되었는데 그때 그는 시인의 역할이야말로 사회에서의 산소 측정의 바로미터 역임을 깨우쳤다는 것이다.

시인이란 민중의 선두에서 촛불처럼 위를 향해 진실의 불꽃을 피우는 존재인 것이다. 그는 '시인이 괴로워하는 사회는 병들어 있다'고 조용히 외쳤다. 잠수함 밑바닥에서 가장 먼저, 가장 아프게 진실과 대면해야 하는 시인의 역할은 우리 시인들에게 무거운 소명의식 (召命意識)을 갖게 한다.

어릴 때부터 책을 좋아한 소녀였다.

여학교 1학년 2학기 초에 몸이 약해서 휴학을 하면서 아버지 서재에 꽂힌 책을 모조리 읽었다. 책을 읽다가 피곤해지면 창가에 누운 채 하늘에 흘러가는 구름을 한없이 바라보곤 하였다.

그때부터 내 정신의 내부에 고독이 들어 앉았던 것이다. 커다랗게 흔들리는 등불을 보듯이 몇 시간이고 내 안에 침잠(沈潛)해서 나 자신을 응시하는 일이 많아졌다.

이듬해 봄, 완쾌된 몸으로 등교를 했지만 나는 그전의 소녀가 아니었다. 정신적으로 쑥 자란 새로운 나는 창백한 모습인 채 나 혼자 만의 기쁨인 독서에 점점 더 몰입해 갔다.

수업 시간에도 별로 흥미 없는 과목 시간엔 교과서를 세워 놓고 그 밑에서 내가 좋아하는 책을 읽곤 하였다.

내가 다닌 부산사범(釜山師範)엔 시인 이숭자(李崇子) 선생님이 계셨는데 그 선생님 수업 시간은 난초 향기 같은 신선함이 교실에 감도는 걸 느꼈다. 후에 나 역시 시를 쓰는 사람이 되리라는 생각은 그 당시 꿈에도 못했고 다만 품위있고 어딘가 적막감이 도는 그 분을 통해서 시인이라는 존재를 처음으로 인식했을 뿐이었다.

상급반이 되면서 나도 모르게 이끌려 문예반 활동에 가담하게 되었다. 교지(校誌)에 시 같은 걸 써 내기도 하고 콩트 같은 산문도 썼다.

　문예반원(한순태, 황규진, 박무익과 나) 넷이서 소박한 프린트물이지만 처음으로 합동 시집「푸른 꿈」을 내었고 교내 백일장에서는 장원(壯元)으로 뽑히기도 하면서 어쨌든 나는 점차로 문학에의 관심도가 깊어갔던 것이다.

　돌이켜 생각하면 학교 문예반 활동이 내겐 문학 배태기(胚胎期)로서 소중히 기억돼야 할 것이다. 문예반 지도교사 천두현(千斗炫) 선생님도 좋았고 친구들도 좋았다. 부끄럼장이인 나를 학예부장 감투를 씌워 남녀 공학 체제에서 유일한 여학생 간부로 일하게 한 것도 동급생들이었다. 흥미와 책임감을 가지고 임할 때 학창 생활은 즐겁고 탄력있는 것이어서 나는 충실한 시간을 가질 수 있었다.

　환도 직후 경향신문에서 모집한 대학생 문예 콩쿨에 단편 소설 '고아(孤兒)'로 응모해서 입선을 했다. 김훈(金薰) 화백 삽화로 일주일간 경향신문에 연재되는 영광을 가졌던 건 지금 생각해도 소중한 경험이었다.

　허나 나는 소설가가 되지 않고 시인이 되었다. 아마도 나의 문학적 자질이 시 쪽으로 나타나기 시작한 건 다분히 문단 선배들의 영향이 아닌가 한다.

서울대 사대(師大)에서 시인 김남조(金南祚) 선생님 강의를 듣게 되면서 자주 대화를 가질 수 있었던 일, 사회에 나와선 같은 직장에서 만난 김용제(金龍濟) 시인, 신석초(申石艸) 시인 모두 직·간접적인 나의 스승이다.

그중에도 '바라춤'의 신석초 시인은 한국일보사에서 나의 직속 부장이었고 내 시를 「현대문학」지에 추천해 주신 은사이며, 나의 본명인 '형덕(炯德)'이 남자 이름 같다고 해서 필명 '후란(後蘭)'을 지어 주신 분이기도 하다. 조선조 시대의 허난설헌(許蘭雪軒) 이후 다시 남을 시인이 되라는 뜻이라 했다.(후에 '后蘭'으로 바꾸었음)

내가 처음 만난 주변 문인들이 시인들이었다는 건 나의 행운이었다.

왜냐하면 나는 어차피 어느 길로 가든 시를 쓰는 운명의 길로 들어섰을 것임을 믿는 까닭이다. 그리고 그분들은 나를 지름길로 인도해 주었고 일심전력 한 길로 뻗어가는 길에 격려를 해주었던 것이다.

그러나 그 모든 여건 외에 나는 좋은 후원자를 가질 수 있었다. 시인과 결혼을 했던 것이다.

그는 계속 시를 쓰진 않았지만 시를 사랑하고 깊이 이해하는 사람이다. 서울대 사대 선배였던 그(金雅)는 대학 교지(校誌)에 훌륭한 시를 여러 편 발표했으며, 릴케의 「젊은 시인에게 주는 편지」 등 평생 좋은 책을 사주곤 했다.

문학과 인생, 사랑과 인간 등에 관해서 언제나 말상대가 되어 주는 그는 또한 내가 쓴 글에 누구보다도 애정을 가져 주었다.

내가 추상(抽象)의 삶을 살면서 약하고 슬프고 고통에의 민감성 때문에 절망의 바닥에 이마를 댈 때, '나'와 일상이 아닌 '참 나'와의 거리감을 극복하기 위해 한없이 고독에 빠져 있을 때, 내 정신의 높이나 영혼의 맑음을 지켜보아 주고 격려해 준 이가 있다면 이 역시 그가 아닐까 싶다.

그럼에도 불구하고 나는 아직도 시인이라는 두렵고도 무거운 관사(冠詞)를 쓰고 혼자 외로운 행진을 하고 있다.

에밀리 디킨슨의 시 '내가 만일'은 바로 나의 심정이기도 하다.

내가 만일 한 가슴이 미어짐을 막을 수만 있다면

내 삶은 결코 헛되지 않으리

내가 만일 병든 생명 하나를 고칠 수 있다거나
한 사람의 고통을 진정시킬 수 있거나
할딱거리는 새 한 마리를 도와서
보금자리로 돌아가게 해 줄 수만 있다면
내 삶은 결코 헛되지 않으리.

문학 지망생에게

문학이라는 창작분야에 투신한 현역 문인끼리 모여 앉으면 이따금 글쓰기가 끔찍하다고 고심(苦心)을 털어 놓는다. 실제는 나 자신도 글을 쓰는 작업이 부담스러워서 가능한 한 피하고 싶을 때도 없지 않다.

그러나 어떤 경우에도 문학을 하는 것에 후회를 한 적은 없으며, 우리 문학인 공통의 괴로움은 좀 더 좋은 작품을 쓰고자 하는 남모를 몸부림에 있다고 감히 말할 수 있다.

비단 문학뿐이겠는가. 무슨 일이나 한 가지 뜻을 세워 그 분야의 정상을 오르는 길은 멀고 힘겨운 일이리라. 그래서 중도에 도중하차해 버리는 사람은 결국 탈락자가 되고 끝까지 파고드는 이에게 영광은 있기 마련인 것이다.

문학이라는 창작 예술 즉, 다분히 영감(靈感)에 의지해서 고독하게 원고지 위에 삶을 구축해 가는 이 작업에는 한층 피가 마르는 것 같은 정신적 고투(苦鬪)가 따른다.

굳이 비유를 든다면 이렇게 표현할 수 있을 듯하다.

가령 일반적인 직업은 기계 문명의 발달에 의해 다소 편하게 일해 갈 수도 있고 노력에 따라 숙련공이 되어질 수 있다.

문학의 길은 그렇지가 못하다. 펜이라는 호미를 들고 원고지 한 칸 한 칸을 언어라는 매개체로 채워가야 한다. 여기엔 어떤 기계 문명의 혜택도 그 누구의 도움도 받을 처지가 아니다.

어쨌든 언어 문자를 도구화하여 문학 예술을 창조해 가는 문학인들은 그래서 머리가 빨리 희어지고 손가락에 펜대를 눌러 쥔 못자리가 굳어가는 것이다.

문학을 지망하는 젊은이들에게 이런 이야기부터 하는 나의 심정을 이해해 주기 바란다.

왜냐하면 정녕 문학을 하고자 하는 이에게 먼저 출발한 사람으로서 우선 해주고 싶은 말은, 문학은 재미로 하는 게 아니라 구도(求道)하듯 해야 하는 것임을 알려 줄 필요를 느끼기 때문이다. 각오를 하고 출발해야 한다는 뜻이다.

요즘같이 가급적 편하게 유쾌하게 살고 싶은 사람이 많은 세상에, 그것도 마음먹기에 따라선 불가능하지도 않은 세상에 무엇 때문에 피나는 각고의 길을 가려는가?

그 출발에는 자기대로의 명분이 있어야 할 것이며, 일단 출발을 한 이상은 강물에 뛰어든 때처럼 힘껏 헤엄쳐서 저쪽 강 기슭에 올라서야 하는 것이다. 포부도 없이 엉거주춤 호기심만으로 뛰어들었다간 강물에 떠내려가기 십상이다.

뿐만 아니라 무릇 모든 창작 예술이 다 그렇지만 어느 정도 타고난 소질과 무조건 몰입하는 노력이 없이는 역시 어려운 법이다. 소질이 있는지의 여부를 가늠할 수 없을 때는 주변 문인에게 쓴 글을 보인다든가 신문, 잡지류 독자 투고란에 자주 투고해서 제 삼자, 즉 전문가에게 판단을 의뢰하는 게 현명할 것이다.

어느 정도 타고난 소질과 끝까지 해보려는 의욕만 있다면 기본적인 문학 수업을 쌓도록 한다. 무엇보다도 문학에 대한 이해와 소양을 키우기 위한 의식적인 노력이 있어야겠다. 저명한 동서의 문학 전집류를 폭넓게 읽어야 하며, 그렇게 독서량을 늘려가는 동안 좋은 글과 그렇지 못한 글의 구별을 할 수 있는 비평적 안목이 생기는 것도 중요하다.

다음은 많이 보고 느끼고 생각을 정리하되 시면 시, 소설
이면 소설이라는 틀에 맞추어 작품을 써보는 훈련을 싫증내
지 않고 계속 하는 일이다.

작품이 될 소재란 따로 있는 게 아니다. 같은 것을 보더
라도 새로운 눈으로 새로운 감각으로 보고 느끼고 무엇을
어떻게 표현하고 정리하는가 하는 게 열쇠인만큼 일단 마음
에 들어온 그림은 주저없이 써보기 바란다.

문학인은 항시 어린이와 같은 호기심의 주인공이어야 한
다는 말이 있다. 그런 이에겐 생활 주변의 모든 것에서부터
관념적인 대상에 이르기까지 작품 소재 아닌 것이 없는 것
이다.

시인은 일상적인 말을 가지고 상상력의 언어로 바꾸어
읽는 이에게 유쾌한 경험을 안겨 주는 사람이라 했다.

그러기 위해선 보다 신선하고 독창적인 문장으로 감각적
체험의 재생에 힘써야 하고 그렇게 되기까지 고치고 다듬어
보석 같은 글이 되어지도록 냉혹한 자기 훈련을 쌓아야 하
는 것이다.

소설 등 산문 역시 마찬가지다.

슬픈 것은 더욱 슬프게 기쁜 것은 더욱 기쁘게 절묘한 또

하나의 인생을 구축함으로써 독자의 습성을 만족시키고 위안과 안정감을 줄 때 비로소 글을 쓴 이와 읽는 이 사이에 공감대(共感帶)가 생기게 된다.

이러한 성공은 결코 우연한 소산일 수 없다. 문학에의 집념어린 도전과 끊임없는 습작을 통해서 갈고 다듬어 하나의 작품으로 완성하려는 노력 끝에 얻어지는 것이다.

에베레스트 산을 정복하는 산악인들이 그날의 영예를 얻기까지 얼마나 많은 시간과 희생과 작전과 자본을 바쳐 세계에서 제일 높은 정수리에 태극기를 꽂았던가를 생각해 보는 것도 도움이 될 것이다.

글을 쓰는 것도 같은 것이다. 혼신의 자기 훈련과 집중적 노력이 따라야 문학의 길에 들어설 수가 있다. 흔히 문단 진출은 빠른 게 좋은 것으로 여기고 성급히 대어드는 경우가 있지만 출발 연령은 그리 큰 문제가 될 수 없으며 개인의 능력과 생활 환경에 따라 달라질 수밖에 없다. 일찍 문단에 나온 사람이 젊은 패기와 신선한 감각으로 주목을 끌 수도 있고 늦게 나온 사람으로 잘 발효된 포도주 같은 작품을 저력 있게 써내는 경우도 있는 때문이다.

그로써 일상인과 일상인이 아닌 별세계(別世界)의 두 세계

를 오가며 무한히 높은 창작 예술을 지향하는 한층 값지고
한층 고뇌스런 삶의 영위자일 수 있는 것이다.

존재의 확충(擴充)

시는 보통의 이성의 한계를 능가하는 신성한 본능이며 비범한 영감이라고 스펜서가 말한 바 있다. 나는 이에 동감이다.

나는 나도 모르게 이끌려 시를 쓰게 되는, 끝없이 가라앉은 나 혼자만의 세계에 대해서 스펜서의 말대로 신성한 본능의 발현이라 표현하고 싶은 것이다.

그리고 내 머리 속에서 누에가 은실을 뽑아내듯 시 한 구절 한 구절이 풀어져 나오는 일이야말로 영감의 산물이라 할 수밖에 없다.

나는 왜 시를 쓰는가, 어떻게 쓰는가 하는 두 가지 물음에 대한 정직한 고백이 나의 체험적 시론이 되겠는데, 솔직

히 말해서 시의 모멘트가 되는 비밀과 시작(詩作) 과정을 밝
힌다는 일이 주저된다. 그건 매번 다른 형태로 나를 지배하
는 어떤 보이지 않는 힘이며 그렇기 때문에 한 마디로 이렇
다고 말할 수가 없는 것이다.

허나 시를 사랑하는 나의 자세를 가급적 진지하게 적어
보는 것으로 응답을 대신하고자 한다.

먼저 왜 시를 쓰는가 하는 자기 성찰을 해 보건대 나도
모를 내적인 충동에 의해서 쓴다고 말하지 않을 수 없다.

그건 무심히 동경(銅鏡)을 문지르는 행위에 비길 수 있다.
무심히 문지르다가 문득 들여다 보았을 때 거기 은은하게
혹은 영롱하게 비치는 내 얼굴을 발견하고 놀라는 기쁨, 이
를테면 그런 기쁨이 시를 쓰게 하고 마음에 드는 시가 써졌
을 때 시인으로서의 자긍(自矜)을 갖게도 되는 것 같다.

좀 더 직접적인 표현을 한다면 시인의 역할은 이슬을 진
주로 바꾸는 일이라 생각한다.

모든 시인은 인생을 피동적으로만 살기엔 너무도 뜨거운
가슴을 가진 족속이다. 따라서 삶을 응시하고 탐구하고 표
현하려는 본능적 욕구가 문학이라는 하나의 표현방식으로
귀착되어지는 것이다.

그중에도 시라는 문학 형태야말로 다른 어느 분야보다도 감각적이고 정열적이며 가장 크고 깊은 세계를 파악하게 하는, 고차원적이고도 영원성을 지닌 것이다.

우리가 부단히 시인이고자 할 때 시적인 기쁨을 통해서 하나의 근원적인 것을 재창조하는 기쁨을 향유할 수 있다는 건 얼마나 엄숙한 일인가.

시인으로서의 세계성 파악, 그건 매우 주요하고 값진 일이라 여겨진다. 바꾸어 말하면 삶과 죽음을 초월한 '존재의 확충'이다.

미세한 삶의 자락에서 보다 큰 생명력을 느낄 수 있고 감당할 수 없이 큰 사물 앞에서 따뜻한 삶의 입김을 감득(感得)한다는 건 귀중한 일이다. 일상인이 보지 못하고 느끼지 못하는 것, 설사 느낀다고 해도 미처 깨닫지 못하던 것을 시로써 현형시키고 구체화한다는 건 위대한 일이다. 여기에 존재의 확충이 있고 세계를 파악하는 '문학적 미학'이 성립하는 것이다.

이것을 나는 이슬을 진주로 바꾸는 일에 감히 비유한다. 이슬은 새벽 한 때 영롱하게 빛나는 자연의 보석이다. 허나 햇빛이 닿으면 스러져 버린다. 그 모든 유한성을 시인은 언

어라는 요술지팡이로 꺼지지 않을 진주라는 현물로 형상화
하는 것이다.

나의 시는 대체로 존재의 확충 의욕에서 발아하고 있다.
물론 무의식적이고 잠재된 욕구지만 때로는 의식적인 시도
를 하기도 한다.

끊임없이 본능적인 내적 충동에 의해 시를 생각하게 하
고 시를 낳는 일에 열중하면서 알게 모르게 마음 속에서 동
경(銅鏡)을 문지르고 또 문지른다.

그리고 나의 동경, 즉 시가 유리 거울 같은 투명성을 갖
기보다는 차라리 둔중한 동면(銅面)으로 있어 주기를 바란다
는 게 나의 욕심이기도 하다.

나는 시의 깊이를 원한다. 고요하고도 감각적인 아름다
움으로 가득찬 시이기를 바란다. 세월이 침적(沈積)된 동경이
나 진주처럼 내부에 깊은 숨결을 간직한 불투명하고도 은은
한 빛을 발하는 생명력을 갖게 하고 싶다.

한 편의 시를 쓸 때 시 한 구절이 머리 속에서 은실처럼
풀어져 나온다는 건 다소 과장된 감이 없지 않다.

그렇게 순조로운 경우가 물론 없는 건 아니지만 그건 극
히 드물게 받아지는 행운이고 대체로는 아주 조금 짤막한

한 구절이 섬광처럼 스친다.

발레리가 시의 첫 구절은 신의 축복이며 그 다음은 자신의 힘으로 개척해가지 않으면 안 된다고 말했듯이, 과연 그렇게 떠오른 구절에 매달려 나대로 발전시켜 가는 과정이 나의 창작의 비밀에 속하는 영역일 것이다.

그렇다면 신의 축복은 가만히 있어도 내려지는가? 영감의 산물은 무상의 빈터에도 주어지는 건가? 그렇지 않을 것이다.

앞에서 말했듯이 나는 알게 모르게 녹슨 동경을 문지르고 있는 것이다. 그렇게 문지르고 닦고 하는 행위가 가령 심심풀이라든가 습관적인 단순 반복 행위에 불과하다 하더라도 결과적으로 언젠가는 반짝반짝 빛나는 거울 구실을 해줄 것으로 믿기 때문일 것이다. 그것은 시를 쓰기 위한 끊임없는 자기 수련이다.

이따금 가슴 속에 부딪쳐 오는 어떤 상념 혹은 감정에 포착되는 이미지를 나는 소중히 간직한다. 메모를 해두기도 한다.

내가 여행을 좋아하는 것도 그 때문이다. 새로운 경험은 인간의 상상력이 포용할 수 있는 이상의 것을 제공해 주는 것이다.

직접 체험이 아닌 간접 경험, 이를테면 독서를 한다거나 그림이나 음악을 감상하는 일이 시인의 감성을 촉발하고 이미지를 부상시키는 작용을 한다.

이러한 내적 경험이 가슴 속에 저도 모르게 하나의 씨앗을 품게 한 후, 얼마쯤 뒤, 때로는 아주 오랜 시일이 지나는 동안 소리없이 뿌리를 내리고 눈이 트고 가지와 잎이 자라는 걸 인식하게 된다.

잉태된 시가 탄생할 때 나는 비로소 시인으로서의 고민과 터질 듯한 가슴의 격정에 사로잡힌다. 갖가지 이미지의 충돌이 나를 혼돈에 빠뜨리기도 한다.

시인의 작업이 단순히 어떤 사실을 서술하는 데 있지 않고 마음 속에 흡수되고 포착된 세계를 신선하게 표현하는 데 있다면 나는 그런 면의 시적 기법에 관심을 쏟지 않을 수 없다.

이때 나는 감각상 혹은 지각상의 체험을 지적 이미지로 표현하기를 즐긴다.

잠재된 복합적인 기억을 새롭고 탄력있는 이미지로 재생시킴으로써 한 편의 시를 통한 미적인 기쁨을 창출하고자 한다.

엘리어트는 시의 효용에 대해서 다음과 같이 정의하고 있다. 즉, 시를 읽는 기쁨을 자신의 습성을 만족시키고 시가 그의 마음에 작용하는 동안 정신에 대해서 위안과 안정감을 주는 데 있다고.

공감을 주는 시, 자신의 습성을 만족시키고 위안과 안정감을 주는 시, 읽으면서 유쾌한 경험을 안겨 주는 시, 그런 시야말로 시인과 독자 사이에 진정한 교감을 갖게 하는 게 아닌가 한다.

나의 경우는 발레리나 릴케의 시에서 받은 감동이 크다. 쥬르 슈페르비엘의 '동작'이라든가 '불꽃' 같은 시에선 내가 쓰고 싶었던 시를 만난 긴장감에 가슴이 뛰기도 한다.

나의 시 한 편이, 아니 어느 한 구절이 나의 독자에게 감동을 주고 가슴이 뛰는 유쾌한 경험을 안겨 줄 수 있다면 그 이상 무얼 바라겠는가.

함께 느끼고 생각하는 공감 영역에 놓인 나의 시, 그 한 편을 낳기 위하여 잠을 버리고 감정의 순화 지대에 무릎을 꿇는다.

몰두할 수 있다는 것, 무아정숙의 경지에 도달하는 신의 어두운 새벽을 더듬는다는 것, 시를 생각하고 시를 쓰기 시작한 온전한 자기 함몰 속에서 어떤 큰 세계, 무한한 시야를 주는 저 밝은 세계를 볼 수 있다는 건 나의 삶의 보람이요, 희열이라 하겠다.

시를 어떻게 쓰느냐 하는 문제는 극히 개인적인 자기 취향에 속하는 것이다. 그리고 때와 기분에 따라 수시로 방법상의 변화를 볼 수 있다.

나는 두 가지 방법을 다 쓴다고 할 수 있겠는데 가령 묵화를 그리듯 한 호흡에 한 편의 시를 쓰는 경우가 그 하나이다.

그러나 대부분의 경우는 유화(油畵)를 그리듯 캔버스에 첫 붓을 댄 후 덧바르고 깎고 지우고 하면서 머릿속에 잡힌 어떤 윤곽이 제대로 형상화되도록 고민한다.

따라서 붕괴가 아니라 짜올려져 가는 세계, 언어로 구축해 가며 이루는 건축이라 할 수 있다. 깎아내리는 조각이기보다는 유화의 방법 도입이며 이로써 덧칠이 가져오는 침중한 그림자, 두께의 묘미를 살리고 싶은 것이다.

이러한 나의 욕심이 어느 만큼 내것이 되고 있는가 하는 건 아직은 미지수라 할밖에 없다. 비교적 내 마음에 들고 있는 시편이라면 묵화의 멋을 지닌 것, 유화의 두께를 지닌 것

등을 고루 집어내게 될 것이다.

다만 명확하게 말할 수 있는 건 시의 생명이라 할 다음 두 가지 요소를 기법상 놓쳐서는 안 되는 일이다.

압축미 속에 꿈틀거리는 내재율과 햇살에 튕겨오르는 언어 같은 이미지로 읽는 이의 마음에 신선한 물보라를 일으켜야 한다는 점이다.

읽어서 즐거운 시, 읽혀지는 시, 슬픈 것은 더욱 슬프게 기쁜 것은 더욱 기쁘게 공감하고 절감하게 하는 시, 어렵더라도 느낌이 오는 시, 한꺼풀 벗기고 재음미할수록 한결 가깝게 공감되는 시, 시를 읽는 재미란 결국 그런 게 아닌가 한다.

왜 시인의 고민이 독자의 머리까지 무겁게 해야 하는가. 그런 부담은 독자에게 시를 멀리하게 하는 장애물일 뿐이다.

이탈리아 사람인 쥬제페 웅가레티의 단 두 줄뿐인 '끝없이'란 시가 있다.

꺾어 든 꽃과 선물한 꽃
빛깔에는 내배이지 않은 무(無)가 흐른다.

극도로 억제된 함축성이 그와는 정반대로 무한히 펼쳐진 우주적인 걸 보게 한다.

유치환(柳致環)의 '그리움' 역시 짧고 억제된 말로 통절(痛切)한 아픔을 싣고 있다.

파도야 어쩌란 말이냐
파도야 어쩌란 말이냐
임은 물같이 까딱 않는데
파도야 어쩌란 말이냐
날 어쩌란 말이냐

상징과 은유적인 언어의 적절한 활용으로 보다 크고 깊은 내면 세계를 표출할 수 있다는 건 시인의 기량이라 할 것이다. 또한 간결 압축된 표현과 이미지의 재생으로 어떤 형상을 어느 정도로 명증하게 구체화시킬 수 있느냐 하는 것도 천성으로 재능이 있는 시인에게 달린 기량의 문제라 하겠다.

이것이 관념으로 시종한다면 경계해야 할 일이며, 다른 한편으론 선입관에 의해 관념으로 몰아붙이는 경솔한 오해도 불식해야 할 일이다.

이제 나는 나의 시 한 편을 거론함으로써 나의 시적 체험을 소개하고자 한다.

부엌으로 침입(侵入)한 바다
도마 위에 바다가 출렁거린다
햇살에 도전하는 갑옷을 벗기고 탁탁
토막을 치기까지엔 진정 얼마간의 용기가 필요하다
세계는 이미 눈을 감고 있다
바다로 내려가는 계단(階段)에서
칼날을 물고 늘어지는 하얀 파도(波濤)

'생선요리(生鮮料理)'라는 이 시는 생활 속에서 부딪친 이미지를 감각적으로 살려본 것이다. 도마 위에 던져진 싱싱한 생선 한 마리가 몰고 온, 비릿한 바다 냄새와 광막한 파도의 출렁거림을 놀라움을 가지고 지켜 본 적이 있다.

부엌으로 침입한 바다, 이 첫 구절이 주는 충격을 그대로 끌고 가면서 긴장감을 풀지 않기 위해 자연히 은유법을 쓰게 되었고 간결한 작품이 되어졌다. 그 때문에 오히려 이 시가 생선요리라는 범속한 사실을 묘파하는 데 그치지 않고 아무도 구제할 수 없는 어떤 절박한 현실에서 끝까지 저항하는 정신을 표방하는 효과를 지니며, 그 점이 바로 나의 표적이었다 할 수 있다.

나의 세 번째 시집 「어떤 파도」 후기에서 나는 이런 고백을 한 바 있다. '시를 쓰는 기쁨은 이를테면 내부의 축제와 같은 것이어서, 은밀한 나의 생의 찬연한 자취라 할 것이다. 나는 파도를 잠재우는 보이지 않는 손같이 때로는 즐겁게 때로는 고통스럽게 이 작업에 임하고 있다'고.

나는 겁도 없이 파도를 잠재우는 보이지 않는 손이기를 바라고 이슬을 진주로 바꾸는 언어의 마술사가 되기를 갈망한다. 이것만이 존재의 확충을 도모하는 나의 시적 생명 탐구의 길임을 믿는 때문이다.

너로하여 우는 가슴이 있다

2판 인쇄 2022년 5월 23일
2판 발행 2022년 5월 26일

지은이 김후란
펴낸이 김재광
펴낸곳 솔과학
등　록 제10-140호 1997년 2월 22일
주　소 서울특별시 마포구 독막로 295번지 302호(염리동 삼부골든타워)
전　화 02-714-8655
팩　스 02-711-4656
E-mail solkwahak@hanmail.net

ISBN 979-11-92404-04-2 (03810)
ⓒ 솔과학, 2022

값 19,000원